人文艺术通识丛书
编写委员会

主　任：刘伟冬
副主任：谢建明　詹和平
委　员：沈义贞　夏燕靖　李立新　范晓峰　邬烈炎
　　　　顾　平　吕少卿　孙　为　王晓俊　费　泳
　　　　殷荷芳
秘　书：殷荷芳（兼）

张德强 编著

阅读新诗

Reading Modern Chinese Poetry

人文艺术通识丛书

General Studies in Humanities and Arts

北京大学出版社
PEKING UNIVERSITY PRESS

图书在版编目（CIP）数据

阅读新诗 / 张德强编著 . —北京：北京大学出版社，2021.10
（人文艺术通识丛书）
ISBN 978-7-301-32498-1

Ⅰ.①阅… Ⅱ.①张… Ⅲ.①新诗—诗歌研究—中国 Ⅳ.①I207.25

中国版本图书馆CIP数据核字（2021）第183953号

书　　名	阅读新诗
	YUEDU XINSHI
著作责任者	张德强　编著
责任编辑	延城城
标准书号	ISBN 978-7-301-32498-1
出版发行	北京大学出版社
地　　址	北京市海淀区成府路205号　100871
网　　址	http://www.pup.cn　　新浪微博：@北京大学出版社
电子信箱	pkuwsz@126.com
电　　话	邮购部 010-62752015　发行部 010-62750672　编辑部 010-62707742
印刷者	天津中印联印务有限公司
经销者	新华书店
	720毫米×1020毫米　16开本　16印张　194千字
	2021年10月第1版　2021年10月第1次印刷
定　　价	58.00元

未经许可，不得以任何方式复制或抄袭本书之部分或全部内容。
版权所有，侵权必究
举报电话：010-62752024　电子信箱：fd@pup.pku.edu.cn
图书如有印装质量问题，请与出版部联系，电话：010-62756370

目 录

丛书序　　/ 1

前言　　/ 3

第一章　　正如我不能做你的梦（1917—1925）/ 7

第二章　　梦在无梦的梦中（1926—1936）/ 37

第三章　　去感觉鸟是怎么飞翔（1937—1948）/ 72

第四章　　完成普通的生活（1949—1975）/ 111

第五章　　黑夜给了我黑色的眼睛（1976—1984）/ 145

第六章　　可是还有一个我（1984年以后）/ 180

第七章　　然而这并非黄昏（台湾地区：1949年以后）/ 211

参考文献　　/ 244

后记　　/ 247

丛书序

通识教育（Liberal Study 或 General Education）最初是针对大学教育中知识过于专门化的境况而设立的一种全科性的知识传授体系。它涉及范围广泛，涵盖了人文科学、社会科学和自然科学等领域。通识教育常常通过学校课程来实现，因此，通识课程也就成为这一教育体系中的重中之重。通识课程的内容极为丰富，包括了文学、历史、哲学、艺术、宗教、经济、法律、政治、社会、科学等方方面面，像牛津大学为通识教育编撰、出版的通识读本就有六百多种，其中不仅有一般性的知识读本，如《大众经济学》《时间的历史》《畅销书》等，也包括大量的人物传记，如《卡夫卡》《康德》《达尔文》等。许多欧美大学也把通识课程列为必修科目，哈佛大学为其所设定的核心课程就涉及外国文化、历史、文学与艺术、道德修养与社会分析等六个领域，而且要求学生在这些课程中所修的学分达到毕业要求的四分之一。

如上所述，创立通识教育的最初目的就是为了避免知识过于专门化，因为各种知识间的相互割裂，很容易造成知识的单向度发展，进而也使人变得缺乏变通与融合的能力；单一的线性知识积累容易使人变得狭隘和固执，而没有相互比较，便很难生发出一种创新的能力和反思的精神。事实上，一个没有变通与融合能力的人，一个狭隘、固执而不够开放、不会创新与反思的人，是很难融于社会、与时俱进的。而通识教育的出发点正是要培养人的社会责任感和人生价值观，是一种不直接以职业规划为目的的全领域教育。它的终极目标就是要培养出一种具有创新能力、反思精神、完备知识、健全人格以及具有职业之本的完整的人。他能够随着社会的变化而自我改造，随着社会的发展而自我完善。当然，要真正实现这个目标，单靠大学的通识教育乃至大学的整个教育是很难做到的，应该说，家庭教育和社会教育也是不可或缺的重要因素，但通识教育终归把这个问题清晰明确地提了出来并提供了一些有效的路径和方法。爱因斯坦曾经说过，所谓教育就是把在学校所学全部忘光之后剩下的那些东西。这位科学巨人的话语似乎有点绝对，但仔细分析却也不无道理。知识会被遗忘，技能也会生疏，专业可转行，唯独人的道德感和责任感不会随着时间的流逝而被轻易地丢弃，或许这就是教育的真正意义所在。

其实对"通识"的认知我国古人早已有之，明末科学家徐光启就提出过"欲求超胜，必先会通"的主张。在我国近现代的大学教育实践中，蔡元培先生在北京大学所倡导的"兼容并蓄"的治学理念从某种意义上来说也是对通识教育的一种诉求。而现在的北京大学在通识教育方面更是全国高校的领头羊，它所开设的通识课程和出版的通识教材不仅涉及面广、水平高，而且也符合中国的国情，能满足中国学生的知识需求，已经成为这个领域高质量的标杆。南京艺术学院作为一个百年艺术院校，一直秉承蔡元培先生为学校题写的"闳约深美"的学训理念，以"不息的变动"的办学精神努力推动教学事业的高质量发展，在学科建设、人才培养以及艺术创作等方面均取得了令人瞩目的成绩。进入新时代，学校更是把"立德树人"作为根本任务，努力培养德、智、体、美、劳全面发展的社会主义建设者和接班人。通识教育无疑也是实现这一目标的重要路径和坚实平台，故学校以优势的艺术学科为依托、以深厚的学术积淀为基础、以优秀的专业老师为骨干，组织策划了一套视野开阔、内容丰富、观点新颖、叙述生动的人文艺术类通识教材。真切地希望能通过讲述人文艺术的故事，来丰富我们的知识，培养我们的品德，美化我们的人生。

是为序。

刘伟冬（南京艺术学院院长）
2020 年 9 月

前　言

作为一本中文新诗导读性质的教材，《阅读新诗》的预期读者是对新诗感兴趣又对其发展历程、形式演变、评价标准了解较少的朋友，编纂目的着眼于普及而非批评或研究。文体学意义上的诗歌，其内涵相当复杂，这里说的新诗，是指自1917年文学革命以来的中文白话新诗。新诗的概念，是针对旧体诗词而言的，采用白话语体文与放弃传统格律是其重要文体特点。当然，和旧诗比起来，新诗在内在规律上也表现出新的特征：

> 我发见了一个界线，如果要做新诗，一定要这个诗是诗的内容，而写这个诗的文字要用散文的文字。已往的诗文学，无论旧诗也好，词也好，乃是散文的内容，而其所用的文字是诗的文字。我们只要有了这个诗的内容，我们就可以大胆的写我们的新诗，不受一切的束缚。[1]

废名认为新诗与旧诗的"界线"，在于"要这个诗是诗的内容"，所谓

---

[1] 废名:《谈新诗·新诗应该是自由诗》，收于王风编:《废名集》第4卷，北京:北京大学出版社2009年版，第1629页。

"诗的内容",可以理解为"诗本质上是比喻性的语言,集中凝练故其形式兼具表现力和启示性"[1],所以说,新诗与旧诗的区别主要体现于语言形式。旧体诗词(尤其是律诗)因其格律在科举制度和传统文化氛围下历经千年的固化,到五四时已丧失诗本该具有的修辞敏感,这是新诗经胡适等人提倡后得以成立并迅速成长的主观土壤之一。百年来新诗语言形式发展的过程中,风格变化相当剧烈,经历了从五四早期的散文化,到新月派追求的格律化,到20世纪三四十年代对现实主义的强调和对现代主义的追求。1949年以后,新诗语言探索在主流诗坛和民间写作中继续展开。1976年后,中国当代文学进入"新时期",先有朦胧诗运动,后有第三代诗歌,更加多元且丰富的诗风次第出现。新诗的写作和阅读曾经热闹过、喧嚣过,现在则被调侃为"写诗的比读诗的多"。虽然各种现当代诗选仍然不断在出版、重版,新的诗人诗集每年都在面世,但是,像李杜苏黄笔下那些脍炙人口、家喻户晓的诗篇为数甚少。新诗诞生之初在意象、音节等要素上曾受惠于传统,如较为知名的《雨巷》"读起来好像旧诗名句'丁香能结雨中愁'的现代白话版的扩充或者'稀释'。"[2]虽卞之琳认为《雨巷》"过于古典",但只能说它"好像"旧诗。至少在形式与修辞上,中文新诗早已与古典传统渐行渐远。

当下中文新诗研究虽然发达,也不断有学者做出将其知识化、系统化的努力,但当代诗人和读者仍愿保留自己的个人看法。如韩东对当代诗人热衷于创作长诗的批评,在列举庞德和T. S.艾略特的经典长诗后,他说:"恰恰是这些大作品无人问津。"[3]"无人问津"是他的主观判断,但也符合普通读者的切身感受。对诗歌,读者是用感受而非专家指导来投票的,就像海子被

---

[1] 〔美〕哈罗德·布鲁姆等:《读诗的艺术》,王敖译,南京:南京大学出版社2010年版,第1页。
[2] 卞之琳:《戴望舒诗集·序》,收于《戴望舒诗集》,成都:四川人民出版社1981年版,"序"第5页。
[3] 韩东、陈佳靖:《"现学现卖"不可能造就文学的奇观》,见微信公众号"界面文化"2020年3月14日。

选入中学语文课本的《面朝大海,春暖花开》一诗遭遇的解读歧异——有人从中读出满溢的积极力量,有人则读出绝望与无助。有的读者认为诗歌应该具有道德感,应该书写当下;有的读者则认为语言形式更为重要,诗歌恰恰要挤出非文学"杂质"[1]。中文新诗的主流是以自我表达召唤读者,"诗歌的真实问题只存在于读与写的互动中"[2],这也许是造成越来越多读者与新诗日益疏离的原因之一。

本书共分七讲,除第七讲介绍 1949 年以后中国台湾新诗外,其他六讲均按历史线索编排。鉴于本书的导读性质,历史架构的引入仅为帮助读者获得对新诗语言形式发展过程的大体了解,讲述重点仍放在以诗人为切入点的经典诗作解读上。本书是编撰者多年从事文学通识教学的部分心得与总结,其中有个人看法,也包含中外诗歌研究者的观点与成果,后者会在行文间和参考文献中注明。在结构编排上尽量照顾到诗风演变的关联性与诗作间的潜在影响,在作品分析的措辞上减少诗学术语使用或用注释讲解清楚。我并非要提供完整的中文新诗图景,也毫无教人写诗的打算,更无将新诗百年历史加以知识化的意图。本书编纂思路是教学性的,同时也是话题性的。在讨论不同的诗人诗作时,也指出当下新诗阅读图景中存在的一些问题,并分析这些问题提出可供探讨的观点。

我在写作过程中,使用了陈子善教授对现代新诗的一些史料考证;曾与张涛、杨富波、童潇潇、陈丽军、翟月琴、宫立等朋友就相关话题进行探讨,获得了有益启示;张涛为我寄来他近年所编《九十年代诗歌研究资料》和《第三代诗歌研究资料》等书,宫立寄赠邵燕祥《我的诗人词典》一书,都便利了我的工作。在此一并致谢。最后,感谢我的母亲潘凤兰,"母亲,

---

[1] "人们有时谈到挖掘诗歌语言'背后'的思想,但这一空间隐喻是一种误导。因为语言并不像是一种用后即可扔掉的玻璃纸,有现成的思想包裹在其中。相反,一首诗的语言就是其思想的构形(constitutive)。"〔〔英〕特里·伊格尔顿:《如何读诗》,陈太胜译,北京:北京大学出版社 2016 年版,第 3 页〕
[2] 韩东、傅小平:《写作关乎精神生活奥秘,奔外在而去便是写作之死》,《野草》2020 年第 3 期。

我追你到旷野 / 四顾茫然 / 我在等你为我解释时间的意义"（洛夫：《血的再版——悼亡母诗》，1981），愿她在天国安息。

张德强

2020 年 6 月 7 日

第一章 正如我不能做你的梦（1917—1925）

> 旧形式是采取，必有所删除，既有删除，必有所增益，这结果是新形式的出现，也就是变革。[1]

中文新诗第一个十年，伴随着新文化运动和文学革命的发生。新诗在这个时期问世，是对古典诗歌传统一次影响深远的变革，也为未来中文诗歌进一步发展提供了理论和实践上可供参照的基础。这十年新诗的形成与演变，既是文学革命的一部分，也是全新诗歌传统的开始。这一时期出现大量投身新诗写作的诗人，产生许多带有开创色彩的诗歌杂志，仅诗集就出版一百多种，在诗风上则走过了一条"从散文化逐渐走向纯诗化的路"[2]。当然，成就必然伴随不足，新诗内容与形式的最初探索，也留下一些可供后人思索的问题。俞平伯在新诗诞生之初就坦承中文新诗语言上遇到的困难："中国现行的白话，不是做诗的绝对适宜的工具。"[3]本讲从第一位中文新诗作者胡适几首较有影响的作品说起，还会探讨俞平伯、冰心、郭沫若、李金发以及湖畔诗人的若干代表作。徐志摩等新月派诗人也是从新文学第一个十年开始创作的，考虑到本书篇幅的均衡，这些诗人及其作品将会在第二讲介绍。

胡适（1891—1962），本名胡洪骍，字适之，安徽绩溪人，1917年开始在北京大学任教。他1917年2月就在《新青年》第2卷第6号上发表《白话诗八首》，第一次打出"白话诗"的旗号。1920年3月，他的《尝试集》由亚东图书馆出版，是中国第一部新诗集，之后在20年间（到1940年为止）共印刷了16版，可见其受欢迎程度。

虽然胡适所致力的主要方向不仅是写诗，还包括参与整个文学革命的领导和推进，但他的新诗写作与理论建设，和文学革命过程相始终。胡适的新

---

[1] 鲁迅：《论"旧形式的采用"》，收于《且介亭杂文》，见《鲁迅全集》第6卷，北京：人民文学出版社2005年版，第25页。
[2] 朱自清：《抗战与诗》，收于《新诗杂话》，上海：作家书屋1947年版，第55页。
[3] 俞平伯：《社会上对于新诗的各种心理观》，见《新潮》1919年第2卷第1期。

诗写作实践是与其对传统诗学的批判和跟反对者的论争并行的。文学革命本身就是一次剧烈的文学变革运动，这一时期的胡适在新诗建设上提出许多激进观点，如他主张以白话文写诗，"不但打破五言七言的诗体，并且推翻词调曲谱的种种束缚；不拘格律、不拘平仄，不拘长短；有什么题目，做什么诗；诗该怎么做，就怎么做。"[1]当然，传统的因袭力量是巨大的，主张谨慎的观点也相当有影响力："词曲固可用白话，诗文则不可。"（梅光迪语）或者"白话自有白话用处（如作小说演说等），然不能用之于诗"（任鸿隽语）。胡适对此表示："吾志决矣，吾自此以后，不更作文言诗词。"[2]可以说，胡适早期的新诗写作，其主要目的如《尝试集》这个书名，即以"但开风气不为师"的谦虚态度，用自身创作证明白话入诗的可行，同时也为自己种种带有颠覆性的文化观点提供实践支撑。

从胡适《尝试集》开始，中文新诗走上了扬弃古典传统，学习西方文学的散文化、口语化的道路。在《文学改良刍议》（1917）中，胡适借用美国意象派诗歌观点，提出文学改良"八事"主张，并在《谈新诗》中倡议写"明白清楚的诗"，主张诗歌的"自然口语化"。经过梁启超、黄遵宪等人提倡的"诗界革命"，诗歌写作的古典模式在中国文化环境里已不复往昔繁荣，胡适的新诗观和写作实践则开启了中文诗歌的新时代。有主张就必须有创作，必须有新的经典引入和产生，为有意作诗者提供典范。20世纪初英美意象派诗歌与自由诗革命启发了胡适，他翻译的美国诗人萨拉·蒂斯代尔（Sara Teasdale）的作品《关不住了》（Over the Roofs），于1918年3月发表在《新青年》杂志上。胡适在理论和实践上为早期新诗提供的语言风格基调是清浅易懂的，在具体创作措辞用句上则有时难免失之于平铺直叙。以《尝试集》中的一首《梦与诗》（1920）为例：

---

[1] 胡适：《谈新诗》，收于《胡适文存》第1卷，上海：亚东图书馆1921年版，第235页。
[2] 胡适：《逼上梁山：文学革命的开始》，见《东方杂志》1934年第31卷第1期。

都是平常经验,/都是平常影象,/偶然涌到梦中来,/变幻出多少新奇花样//都是平常情感,/都是平常言语,/偶然碰着个诗人,/变幻出多少新奇诗句!//醉过才知酒浓,/爱过才知情重:——/你不能做我的诗,/正如我不能做你的梦。[1]

"诗缘情而绮靡"([西晋]陆机《文赋》),胡适这首诗显然并非单纯缘情而作。尽管"醉过才知酒浓,爱过才知情重"已成名句,可诗中的"爱"和"情"都不过是他拿来表达思想的工具[2],诗人的言说重点是贯彻其实用主义思想的一句:"你不能做我的诗,/正如我不能做你的梦。"难怪周策纵批评胡适:"从不够挚情这一点而论,我觉得胡适的诗真是'无心肝的月亮'。"[3] 不过,既然胡适主张建设新诗要摆脱传统束缚,我们的确不能用陆机"缘情绮靡"的标准要求于他。从结构上看,这首诗的重心明显在最后一节,实际上获得流传的也是这几句话。一首诗未必每句都要精彩,但该诗前两节实在太过拖沓。即使如此,我们还是读得出胡适创作时对新诗语言形式的探索。整首诗被匀称地分为三节,每节四句;采用每节第二句起隔句押韵

图1-1 亚东图书馆1923年版《尝试集》中的《梦与诗》(胡适作)

---

[1] 所选版本收于《尝试集》,上海:亚东图书馆1926年版,第91页。
[2] 该诗附有作者自注:"这是我的'诗的经验主义'(Poetic empiricism)。简单一句话:做梦尚且要经验做底子,何况做诗。"
[3] 周策纵:《论胡适的诗》,收于唐德刚著《胡适杂忆》,北京:华文出版社1990年版,第271页。

的写法，第一节的"象"和"样"，第二节的"语"和"句"，第三节的"重"和"梦"，各自都是官话里的同韵字，"语"和"句"甚至在平水韵中也均是上平声二冬韵。与之形成呼应的是他翻译的英文诗《关不住了》，亦采用三节各四句并隔句押韵的译法。胡适对此的解释是"因旧文学的习惯太深，故不容易打破旧诗词的圈套"[1]。当然，胡适的"尝试"很快进化为句式更为自由和散文化的作品。总体来说，他虽然自认为率先打破旧诗格律写新诗仅是一种"尝试"，但潜意识里对中文新诗形式创造还有某种期待。"诗该怎么做，就怎么做"毕竟是个笼统说法，胡适将之具体化为"诗须用具体的做法，不可用抽象的做法"。《尝试集》里很多作品都有明显散文化的倾向，如《我们的双生日（赠冬秀）》（1920）：

他干涉我病里看书，/ 常说，"你又不要命了！" / 我也恼他干涉我，/ 常说，"你闹，我更要病了！" // 我们常常这样吵嘴，——/ 每回吵过也就好了。/ 今天是我们的双生日，/ 我们订约，今天不许吵了。// 我可忍不住要做一首生日诗。/ 他喊道："哼！又做什么诗了！" / 要不是我抢的快，/ 这首诗早被他撕了。[2]

同样采用三节结构，每节四行，表达却是散文式的，也不乏带有喜剧色彩的对话，更接近一段夫妻生活速写。这种散文式速写是否适合新诗写作，时人也有质疑，朱湘就将这首诗看作《尝试集》中的平庸之作。作为胡适五四后辈的废名，则推崇《尝试集》中另一首写于1919年的《一颗星儿》：

我喜欢你这颗顶大的星儿，/ 可惜我叫不出你的名字。/ 平日月

---

[1] 胡适：《〈尝试集〉再版自序》，收于《胡适文存》第1卷，第291页。
[2] 所选版本收于《尝试集》，第98页。

明时，月光遮尽了满天星，总不能遮住你。/今天风雨后，闷沉沉的天气，/我望遍天边，寻不见一点半点光明，/回转头来，/只有你在那杨柳高头依旧亮晶晶地。[1]

废名认为，诗歌来自于诗人"一时而来的情绪"，而胡适此诗的情绪"非常之有凭据"，并非无病呻吟。除了一贯的清新自然外，"诗的情绪也是弓拉得满满的，一发便中，没有松懈的地方"[2]——也即这是一首更像诗而非散文的作品，废名的评价已经是从诗歌语言形式的角度出发了。我们可以看出，即使在初创阶段，关于"什么是诗"与"什么是好诗"的争论已经存在。无论如何，胡适的影响所及，产生了一种可称之为**尝试体**的诗歌风格，也带动了一批同侪和晚辈参与到新诗写作中，俞平伯、冰心、湖畔诗人以及很多其他诗人的创作，都多少受到胡适影响——在创作上抛弃古典诗歌旧格律，追求平民化、散文化与自由化。因为胡适在现代文化史上的显赫地位，他此后的一系列涉及新诗的文化活动，也带有纽带性质，聚拢和鼓励了许多优秀诗人，其意义远远超出了"开创风气"的初衷。同时，初创时期的新诗，"诗坛基本上是现实主义诗人的天下"[3]，这是时代风气决定的，也不无胡适的引领效应。

俞平伯（1900—1990），原名铭衡，浙江德清人，1919年毕业于北京大学，与同时期任教于北大的胡适亦师亦友。俞平伯是较早从事新诗创作的诗人，而当时社会对新诗还不够认可。据废名回忆，有位北大毕业生到他当时就读的武昌第一师范任教，登上讲台一句话没说，拿起粉笔就在黑板上写下胡适的《蝴蝶》，然后对台下的学生说："这也叫诗？"新诗在初创期所承受的压力之大，由此可略见一斑。俞平伯不仅自己写新诗，还于1922年与朱

---

[1]所选版本收于《尝试集》，第58页。
[2]废名：《谈新诗·"一颗星儿"》，收于《废名集》第4卷，第1615页。
[3]陆耀东：《中国新诗史》第1卷，武汉：长江文艺出版社2005年版，第52页。

自清、刘延陵、叶圣陶共同创办文学革命时期最早的诗刊《诗》月刊,这是该时期影响最大的新诗专刊之一,短短一年里发表了78位诗人的437首新诗。他的理论文章《白话诗的三大条件》甚至比胡适《谈新诗》发表早了将近一年。俞平伯在诗歌创作上许多观点与胡适相通,在具体方面还不乏独创之处。"我怀抱着两个做诗的信念:一个是自由,一个是真实"(《〈冬夜〉自序》,1922),"自由"必然带来语言风格的散文化;对"真实"的追求则会让诗人创作自觉走上写实道路。

俞平伯的新诗创作大都集中在文学革命早期,这些倾向于散文化的作品不时流露出白描般的叙事色彩。和同时代诗人一样,俞平伯的新诗也带有针砭时弊的倾向。如收入《冬夜》的《他们又来了》(1919),对军阀混战的乱世光景有着独到观察,诗的最后一节是这样的:"走不上十家门面,大家回头。/孩子底声音,/'他们又来了!'"[1] 同样是叙事性与散文化的,这首诗尽量避免主观情绪流露,体现出诗人写作上对情感的克制态度。新式标点的使用强化了人物(孩子)的声音与情绪。这种白描风格的使用并未贯彻俞平伯写作始终,毕竟他主张"我不愿顾念一切做诗的律令";但江南世家出身和学者教养,让他的新诗一般轻易不会逾越写"实"的逻辑约束。诗集《忆》出版于1925年,全书手写影印在考究的白绵纸上,丝线装订,由作家兼画家孙福熙作封面。这是一本充满个人色彩的诗集,前印有"呈吾姐"及诗句:"瓶花妥帖炉香定,觅我童心廿六年"([清]龚自珍《午梦初觉怅然诗成》)。比起批评社会的那些作品,这三十多首新诗更显情真意切、自然熨帖。如脍炙人口的第一首:

> 有了两个橘子,/一个是我底,/一个是我姊姊底。//把有麻子的给了我,/把光脸的她自己有了。//"弟弟,你底好,/绣花的呢。"

---

[1] 见《新潮》1919年第2卷第1期。

//真不错！/好橘子，我吃了你罢。/真正是个好橘子啊！"[1]

诗的开头充满现场感，陡然把读者带入儿童天真视角。诗的认知也摹拟儿童，无论"姐姐"的狡猾还是"我"的单纯，都可说惟妙惟肖、如闻其声，别有一种动人力量。这种戏剧化描写，在当时已被视作中文新诗与旧体诗区分的要素之一："在文学上，把情绪的，想像的意境，音节地，戏剧地写出来，这样的作品就叫诗。"[2]

俞平伯也偶有探索之作，如《风尘》（1921）一诗，前面为大段铺叙，写春风与春水间的对话，描述行人、小河被卷入黄尘，诗的结尾耐人寻味："……风尘果可厌么？/动江海底羡么？/我岂不在风尘之间么？/我真置身风尘之间么？"[3]诗人暂时脱离五四文学的思想启蒙话题，以四个问句将"风尘"这一意象[4]转化为对生命过程的思索，个体在这一过程中被描述为被动的，但又至少具备反思与质疑的能力，"我真置身风尘之间么"一句事实上对隐喻现实的"风尘"与"我"的决定关系构成了某种消解。在语言上，诗人没有教条地使用白话，而是采用带有半文言色彩的语法和用词，如"果""羡"这样的字汇，"我岂不是""我真置身于"这样的句法结构，都让人想起鲁迅《影的告别》中的句子："然而黑暗又会吞并我，然而光明又会使我消失。然而我不愿彷徨于明暗之间……"这种打破日常逻辑的写法，让

---

[1] 收于《忆》，上海：朴社1925年版。
[2] 康白情：《新诗底我见》，载《少年中国》1920年第1卷第9期。
[3] 所选版本收于《冬夜》，上海：亚东图书馆1933年版，第150页。
[4] 意象一词，是对英美诗学中image或objective correlative的意译。中国古典诗学里本有意象概念，（南朝）刘勰《文心雕龙·神思》中说："独照之匠，窥意象而运斤"，这里意象指的是构思阶段的想象经验。在具体古典诗文赏析里，它也泛化为"以具体名物为主体构成的象征符号系统的总体"，即意中之象，所谓"可望而不可置于眉睫之前"的"诗家之景"（蒋寅：《语象·物象·意象·意境》，见《文学评论》2002年第3期）。在T. S. 艾略特看来，意象即客观对应物（objective correlative）："以艺术形式表达情感的唯一方法是找到一个'客观对应物'；换言之，就是找到传达那种特定情感的一组物体，一个场景，一串事件；要做到感官体验中的外部事实一旦出现，相应的情感即刻被激发。"（《哈姆雷特及其问题》，1919）

文字表达产生弹性[1]，使诗歌语言具备了某种张力[2]；而四个语气词“么”的结尾，看似拗口，事实上强化了读者与文字之间的疏离感。这种疏离感迫使读者不是被动地跟着诗人共情，在感动之外也留有思考余地。在写实诗风兴盛的时代，《风尘》这首诗无疑是很有价值的探索。

对于新诗该怎么写，俞平伯进行过较深反思，从早些时候认为新诗“非实地描写不可”到后来认为“纯粹客观的描写，无论怎样精彩，终究不算好诗——偶一为之，也未尝不可”[3]，能够看出他对新诗形式思考的拓展。俞平伯的四本诗集《冬夜》（1922）、《雪朝》（1922，与朱自清、周作人等人合集）、《西还》（1924）和《忆》（1925）在文学革命时期先后出版，此后便不再从事新诗写作，全身心投入到学术研究中。

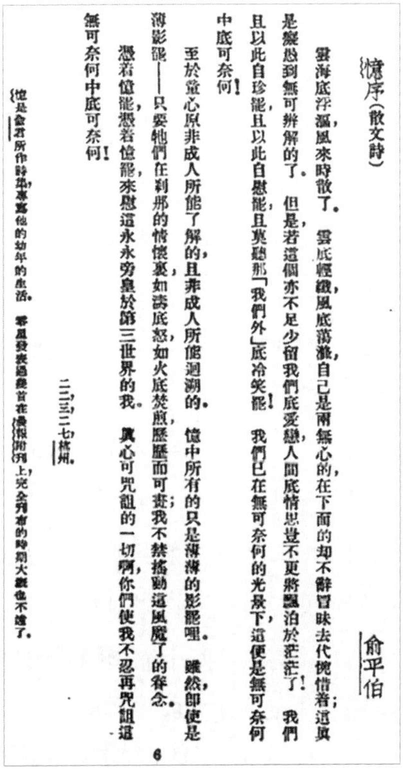
憶序（散文詩）

俞平伯

雲海底浮漚，風來時散了。雲底輕纖，風底蕩漾，自己是兩無心的，在下面的却不辭冒昧去代惋惜着；這眞是癡愁到無可辨解的了。但是，若這個亦不足少留我們底愛戀人間底情思，豈不更將飄泊於茫茫了！我們且以此自珍罷，且以此自慰罷，且莫聽那「我們外」底冷笑罷！我們已在無可奈何的光景下，這便是無可奈何中底可奈何！

至於童心原非成人所能了解的，且非成人所能迴溯的。憶中所有的只是薄薄的影罷哩。雖然，即使是薄影罷——只要牠們在刹那的情懷裏，如濤底怒，如火底焚煎，歷歷而可畫；我不禁搖動這風魔了的眷念。憑着憶罷，憑着憶罷，來慰這永永勞皇於第三世界的我。眞心可咒詛的一切啊，你們使我不忍再咒詛這無可奈何中底可奈何！

二三，三，二七，杭州。

（憶是俞君所作詩集，專寫他的幼年的生活。零星發表過幾首在晨報附刊上，完全刊布的時期大概也不遠了。）

6

图 1-2 《诗》1923 年第 2 卷第 2 期:《〈忆〉序》（俞平伯作）

康白情（1896—1959），字鸿章，四川安岳县人，他也是出身北京大学的诗人，与俞平伯在五四时期是挚友，他的第一本诗集《草儿》便是请俞平

[1] 诗歌语言的弹性，是指其语义具有极大的伸缩性和延展性，字里行间留有可供读者想象和联想的空间。“诗这东西的长处就在它有无限度的弹性，变得出无穷的花样，装得进无限的内容”（闻一多《文学的历史动向》，见《当代评论》1943 年第 4 卷第 1 期）。

[2] 张力（tension）是英美新批评学派研究诗歌的术语之一。他们认为张力是构成诗歌的主要结构要素，诗歌意义存在于张力和矛盾中。诗的语言往往具有多义性，这种多义性体现于诗的内容与形式、整体结构与局部肌理、语言的字面意义（外延）与深层意义（内涵）等对立因素之间。

[3] 俞平伯:《做诗的一点经验》，见《新青年》1920 年第 8 卷第 4 期。

伯作序言。1918年底，他与同学傅斯年、俞平伯、郭绍虞、冯友兰等人发起成立了新潮社，并于1919年1月发行《新潮》月刊，与前辈们创立的《新青年》相呼应，构成了"一校两刊"的文化局面[1]。康白情在新诗观上受胡适影响颇多，被朱自清评价为胡适诗歌主张的"同调"之人而又有所发展："新诗初期，说理是主调之一。新诗的开创人胡适先生就提倡以诗说理，……那时似乎只有康白情先生是个比较纯粹的抒情诗人。"[2]

不同于胡适的酷爱说理，康白情对早期新诗的抒情精神有所发展，譬如他的组诗《疑问》(1920)第一首："燕子，/回来了？/你还是去年的那一个么？"[3]小诗的灵感触机，明显来自眼前景物，又可看出晏殊《浣溪沙》中那句"似曾相识燕归来"的影子。如果把思路继续拓展，还可想到"旧时王谢堂前燕，飞入寻常百姓家"这类古典诗句。不同于旧体诗词的铺叙抒情，小诗以对燕子面对面的场景直现，将其拟人化，这是小诗体的常见写法；两个连续问句将借物怀人的古典感情转化为一种面对世间变迁的感慨。在五四小诗的创作者中，康白情此诗在形式探索上也走在前头，茅盾对《疑问》的开篇评价很高："这首诗里有两字占一句的：这在当时，还是很少的'新式'，然而我们只觉得自然得很，只觉得非这么办不可……康白情所创造的新形式是有价值的。"[4]相对于胡适，康白情在诗的立意上表现出更多创造性，表现手法更刻意求新，在诗体解放的路上也走得更大胆，这也体现在他对中文新诗"环形结构"的大胆尝试上。所谓环形结构，在一般意义上是指诗的开头与结尾以重复方式相呼应，"回旋至自己开头，诗运用的是最简单而有效的结尾技巧之一"，诗的首尾呼应，是一种张力的制造与释放，期待的唤醒和实现，带来一种终结、化解、平

---

[1] 一校指北京大学，两刊即《新青年》和《新潮》。
[2] 朱自清：《诗与哲理》，收于《新诗杂话》，第33页。
[3] 所选版本收于《中国新文学大系·诗集》，上海：上海文艺出版社2003年影印版，第66页。
[4] 茅盾：《论初期白话诗》，载《文学》1937年第8卷第1期。

静的感受。"(环形结构的诗)在读者的意外(诗返回其自身)和熟悉(由于重复)两种感觉之间盘旋、玩味。由于这种独特的品质,其美学意义要超出一般直线性的结尾。"[1]康白情的《江南》(1920)在中文新诗中较早使用环形结构,诗的开头:

图1-3 《少年中国》1920年第1卷第9期:《江南》(康白情作)

只是雪不大了,/颜色还染得鲜艳。/赭白的山,/油碧的水,/佛头青的胡豆。

而诗的结尾:

背后十来只小鹅,/都张着些红嘴,/跟着她,叫着。/颜色还染得鲜艳,/只是雪不大下了。[2]

康白情的诗以色彩鲜明的意象和淳朴可喜的乡村景致著称,《江南》第一节出现的颜色就有赭白、油碧、佛头青等,我们未引部分出现的颜色更多,最后一节以湖花帕子与红嘴小鹅等意象结束。诗的首尾各两句近乎一致,唯有句序发生变化,同时"只是雪不大了"变为"只是雪不大下了",一字之差,显示出时间的缓慢流逝。作为一首描写宁静美丽乡村的新诗,环状结构犹如一张画框,将乡村安逸之美表现为一个界限清楚的空间,在形

---

[1]〔美〕奚密:《现代汉诗——1917年以来的理论与实践》,奚密、宋炳辉译,上海:上海三联书店2008年版,第131页。

[2]所选版本见《少年中国》1920年第1卷第9期。

式上也赋予该诗以一种秩序感和整体性。这种环形结构不能说是康白情独创——在后起新诗中，我们也常见采用类似结构的作品，如戴望舒名作《雨巷》——而其作用和表意在后来诗人手中都有所拓展。除首先使用环形结构外，康白情还有其他一些诗歌形式上的创造和巧思，如《送客黄浦》（1919），全诗三节，均以"送客黄浦：/我们都攀着缆——风吹着我们的衣裳，——"为开头，这种通过首句重复造成节与节间回环呼应的写法，直接影响了包括徐志摩《我不知道风在往哪个方向吹》（1928）在内的许多诗作。对康白情诗作不乏批评的梁实秋，也对他新诗的布局谋篇多有赞赏："越是平常的景致，越要写得不平常，才能令读者看得上眼。"[1]

冰心（1900—1999），本名谢婉莹，福建长乐人，1918年入北京协和女子大学（后并入燕京大学）学习医学，与俞平伯同为新文学第一个十年影响最大的两大文学社团之一——文学研究会的成员，也被认为是该社团作诗成就最大者。她在诗歌语言风格上，也较为接近胡适，又明显在胡适散文化新诗基础上有所发展。如废名所言，胡适的许多作品，已难免是在"凑句子叶韵"了，"实在新诗这样写下去已经渐渐走到死胡同里去"[2]。冰心的创作则在形式上为初创新诗吹来一阵清新之风。据冰心回忆，胡适与她没有过直接接触。不过胡适对冰心新诗评价很高，他认为，与同时代大量出现的诗人相比，冰心古典文学功底好，她给新诗"这一新形式带来了一种柔美和优雅，既清新，又直接"；并且，"她还继承了中国传统对自然的热爱，并在她写作技巧上善于利用形象"。[3] 两个评价都是中肯的。冰心新诗的清新直率类似胡适诗作的清浅易懂，不同处在于她的语言更简洁精炼；其新诗对自然意象的倚重，由《繁星》（1923）和《春水》（1923）两本诗集名也可见一斑。如《春水·二九》：

---

[1] 梁实秋：《〈草儿〉评论》，收于《〈冬夜〉〈草儿〉评论》，北京：清华文学社1922年版。
[2] 废名：《谈新诗·新诗应该是自由诗》，收于《废名集》第4卷，第1627页。
[3] 冰心：《回忆中的胡适先生》，载《新文学史料》1991年第4期。

> 一般的碧绿／只多些温柔。／西湖呵，／你是海的小妹妹么？[1]

将自然和景物拟人化，是冰心的惯用手法，但这种纯粹抒情，其实并不算冰心的创作主流。与五四时期其他作家诗人一样，对启蒙以及普世价值的表达与诉求，才是她创作的一以贯之的主题。她在诗中直接或间接地有时推崇母爱、童心和自然美，有时传达自己对生活和生命的颖悟。如传布较广的《繁星·一一六》：

> 海浪不住的问着岩石，／岩石永久沉默着不曾回答；／然而他这沉默，／已经过百千万回的思索。[2]

和胡适早年大部分诗作总要铺叙一番不同，冰心将自己的想法集中在简明的四句话里，以海浪与岩石两个意象构成对比结构，拟人化手法的使用，实际赋予意象以褒贬意味。岩石在这里成为某种坚韧沉默且不乏智慧的精神象征，海浪则给人浮嚣躁动的印象。由此我们也很容易发现冰心笔下的自然景物，往往被她驱遣着去传达某种比较明确的思想，这和胡适"说理"的新诗观又存在呼应。冰心是一个进步色彩浓厚的诗人，她的诗看似柔和优美，但对理性的坚持近乎固执，绝不给神秘主义以任何机会。有时这种对优美和理性的过度执着，容易流为矫揉，如《春水·一六一》：

> 隔窗举起杯儿来——／落花！／和你作别了！／原是清凉的水呵，／只当是甜香的酒罢。[3]

---

[1] 所选版本收于《春水》，北京：北新书局1925年版，第11页。
[2] 所选版本收于《繁星》，上海：商务印书馆1923年版，第98页。
[3] 所选版本收于《春水》，第61页。

这首诗并没有借物象表达什么思想，写的是一种类似宋词里"无可奈何花落去"的感情。但又流于一种涉世未深的个人情调，"好比是短兵相接，有时却嫌来得唐突"[1]。古典文学中对花落这一题材，有着更为成熟的表达。李清照《如梦令》曰："昨夜雨疏风骤，浓睡不消残酒。试问卷帘人，却道海棠依旧。知否，知否？应是绿肥红瘦。"同样是短制，即使不去考虑词的体制赋予诗句本身的形式整饬感，李清照也创造了一种带有反讽[2]意味的戏剧性场景——小姐在宿醉醒来后所关心者是海棠花，而丫头误会作海棠树。小姐与丫头的对话间，花落这件事因为不同文化阶层的认知落差，产生了喜剧效果。李清照未必刻意表达反讽，但其意自现。尤为可贵的是，《如梦令》在构思和表达上的成熟，避免了"惜花"这一行动可能产生的矫揉感。作为一名少年成名的小说家和诗人，冰心对自己的创作不足是有所反省的，正如她后来所说："生活中的经验，渐渐加强，我也渐渐的撷到了生命花丛中的尖刺。"[3]而一旦冰心能够将创作的神经松弛下来，她清新直接的小诗自然会产生一种打动人心的力量。如《繁星·七五》：

　　父亲呵！／出来坐在月明里，／我要听你说你的海。[4]

　　这首诗没有任何思想诉求，尊崇父爱也并非五四时期主流思想，它表达的仅是个人感情，温柔而真挚。大海俨然成了父亲丰富生命的象征。难怪论者说："这首小诗，却是写得最完全的，将大海与月明都装得下去，好像没有什么漏网的。"[5]"都装得下去"恰是说诗的表达与感情相得益彰，形式不

---

[1] 废名：《谈新诗·冰心诗集》，收于《废名集》等4卷，第1739页。
[2] 反讽（irony），指的是两个不相容的意义被放在一个表达方式中，用它们的冲突来表达另一个意义，以"修辞非诚"求得对文本表层意义的超越。
[3] 冰心：《寄小读者·四版自序》，收于《寄小读者》，上海：北新书局1936年版，第1页。
[4] 所选版本收于《繁星》，第93页。
[5] 废名：《谈新诗·冰心诗集》，收于《废名集》等4卷，第1743页。

是情感多余的装饰。在冰心诗里不时能看到印度诗人泰戈尔《飞鸟集》(*Stray Birds*)的影子。《飞鸟集》是泰戈尔的一部短诗集,这些短诗注重对自然的描写,小草、流萤、落叶、飞鸟、山水等都成了诗人借以表达感情与哲思的重要物像。这部诗集的短小形制与对自然物像的借用,给了冰心创作新诗的启发。冰心后来回忆:"我写繁星,正如跋言中所说,因着看太戈尔的飞鸟集,而仿用他的形式,来收集我零碎的思想。"[1]现在公认的说法是,在《飞鸟集》和周作人译介的日本短歌俳句影响下,产生了以冰心等人为主要作者的小诗体。

小诗体是新诗问世之初出现的一种形制短小的即兴短诗,其重点在于语言对刹那感受的捕捉,这种感受当然既包括理性的,也包含感性的。在冰心的两本诗集中,这一特点体现得非常明显。后来成为著名美学家的**宗白华**(1897—1986)同时期也创作了一些小诗,如《我们》:

> 我们并立天河下。/ 人间已落沉睡里。/ 天上的双星 / 映在我们的两心里。/ 我们握着手,看着天,不语。/ 一个神秘的微颤。/ 经过我们两心深处。[2]

诗只有短短七行且未分节,诗人传达出的"微颤"具体是什么,实在太过个人化,我们无从琢磨,其实重点是写微颤"经过我们两心深处"时的那种默契感;而以天河为背景,以沉睡的人间为映衬,这种默契被赋予一种夸张的特殊性:"在绝对的静寂里获得自然人生最亲密的接触"(宗白华:《我和诗》,1937)。[3]"诗缘情而绮靡,赋体物而浏亮"([西晋]陆机《文赋》),我们不免觉得,这样的诗,体物(描摹)有余而绮靡不足,散文化写法使

---

[1] 冰心:《自序》,收于《冰心全集》,上海:文华书局1943年版,第16页。
[2] 所选版本收于宗白华《流云》,上海:正风出版社1947年版,第9页。
[3] 宗白华:《我与诗》,见《文学》1937年第8卷第1期。

《我们》韵味散淡，表现力是较弱的。俞平伯《忆》中另一首小诗，同为"体物"之作，倒捕捉到一点读者可会心一笑的同感：

> 亮汪汪的两根灯草的油盏；/摊开一本《礼记》，且当她山歌般的唱。//乍听间壁又是说又是笑的，/"她来了吧？"/《礼记》中尽是些她了。/"娘！我书已读熟了。"（《忆·二十二》）

也是描摹体物，也有点像胡适《我们的双生日》里对生活片段的速写，但这首小诗提供了一个足够饱满的场景，诗人没有着意去表达任何思想性或神秘化的内容，只是在写少年的绮思春情，以一句令人不禁莞尔的"娘！我书已读熟了"结束。这种回忆中的自嘲与喜悦，反而产生机智的情绪张力。因小诗形制短小，传达信息的容量也受限，故而非常依赖自然意象间的有机连结与诗意的机巧，如泰戈尔《飞鸟集》第六首"如果你因失去了太阳而流泪，那么你也将失去群星了。"而在中国诗人笔下，戏剧性片段的呈现，似乎可让诗歌本身不那么依赖自然意象。湖畔诗人汪静之的《过伊家门外》就以短小篇幅呈现出这种微妙的戏剧张力：

> 我冒犯了人们的指摘，/一步一回头地瞟我意中人；/我怎样欣慰而胆寒呵。

这首出自诗集《蕙的风》（1922）的小诗，只有短短三句，制造了一个关涉爱情与社会道德两个话题的冲突场景。没有使用自然意象，诗人"天真、开朗的自我抒情主人公"形象跃然纸上。有趣的是，鲁迅对诗人写法颇有异议，曾对汪静之说"你那首'一步一回头瞟我意中人'的诗，接着还说什么'胆寒'，一个反封建的恋爱诗人，还不够大胆，可见封建礼教在人的脑子里是根深蒂固的。"[1]鲁迅的批评并非着眼于新诗形式，而是在意其思想表达。即使在其初创期，新诗也与其他文体一样，被期待有思想启蒙的现实功能。

湖畔诗人，在汉语新诗史的意义上，指的是新诗初创期出现的湖畔诗社同人，其成员包括浙江省立第一师范学校学生冯雪峰、汪静之、潘漠华和在杭州工作的应修人等，他们的第一本诗合集《湖畔》（1922）初版时在封里印有"我们歌笑在湖畔，我们歌哭在湖畔"。他们还合出过《春的歌集》（1922）。在年轻时的这段文学活动中，四位诗人均创作了许多爱情题材新诗。朱自清在《中国新文学大系·诗集导言》（1935）[2]中说："真正专心致志做情诗的，是'湖畔'的四个年轻人，他们那时候差不多可以说生活在诗里。"有的作品虽不免流于略显空泛的浪漫主义抒情，却有一种清新直接的力量，如应修人《我认识了西湖了》：

从堤边，水面/远近的杨柳掩映里，/我认识了西湖了！[3]

这样的作品，在诗歌形式上的确略乏经营，不过，以其小诗体特有的对瞬间情绪的捕捉，还是有一种清新的刺激的。**应修人**（1900—1933），浙江慈溪人，字修士。他在新诗初创期以写情诗著称，后来则投身革命活动。他的第一首情诗《妹妹你是水》明显效仿了民歌的语调和形式，颇有一种青春的浓烈：

妹妹你是水——/你是清溪里的水。/无愁地镇日流，/率真地

---

[1] 汪静之：《鲁迅——莳花的园丁》，收于《鲁迅诞辰百年纪念集》，长沙：湖南人民出版社1981年版，第208页。
[2] 收于《中国新文学大系·诗集》，第4页。
[3] 所选版本收于《应修人潘漠华选集》，北京：人民文学出版社1957年版，第11页。

长是笑,/自然地引我忘了归路了。//妹妹你是水——/你是温泉里的水。/我底心儿他尽是爱游泳,/我想捞回来,/烫得我手心痛。//妹妹你是水——/你是荷塘里的水。/借荷叶做船儿,/借荷梗做篙儿,/妹妹我要到荷花深处来![1]

虽然湖畔诗人受到鲁迅的支持与指导,但这种三节的整饬结构,其实还是有胡适一些诗的影子。

汪静之(1902—1996),安徽绩溪人,是胡适同乡,早年作诗曾得胡适指教,后来交恶,晚年还称胡适为"五四时代的右派名家"(汪静之:《〈六美缘:诗因缘与爱因缘〉自序》,1996)。汪静之步入诗坛之初,因其情诗取材和表达的大胆,遭主流舆论攻击,曾获鲁迅等人支持帮助。几十年后他回忆道,自己对鲁迅爱情诗《爱之神》"一读懂就很有味了。这首《爱之神》就成了早期新诗中我最爱的一首",不过,鲁迅的《爱之神》虽也倡导自由恋爱,但与湖畔诗人的爱情诗,尤其是汪静之诗作那种浓得化不开的风格,可说大异其趣。双方产生共鸣的,无疑是提倡自由恋爱这一思想主题。汪静之的小诗堪称构思精巧:

芭蕉姑娘呀,/夏夜在此纳凉的那人儿呢?(汪静之《芭蕉姑娘》)[2]

这首《芭蕉姑娘》给人的第一感觉是亲切,诗人写的是暗恋,表达上虽不无矫揉但好在清澈明晰。从修辞方法看,拟人化的芭蕉形象叫人想起冰心某些小诗。芭蕉姑娘被诗人赋予单恋见证者的身份,构思不能说不巧妙,只

---

[1] 所选版本收于《应修人潘漠华选集》,北京:人民文学出版社1957年版,第37页。
[2] 所选版本收于汪静之:《蕙的风》,上海:亚东图书馆1922年版,第55页。

是总少了点分量。与其手法、篇幅都类似的另一首唐诗就显得深沉许多："去年今日此门中，人面桃花相映红。人面不知何处去，桃花依旧笑春风。"（[唐]崔护《题都城南庄》）唐诗中暗恋色彩减弱，与《芭蕉姑娘》相似的是同样以自然之物拟人化为爱情见证，通过这一见证人的引入，使得属私人领域的情感故事获得了戏剧性的外在冲突。两首诗都在避免直抒胸臆，因为把爱意直接道出并不容易讨巧，第三方（芭蕉/桃花）的出现避免了自说自唱的尴尬。毫无疑问，后者相对前者堪称脍炙人口。这种比较不大公平，因为后者被选入清代以来最有影响的唐诗选《唐诗三百首》，背后还有人们熟知的《本事诗》[1]中终成眷属故事的加成。不过，我们也不能不承认，就算没有这些因素，唐诗仍在其成熟的形式感上远胜前者。**冯雪峰**（1903—1976）后来也投身革命，他作为湖畔诗人的一员时，诗作数量不多，但富于天真气味，呈清新诗风，与"湖畔"诗风偏离不大。比较特殊的是**潘漠华**（1902—1934），他是浙江宣平（今属武义）人，早年经历过较多家庭不幸，这使他的新诗成为湖畔晨光里的一个"异数"。如《小诗两首》之一：

> 脚下的小草啊，/你请饶恕我吧！你被我踩躏只一时，/我被人踩躏是永远啊！[2]

其构思不禁让人想到顾城13岁所作小诗《我的幻想》："我在幻想着，/幻想在破灭着；/幻想总把破灭宽恕，/破灭却从不把幻想放过。"顾城是直抒胸臆地表达感慨，潘漠华则通过拟人化的小草抒发对自身悲剧遭遇命定般的哀叹。相较于顾城小试牛刀之作的少年狠辣，潘诗更带有五四时期诗歌特

---

[1]《本事诗》，晚唐诗人孟棨所撰笔记小说集，所记均系唐诗本事，《题都城南庄》的故事即出自此书。
[2] 所选版本收于《应修人潘漠华选集》，第96页。

有的**三底门答尔**[1]特质。这从诗人笔名也可看出端倪,潘漠华本名潘训,漠华为其笔名,其喻义为大漠之华(花),于荒芜中仍有开出鲜花的期待,悲观与乐观并存中似乎隐现着某种宗教感。

> 我想在我底心野,/再摘拢荒草与枯枝,/寥廓苍茫的天宇下,/重新烧起几堆野火。我想在将天明时我的生命,/再吹起我嘹亮的画角,/重招拢满天的星,/重画出满天的云彩。我想停唱我底挽歌,/想在我底挽歌内,/完全消失去我自己,/也完全再生我自己。(潘漠华《再生》)[2]

如时人所言:"新诗破除一切桎梏人性底陈套,只求其无悖于诗底精神罢了"[3],这种自由色彩颇重的观念其实在新诗发展早期创作实践中就被广为接受,形式的散文化、不受格律押韵限制,思想上的普世主义和世界主义,都见于前述早期新诗中。潘漠华这首《再生》同样是散文化的,但其表达与运思充满神秘色彩,荒草、枯枝、苍茫天宇都构成诗人此时"心野"的视景,而他以"画角"这一意象"招拢"群星,在挽歌中期待自我的"消失"与"再生"。无论就诗歌展示精神视野的寥阔与神秘,还是其中蕴含的有关"复活"的并非图解的宗教色彩,都表现出一种与时代有异的思想风貌。因为创作时间的短暂与诗歌数量较少,潘漠华并未在"再生"与复活这个精神原型上进一步探索。

郭沫若(1892—1978)是文学革命时期两大文学社团中创造社的主力之一,也是创造社同人在汉语新诗建设方面贡献最大的诗人。国内发生新文化运动时,郭沫若尚在日本留学,故他的新诗写作起步要比胡适等人稍

---

[1] 三底门答尔,为五四时期文人对 sentimental 一词的音译,意为"感伤的"或"伤感的"。梁实秋评价五四早期文学"伤感主义近来已成了流行的症候"(《文学的纪律》,1928)。张爱玲认为:这个音译"含有一种暗示,这情感是文化的产物,不一定由衷,又往往加以夸张强调。"(《谈看书》)
[2] 所选版本收于《应修人潘漠华选集》,第98页。
[3] 康白情:《新诗底我见》。

晚，但在当时影响却更大。他的诗集《女神》出版于1921年，收入1919年到1921年之间的主要诗作，连同序诗共57篇，多为诗人留学日本时所写。其中的《凤凰涅槃》《女神之再生》《炉中煤》《天狗》《晨安》等已成为各种现代诗选反复收录的经典之作。相较于胡适以及其他更在意于新诗形式规范探索的诗人，郭沫若的自由诗集《女神》可以说最彻底地贯彻了"只求其无悖于诗底精神"的创作理念。同样是表达普世主义和人道主义的思想，郭沫若诗作在表达上更加恣肆。在别的诗人还为韵律、节奏和诗的本质是否应为"贵族的"而苦恼时，郭沫若已经在自由诗的道路上走得很远了。胡适在阐述新诗创作方法时，最早用了"现实主义"这个词，郭沫若则有力扭转了这一风气，《女神》带动了浪漫主义诗风异军突起。无论在新诗语言自由化上的开拓，还是在新诗美学风格的发展方面，《女神》都成为当时年轻诗人学习的标杆。不过，耐人寻味的是，虽然《女神》被主流文学史认为"堪称中国现代新诗的奠基之作"[1]，但其在风格、语言和结构上的成果却很少被后来诗人所效仿，甚至"适之体"作为一种新诗传统都比"女神体"延续演化得更为久远。这里不无郭沫若早期创作激情洋溢但稳定的形式创造较少的原因。以《晨安》一诗为例，其思想混杂了朴素的世界主义和爱国主义，38行诗句，诗人的问候从日本出发，环绕全球，向沿途的各种人物、建筑、国家等道"晨安"，最后回到日本。语言上明显模仿美国诗人惠特曼汪洋浑涵的风格，使用大量散文化长句，完全不考虑押韵。《晨安》也过度依赖感叹词与惊叹号保持情感的高扬状态，65个感叹词和88个惊叹号的使用，表现的是一种不免有些机械化的激情。

　　《女神》一书后来历经至少九次修改，除却其他外在因素，也可以看出郭沫若的新诗美学观念是不断变化的。即使是《女神》中的作品，也不尽是激情洋溢，亦有《西湖纪游》这般从容闲散之作，如其中的《赵公祠畔》，

---

[1] 钱理群、温儒敏、吴福辉：《中国现代文学三十年》，北京：北京大学出版社1998年版，第103页。

图 1-4 《创造季刊》1922 年第 1 卷第 2 期:《星空》(郭沫若作)

在前面铺叙结束后,结尾是一段生趣盎然的小品:

> 草上的雨声/打断了我的写生。/红的草叶不知名,/摘去问问舟人。//雨打平湖点点,/舟人相接殷勤。/登舟问草名,/我才不辨他的土音。/汲取一杯湖水,/把来当作花瓶。[1]

这个结尾胜在情致自然,情绪"很有点纷至沓来"(废名语),"我"与"舟人"因方言发生的文化冲突也颇有幽默感。以一句"汲取一杯湖水,/把来当作花瓶"作为收束,暂时收敛《女神》大部分作品那种强烈躁动的气质,代之以不问世事的文质彬彬。伴随着对新诗创作思考的深入,1923年的《星空》中热情的因素减少了,诗人受到泰戈尔影响,创作了一批精致优美的小诗,如《夕暮》:"一群白色的绵羊,/团团睡在天上,/四周苍老的荒山,/好像瘦狮一样。//昂头望着天,/我替羊儿危险,/牧羊的人呦,/你为什么不见?"[2] 这首诗被时人认为是"新诗的杰作",除了带有小诗特有的机智以外,它胜在出于自然、浑然天成。类似的小诗还有《偶成》:

> 月在我头上舒波,/海在我脚下喧豗,/我站在海上的危崖,/

---

[1] 所选版本收于桑逢康校:《〈女神〉汇校本》,长沙:湖南人民出版社 1983 年版,第 166 页。
[2] 所选版本收于《星空》,上海:泰东图书局 1929 年版,第 32 页。

儿在我怀中睡了。[1]

我们不禁想起冰心写给父亲的那些诗，短小、真挚而优美，只是在《偶成》里，人物关系要倒置过来，是诗人以父亲身份在言说。月光和大海在这里只构成美好宁静夜晚的背景，是修辞效果较为弱化的意象，"我"怀抱婴儿站在悬崖上这个视景才是诗人的表述重点，危险的处境（危崖）与日常的场景（怀抱婴儿）制造了强烈的冲突感。与出自同时期诗人刘半农《扬鞭集》（1926）的另一首篇幅相似、也是写家庭生活的《母亲》，在美学追求上恰好形成对照：

> 黄昏时孩子们倦着睡着了，/后院月光下，静静的水声，/是母亲替他们在洗衣裳。[2]

如鲁迅所说，**刘半农**（1891—1934）"是《新青年》里的一个战士"（《忆刘半农君》，1934），他认为写诗都是有所为而发，并非"为做诗而做诗"，其直面现实的态度与胡适对"现实主义"的提倡异曲同工。这首《母亲》如他的一贯风格，贵在平淡的白描。与郭沫若《偶成》的相似之处在于，这里也有一组冲突关系的营造，即孩子们"倦着睡着了"与母亲的劳作；其差异在于诗人主体人格的介入程度。刘半农《母亲》是一种外在的静观，他是在伦理层面去呈现出母亲劳作这一行动中蕴含的母爱，以及孩子们对此的无知无觉。而《偶成》中的婴儿只是诗人主体人格的一部分，是他与外界抗争的"弱点"之一；"危崖"的存在更强化了外在环境的险恶。这种诗人主体人格的扩张性，在郭沫若的诗中始终如一地存在着，并支配着

---

[1] 所选版本收于《星空》，上海：泰东图书局1929年版，第15页。
[2] 所选版本收于刘丰农：《扬鞭集》，北京：中国文联出版公司2001年版，第115页。

他新诗美学风格的走向。如写于1925年的组诗《瓶》，加上开篇献诗共43首，均是从不同侧面"以自传方式倾诉性地表现一个浪漫的爱情故事"[1]，与五四时期流行的其他文体如日记、书信以及自叙传小说一样，自传性强化了这本诗集中诗人强烈的主体人格，如第31首：

> 我已成疯狂的海洋，/她却是冷静的月光：/她明明在我的心中，/却高高挂在天上，/我不息地伸手抓拿，/却只生出些悲哀的空响。[2]

海洋和月光在这里形成了一对相关性明显的意象，各自代表了"我"与"我"求而不得的爱人"她"。小诗构思精巧之处在于，不同于《女神》中大部分诗歌意象使用的随意，海洋与月光的对比结构有机贯彻于整首诗里。月光的确会映射在海上——"她明明在我的心中"，但正如我们熟悉的镜花水月典故，这种映射恰恰表达了两者关系隔绝的一面——"却高高挂在天上"。诗人将海洋奔涌的波浪比作激烈却毫无意义的动作，夸张地抒写爱而不得之绝望。同类以相关性意象表达爱与渴望的新诗还有很多，如徐志摩的《雪花的快乐》(1924)。不同于《瓶·三十一》中强烈的绝望，至少在诗歌表层表意上，《雪花的快乐》是轻盈而无求的，诗人只求卑微地"消溶，消溶，消溶/溶入了她柔波似的心胸"。两首诗虽然展示出不同审美特质，但都凸显了诗人的主观人格。显然，在倾向浪漫的诗人那里，诗人个性较为直露地支配着诗作的情感倾向。郭沫若诗中带有一种"自生光的唯我论"，自我的强烈扩张，在文本上创造出一个永远进步、永远凯旋的"我"。

与郭沫若热烈、光明、激情、扩张的自我不同，另一位新诗作者李金发的新诗则展示了寒冷、黑暗、无力、颓废的自我。**李金发**（1900—1976），

---

[1] 蓝棣之：《现代诗的情感与形式》，北京：人民文学出版社2002年版，第9页。
[2] 所选版本收于郭沫若：《瓶》，上海：创造社出版部1927年版，第62页。

本名李淑良，广东梅县人，被认为是中国第一位象征主义诗人[1]，也是文学研究会成员。1925年他从法国留学归来后即改名"金发"，据说1922年夏天他在巴黎生病时，病中总是"梦见一个白衣金发的女神'领他'遨游空中"，后来为纪念这个女神，"好几次将金发做写文章的笔名"（李金发：《我名字的来源》）。他19岁就开始汉语新诗创作，与文学革命时期许多新诗作者不同，他早期新诗写作始于异国，与国内文化环境脱离，又受到法国象征主义文学影响，所以他的作品在语言风格和主题表达上都与当时国内主流新诗拉开了距离。不同于胡适以及文学研究会其他成员新诗的写实主题，他的诗歌并不直接面对现实，而是倾向于私人表达；也不同于郭沫若等诗人直露的浪漫主义诗风，他的作品往往表现出晦涩、断裂与破碎的风格。同时代的作家和学者苏雪林既肯定他对汉语新诗的贡献："近代中国象征的诗至李金发而始有，在新诗界中不能说他没有贡献"，这种称赞也不是没有保留："李金发的诗没有一首可以完全叫人了解。"[2]这代表了相当一部分人的看法。李金发对此有自己的解释，他说："艺术是不顾道德，也与社会不是共同的世界。艺术上唯一的目的，就是创造美，艺术家唯一的工作，就是忠实表现自己的世界。"（《少生活美性之中国人》，1926）以他发表的第一首新诗《弃妇》为例：

> 长发披遍我两眼之前，/遂割断了一切羞恶之疾视，/与鲜血之急流，枯骨之沉睡。/黑夜与蚊虫联步徐来，/越此短墙之角，/狂呼在我清白之耳后，/如荒野狂风怒号：/战栗了无数游牧。//靠一根草儿，与上帝之灵往返在空谷里。/我的哀戚惟游蜂之脑能深印着；/或与山泉长泻在悬崖，/然后随红叶而俱去。//弃妇之隐忧堆积在动作上，/夕阳之火不能把时间之烦闷/化成灰烬，从烟突里

---

[1] 1933年，苏雪林在《现代》第3卷第3期发表《论李金发的诗》一文，首次使用"中国象征派"一词来定义李金发诗歌。
[2] 苏雪林：《论李金发的诗》，见《现代》1933年第3卷第3期。

飞去，/长染在游鸦之羽，/将同栖止于海啸之石上，/静听舟子之歌。//衰老的裙裾发出哀吟，/徜徉在丘墓之侧，/永无热泪，/点滴在草地，/为世界之装饰。[1]

这首诗在周作人推荐下，发表于1925年《语丝》杂志第14期，周作人称赞此诗"国内所无，别开生面"。《弃妇》的发表也被认为是中国象征派诗歌诞生的标志。李金发的创作借鉴法国象征主义诗歌的原则，注重新诗意象的象征性，他说："诗之需要image[2]犹人身之需要血液。"（《序林英强的〈凄凉之街〉》，1933）这种对象征的强调，体现在创作中：第一，意象的使用不再是随意的点缀和修饰，而是被赋予了整体的象征含义；第二，这种象征性是有机的，整首诗的意象间构成一个可以自洽的象征体系；第三，意象的选择带有陌生性和疏离感；第四，随之而来的，陌生化[3]意象的使用不免导致诗作表达的晦涩，或可理解为象征诗本身意象内涵的多义性。胡适等其他早期新诗诗人也注意到意象的重要性，且也会让意象服务于整首诗，但往往是运用在篇幅较短的作品中；在较长篇幅的诗作里，意象使用仍然让位于直接抒情。李金发对象征手法的使用，有时也不免流于炫技而难于自圆其说，《弃妇》算得上这一手法贯彻得较好的一首。诗的第一节中，"长发"既是一般女性特征，同时也带有社交隔断的象征含义。"弃妇"本身是不平等婚姻的受害者，同时又受到世俗目光的歧视。长发这一意象隔断的是世俗歧视——"羞恶之疾视"，以及自身的哀怨与愤怒等情绪——"鲜血之急流"，甚至包括人类对死亡的本

---

[1] 所选版本收于《中国新文学大系·诗集》，第200页。
[2] 李金发这里说的image，显然更接近一般意义上的意象。
[3] 陌生化（defamiliarization）由20世纪初俄国形式主义者什克洛夫斯基所提出。所谓陌生化就是"使之陌生"，就是要审美主体对受日常生活的感觉方式支持的习惯化感知起反作用，使审美主体即使面临熟视无睹的事物时也能不断有新的发现，从而延长其关注的时间和感受的难度，增加审美快感，并最终使主体在观察世界的原初感受之中化习见为新知。

能直视——"枯骨之沉睡"。"割断"一词转换了其日常含义，成为对弃妇决绝、无奈与清醒的一种象征性动作表达。第一节其他五行则是一个心理过程的描写，"黑夜与蚊虫联步徐来"象征了世俗纷扰的强大及其缓慢的侵入感，表达的恰是"割断"之不可能。第二节是完全的精神领悟，"一根草儿"与"上帝"间的联系，这两个意象表示的是自我精神救赎的渺茫——"我的哀戚惟游蜂之脑能深印着"，也许"游蜂"是弃妇孤寂生活中少有的有生命的陪伴。弃妇把救赎的希望又寄托于自然之美："或与山泉长泻在悬崖，／然后随红叶而俱去。"诗的头两节晦涩之处在于意象的纷至沓来与陌生化，读者很难轻易理解这些意象间微妙的关联，只有浸入其具体情境中才能将这些意象的象征关系理清。第三节就较为明晰了，弃妇经历了被世俗的边缘化与自觉的自我弃绝，以及通过宗教或美学救赎的精神活动，抒情主体也由"弃妇"转为一个外在观察者。"隐忧堆积在动作上"一句中，"隐忧"这一情绪被赋予物理化形体与分量，这是古典诗词的常见写法，如李清照《武陵春》中"只恐双溪舴艋舟，载不动，许多愁"。"动作"一词与下文联系起来，我们很容易明白是指生火做饭。如此渴望精神救赎的弃妇，仍要回归现实柴米油盐，生活的琐碎羁绊纠缠着她。"夕阳之火"则是借助联想实现的炊火意象的延续，由炊火到炊烟，成为"时间之烦闷"（即隐忧）的载体，又是对隐忧的隐喻[1]，借由"游鸦之羽"将其带向"舟子之歌"的诗意救赎境界。"衰老的裙裾"是对衰老与死亡的转喻[2]，"裙裾"是明显的女性服饰，"衰老"标识时间，"丘墓"代表死亡。在压抑的环境中，弃妇最终的姿态是"永

---

[1] 隐喻（metaphor），在诗歌中，单一意象不足以表达某一特定的情感，因为它无法表达诗人情感中复杂的前因后果，意象只有进入一个语言系统后才能获得诗歌功能，这是由意象自身的模糊性决定的。隐喻基于本体和喻体的相似性，不明示其相似性，而是通过暗示方式表明类比的意思。
[2] 转喻（metonymy），也称换喻，来源于古希腊语，词义是"意义的改变"。转喻是基于本体和喻体的邻近性，是在空间的邻近、共存关系，时间先后关系，因果关系的基础上形成的。以材料指制品、以原因指结果、以手段指主体等都是转喻的常见类型。

图1-5 作家书屋1947年版《新诗杂话》(朱自清著)

无热泪,／点滴在草地,／为世界之装饰",我们可以理解为一种倔强与骄傲,弃妇经历了痛苦与自省,她最后的骄傲便是拒绝被世界他者化,"永无热泪"——拒绝以弱者的样貌被同情、怜悯与嘲笑。整首诗的情绪是压抑的,又是有机推进的,我们看到了一个中国传统文学中典型的"耿耿不寐,如有隐忧"的弃妇形象,她面对"心之忧矣,如匪浣衣"的现实,经历了精神的彷徨与挣扎,最终仍愿压抑痛苦、以自尊自爱形象示人。

朱自清赞赏李金发善于"创造新鲜的隐喻"[1],他在《中国新文学大系·诗集导言》(1935)中对李金发新诗的布局谋篇发表评价:"他的诗没有寻常的章法,一部份一部份可以懂,合起来却没有意思。他要表现的不是意思而是感觉或感情……这就是法国象征诗人的手法;李氏是第一个人介绍它到中国诗里。"这种评价基本合理。文学革命发生时李金发在国外,他对古典诗歌传统与意象是有学习和效仿的,"弃妇"本身就是一个传统诗词中的典型形象。李金发还批评同时代诗人对古典重视不够:"余所怪异何以数年来关于中国古代诗人之作品,既无人过问,一意向外采辑,一唱百和。"[2]李金发一生创作400多首诗,越到后来,其作品越发与国内主流风气趋同,对古典诗词仍多有借鉴,只是语言风格上渐趋通畅平和,如《闺情》:

---

[1] 朱自清:《诗的形式》,收于《新诗杂话》,第142页。
[2] 李金发:《〈食客与凶年〉自跋》,收于《食客与凶年》,北京:北新书局1927年版,第236页。

> 风与雨打着窗,正象黄梅天气,/人说夫婿归来了,奈猿声又绊着行舟,//枯瘦的黄叶象是半死,雪花把他/活活地埋葬,有谁抱这不平!//生怕别离,那惯晚烟疏柳的情绪,/流水无言,独到江头去,那解带这一点愁。//欲按琴微歌,又被鸟声惊住:/"梦儿使人消瘦,冷风专向单衫开处。"[1]

采用四节结构,每节两行,并且较为散乱地部分押韵。诗的第一节,"人说夫婿归来了,奈猿声又绊着行舟"叫人联想起李白《长干行》中"五月不可触,猿声天上哀"中的思妇之忧。

通过对西方文学传统的学习,早期新诗在创造新形式上收获不小,为之后新诗语言与结构的进一步发展奠定了基础。在阅读这些新诗的过程中,我们要清楚地认识到,对诗歌的理解,要考察其思想倾向和语言形式两个方面,不能仅仅停留在表意表层。如胡适《我们的双生日(赠冬秀)》,表面上看来是直接去书写夫妻关系的"温馨"一面,但这种"温馨"也有时代痕迹——"每回吵过也就好了"中不乏苦涩的无奈。"这首诗早被他撕了","撕"这一动作的暴力色彩其实稀释了诗中所写的家庭温馨。生活在文化与伦理变革时代的诗人,无心中写出文化差异导致的黑色幽默。以胡适淡泊平和的诗人个性而言,他未必对妻子真有不满,这种戏剧性的黑色幽默是存在于诗中的潜文本[2]。评价这些早期作品时,也应该要兼顾其诞生的历史环境。胡适大部分新诗,固然存在不能挣脱旧诗轨范(如著名的《蝴蝶》)或散文色彩太重等缺陷,但也代表了汉语新诗创造之初,诗人对语言形式的一种探索。且这种探索以人际影响和现代传播方式潜移默化地带动了更

---

[1] 所选版本收于《食客与凶年》,第127页。
[2] 潜文本(under-text),是指虽在文本层面被读者注意和接收,但并不显在和直接地构筑读者的态度、观念、意识形态的文本,它与诗歌的表层表意间构成互文性(intertextuality)效果,其实也在参与诗歌张力的制造。

有天赋的后来者，我们在俞平伯、冰心等人作品里很容易发现胡适的影子。不久就有新诗风的崛起，《尝试集》出版第二年出现的《女神》便以其浪漫主义诗风突破了胡适规行矩步的"尝试"。而且，这种嬗变还在以更加快速的方式发生着，在这个十年，新月诗人已经开始创作并获得诗坛相当大的认可，他们的创作，对于胡适诗歌的情感不足与郭沫若诗歌语言的过度恣肆都有所纠正。

第二章 梦在无梦的梦中（1926—1936）

> 梦在无梦的梦中 / 知道跋涉的重量吗 // 悄悄落在林外的 / 流星而已 // 当我们怀归的时候 / 我们是鱼 // 古代的行脚僧人 / ——闭目而远去 // 夜在盲人眼里 / 莲花遂开遍大千世界 // 寂灭的渴慕者与鱼 / 仍以大海作最后的家乡（罗莫辰：《夜》，1934）[1]

胡适《尝试集》出版以后的中文新诗，主要随着文学革命的潮流而发展。新诗创作不无辅助白话文学站稳脚跟这一功利目的。诗人对新诗形式和本质的探索存在着，却没有形成潮流。1923 年，俞平伯就批评道："我们所有的，所习见的无非是些古诗底遗蜕，译诗底变态，至于当得起'新诗'这名称而没有愧色的，实在是少啊，实在是太少了啊！"[2] 就在这一年，闻一多出版了他的《红烛》，徐志摩也在杂志上不点名地批评郭沫若诗作《重过旧居》。这两位后来的新月派诗人登上文坛，意味着一股新的诗潮到来。《新月》杂志创刊于 1928 年，新月派的新诗主张则提出得要更早一些。紧随新月派脚步的，是戴望舒等现代派诗人。鲁迅新诗创作得很少，但他的《野草》中相当数量的作品在格调和品味上都是优秀的新诗，我们也会在这一讲介绍。

鲁迅（1881—1936）的主要创作是小说和杂文，只是在文学革命初期写了六首新诗，即《梦》《爱之神》《桃花》《他们的花园》《人与时》和《他》[3]，这些诗大体符合胡适所说的"诗该怎么做，就怎么做"，完全放弃旧体诗格律，以散文化笔法写成，并不晦涩难懂。他早期写的几首新诗往往就事而发，其实是用杂文写法作诗，对具体社会与现象做出嘲讽，如《桃花》：

> 春雨过了，太阳又很好，随便走到园中。/ 桃花开在园西，李

---

[1] 所选版本收于《文学季刊》1934 年第 2 卷第 4 期。
[2] 俞平伯：《读"毁灭"》，见《小说月报》1923 年第 14 卷第 8 期。
[3] 六首诗均发表于《新青年》，前五首发表时间为 1918 年，《他》发表于 1919 年。

花开在园东。/ 我说:"好极了!桃花红,李花白。"/(没说,桃花不及李花白。)/ 桃花可是生气了,满脸涨作"杨妃红"。/ 好小子!真了得!竟能气红了面孔。/ 我的话可并没得罪你,你怎的便涨红了面孔?/ 唉!花有花道理,我不懂。[1]

小诗调侃了狭隘的立场先行观念,清浅而幽默。在表达上,鲁迅设计了戏剧化冲突场景,比同代人平铺直叙的写法技高一筹。胡适也认可鲁迅的新诗:"我所知道的'新诗人',除了会稽周氏兄弟之外,大都是从旧式诗、词、曲里脱胎出来的。"[2]鲁迅则对新诗写作不算热衷:"我其实是不喜欢的⋯⋯只因为那时诗坛寂寞,所以打打边鼓,凑些热闹;待到称为诗人的一出现,就洗手不作了。"[3]但鲁迅对新诗创作有自己的独到看法:"我以为感情正烈的时候,不宜作诗,否则锋芒太露,能将'诗美'杀掉。"[4]由此可见,鲁迅对表达直露、情感泛滥的浪漫主义新诗并不欣赏。在新诗写作语言风格上,鲁迅对当时主流诗歌是持保留态度的。

1927年,鲁迅出版散文诗集《野草》,"真正标志鲁迅诗创作成就的是《野草》"[5]。对于《野草》文体,鲁迅认为当属散文诗:"有了小感触,就写些短文,夸大点说,就是散文诗,以后印成一本,谓之《野草》。"[6]《野草》共收入1924—1926年所作23篇作品,书前有题辞一篇。其中一些作品文体上更接近散文,如《秋夜》《风筝》等;有些则似寓言,如《聪明人和傻子和奴才》;有的如《我的失恋》更像较早时候他写过的讽刺诗。《野草》中有15篇写于1925年,不同于他那些充满战斗性的、直指现实的文字,这些作

---

[1] 所选版本收于鲁迅:《集外集》,见《鲁迅全集》第6卷,北京:人民文学出版社2005年版,第33页。
[2] 胡适:《谈新诗》,收于《胡适文存》第1卷,第235页。
[3] 鲁迅:《〈集外集〉序言》,收于《鲁迅全集》第6卷,第4页。
[4] 鲁迅:《两地书·三二》,收于《鲁迅全集》第11卷,第99页。
[5] 陆耀东:《中国新诗史》第1卷,第377页。
[6] 鲁迅:《〈自选集〉自序》,收于《鲁迅全集》第4卷,第469页。

品表达独特而思想深邃,属于真正意义上的新诗。《野草》中的诗作呈现了极有张力的意象与各种极端的对比结构,语言晦涩而富于多义性,却以其对生存困境的思考和"压倒性的虚无主义"吸引着一代代读者。《野草·题辞》(1927)作为整本书第一篇,就能鲜明地体现鲁迅诗风——进化论思想与诗人潜意识中自发的存在主义间的矛盾,被坦率地呈现出来,主体精神的矛盾性为"野草"这一富于张力的意象所吸收并承载:

> 生命的泥委弃在地面上,不生乔木,只生野草,这是我的罪过。
>
> 野草,根本不深,花叶不美,然而吸取露,吸取水,吸取陈死人的血和肉,各各夺取它的生存。当生存时,还是将遭践踏,将遭删刈,直至于死亡而朽腐。
>
> 但我坦然,欣然。我将大笑,我将歌唱。
>
> 我自爱我的野草,但我憎恶这以野草作装饰的地面。
>
> 地火在地下运行,奔突;熔岩一旦喷出,将烧尽一切野草,以及乔木,于是并且无可朽腐。
>
> 但我坦然,欣然。我将大笑,我将歌唱。[1]
> ……

《题辞》写于全书完成一年多后结集出版时,并非"序言"或"跋语",但确实形象地概括了整本书的美学指向。从某种意义上看,书中每篇充满矛盾的诗作就如野草这一意象被鲁迅赋予的意义,脆弱、渺小、"不美"但生生不息。诗人"我"认下了大地"不生乔木,只生野草"的"罪过"。"罪过"不是一般经验意义上的"有罪",而是隐喻了诗人对时代性苦难的自觉承担。

---

[1] 所选版本收于《鲁迅全集》第2卷,第163页。

某种意义上,《题辞》中诗人的主体性是扩张的,类似于某些浪漫主义诗作中的自我;但不同之处在于,这里的"我"又有自省内敛的一层,无论面向外在环境——如"以野草作装饰的地面",还是面向自身——"我希望这野草的死亡和朽腐,火速到来。要不然,我先就未曾生存"。对于外部世界与诗人自省人格间的矛盾,鲁迅没有耽于批判或给出解答,他只指出行动的意义:"当我沉默着的时候,我觉得充实;我将开口,同时感到空虚",这充满悖论又饱含弹性的句子,如当头棒喝,既表达对行动意义的茫然空虚,又强调了其不得不然。鲁迅对写作《野草》的时空环境有过解释:"前面则

图 2-1 《语丝》第 138 期(1927 年)刊鲁迅《野草·题辞》

海天微茫,黑絮一般的夜色简直似乎要扑到心坎里。我靠了石栏远眺,听得自己的心音……这时,我曾经想要写,但是不能写,无从写。这也就是我所谓'当我沉默着的时候,我觉得充实;我将开口,同时感到空虚'。"[1]《野草》大部分篇章写于鲁迅人生与精神的低谷,这加剧了他内心"光明"与"黑暗"一体两面的矛盾,写作本身就成为反抗虚无感的行动。这种行动与反抗有时加深了诗中自我人格的两重化,如《影的告别》(1924);有时探讨的是对人的存在与行动意义的质疑及这种质疑的无解,如《希望》(1925)。

"《野草》更像用诗的形式书写的哲学著作",[2] 但它放弃了任何抽象的理

---

[1] 鲁迅:《怎么写》,收于《鲁迅全集》第 4 卷,第 18—19 页。
[2] 孙歌:《绝望与希望之外》,见《上海师范大学学报·哲社版》2020 年第 1 期。

论语言,而是以意象描述传达哲学命题。仅以形式而论,《野草》创造了新诗的"说梦体式",其中许多篇都是这样开头的:"我梦见自己在……"而其他篇章,也多是在或幻像、或回忆、或夜色、或神话中托出,或"睡到不知时候的时候"说出[1]。说梦的形式,给予诗人想象力以极大空间与弹性,同时也增加了理解诗歌的难度。同样是写梦,胡适写的是"你不能做我的诗,正如我不能做你的梦"那样光明的梦,鲁迅笔下的"梦"则近似失控的梦魇——"在《野草》中,鲁迅瞥见了无意识的世界"。胡适《梦与诗》中的"梦"只是修辞意义上的,是以诗的形式作文章;鲁迅《野草》中的"梦"更像真正的梦,也是"具体而微"的好诗:"带着浓烈沉郁的感情的意象,行止于幽幽发光,但形式奇特的字行间,宛如找不着铸模的融熔的金属一般。"[2]

《野草》无论是思想深度的独到、对感情处理的特殊还是形式上的独创,都很难为鲁迅同代人所效仿。从胡适到郭沫若,诗坛的主流创作与对新诗的认知,于内容和形式方面尚停留在这样两个层面上:其一,想从诗里找出一种教训或道德观来;其二,认为诗离不开语言的"美"。人们熟知的新文学早期两大社团文学研究会和创造社,各自以"为人生"和"为艺术"为其创作鹄的,从中不难窥见这两个占据主流的写作倾向。因此,突破"批判现实"的理解方式,对《野草》的思想与形式作出深入解读与学习,要到1980年代才得以真正实现。鲁迅在1990年代获得"中国新诗之父"的赞誉:"我们新诗的第一个伟大诗人,我们诗歌现代性的源头的奠基人,是鲁迅。鲁迅以他无与伦比的极具象征主义的小册子《野草》奠基了现代汉语诗的开始。"[3]

废名(1901—1967),本名冯文炳,1929年毕业于北京大学,是周作人

---

[1] 王乾坤:《盛满黑暗的光明——读〈野草〉》(上),见《鲁迅研究月刊》1998年第9期。
[2] 夏济安:《鲁迅作品的黑暗面》,宋淇译,收于《夏济安选集》,台北:志文出版社1971年版,第18页。
[3] 张枣:《文学史……现代性……秋夜》,收于颜炼军编:《张枣随笔集》,上海:东方出版中心2018年版,第146页。

的弟子。废名 1922 年开始写诗，他写诗的高潮是 1931—1937 年间。废名对新诗的品评兴趣很大，1944 年出版《谈新诗》一书，对胡适、沈尹默、刘半农、鲁迅、周作人、郭沫若和冰心等人的诗作抽样分析。废名自己是主张新诗建设朝着散文化的自由诗方向走的，提出新诗要想成功，"首先要看我们的新诗的内容，形式问题还在其次"，甚至说"新诗的诗的形式并没有"。废名常年研究佛学，造诣颇深。故他的新诗不同于胡适的清浅易懂，往往诗意隐晦，表达曲折，颇有禅意，"他（废名）开辟了一条新路……这是中国新诗近于禅的一路"[1]。如发表于 1934 年的《海》：

> 我立在池岸／望那一朵好花／亭亭玉立／出水妙善，——／"我将永不爱海了。"／荷花微笑道：／"善男子，／花将长在你的海里。"[2]

语言是散文化的，并不难懂；风格偏于戏剧性，呈现了一个对话场景。荷花在这里显然是有佛教意味的隐喻，"我将永不爱海了"的原因，不是被"好花"打动后的冲动一句，而是诗人宗教情怀的展现，"花将长在你的海里"有"直指人心，见性成佛"的意思；这里的"海"也非经验意义的大海，而是隐喻人心。"我将永不爱海了"，心里还存有"池"与"海"的比较，即佛家所谓是非心；"海"则成佛家所谓所知障[3]。"我将永不爱海了"，只是有所领悟，而明白了"花将长在你的海里"，才是彻底领悟，也即禅宗说的顿悟[4]。《海》这首诗并非单纯铺陈佛理禅意，而是讲对禅意的领悟过程，这

---

[1] 黄伯思：《关于废名》，见《文艺春秋副刊》1947 年第 1 卷第 3 期。
[2] 所选版本收于《废名集》第 3 卷，第 1532 页。
[3] 所知障，"借由见事物的无我性，而达致消除所知障，而这则涉及除却有染无知及不染无知两者。"（[印度]佛护：《根本中论释》）《海》中的"我"显然是"有染无知"，即知道得太少才有所障蔽。
[4] 顿悟，是禅宗有别于其他佛教流派的重要标志，也是其达到"涅槃"境界的不二法门。禅宗顿悟最讲究"无心"。它认为众生之心皆为妄想，只有体会"心"的正觉，做到彻底"无心"，之后真心乃可见。

图 2-2 《文学季刊(北平)》1934 年第 1 卷第 1 期载废名诗《海》《妆台》等

种对思想体验、领悟过程的书写,是废名新诗的一个重要特征。"废名先生的诗不容易懂,但是懂了之后,你也许要惊叹它真好。有些诗可以从文字本身去了解,有些诗非先了解作者不可。废名先生富敏感而好苦思,有禅家与道人的风味。他的诗有一个深玄的背景,难懂的是这背景。"[1]废名的新诗的确不看重语言、节奏、押韵等形式,而是注重内容与思想,所谓"以理为骨"。和早期新诗一样,他的诗往往是情节化的,通俗好懂又带着哲理,有时随手一写就趣味盎然,如《拔树梦》(1931):"梦见窗外一棵树倒了,举头熟视/无已,/我很喜欢这个梦怎么这么轻。"[2]很"轻"的"梦",洒脱又睿智。废名诗并不局限于演绎佛理,如《小孩》:

> 雨后的街道,/泥泞中踏开了容得一个人走过的路。/我挈起衣服从这边低着走去,/不觉迎面撞着一个小孩子。/无意中我的手已经搭在他的肩膀上,/笑道:"谁让谁呢?"[3]

这首写于 1922 年的诗,无疑是小诗体兴盛时代的产物,但又和冰心、宗白华的小诗不同,他没有直接说理抒情,记录的也不是一时感悟,而是画面场

---

[1] 朱光潜:《编辑后记》,见《文学杂志》1937 年第 1 卷第 2 期。
[2] 所选版本收于《废名集》第 3 卷,第 1517 页。
[3] 同上书,第 1486 页。

景的一个呈现。废名要讲什么道理也让人颇费琢磨。"雨后的街道"和"泥泞"在这里似乎并无特别象征意味，狭路相逢的"撞着"也仅是一次小小冲突而已，难得的是"我"的心平气和，"笑道'谁让谁呢'"，对小孩子带着商量似的平等口气，表面上看诗味淡泊但又饱含暖意。废名也会写爱情诗，如《妆台》（1931）：

> 因为梦里梦见我是个镜子，/ 沉到海里他将也是个镜子，/ 一位女郎拾去 / 她将放上她的妆台。/ 因为此地是妆台，/ 不可有悲哀。[1]

这是废名最出名的一首诗，乍看朴素，又殊不可解。两个"因为"，废名自己颇为得意，说"非常之不能做作，来得甚有势力"。诗的一二行的逻辑是，"因为梦里梦见我是个镜子"，所以"沉到海里他将也是个镜子"，"梦"的性质就涵盖了整首诗，下面发生的一切都可以纳入"梦"之范围。"因为此地是妆台 / 不可有悲哀"，废名对此解释道："本是我写《桥》时的哲学，女子是不可以哭的，哭便不好看，只有小孩子哭才很有趣。"女郎不"悲哀"的原因显然是她拾到的镜子，镜子映出她美丽的面容。但废名又说"仿佛这女郎不认得这镜子是谁"，过了很久自己再读，"仿佛也只是感得'此地是妆台，不可有悲哀'之悲哀了"[2]。废名的悲哀来自于女子只在意通过镜中自己的美丽而排遣掉悲哀，却不在意镜子其实是"我"沉到海里为她所得。虽然"我"身所化之镜陪伴了女郎，但终归女郎只知那是镜子，爱的也是镜子而非"我"。《妆台》算是废名新诗里较为沉重的一首，诗人传达的是人生的不完美——纵使有美好的爱情。废名看重创作中的"反刍"，即积累和沉淀，"这样才能成为一个梦"，而因为"是梦，所以与当初的实生活隔了模糊的

---

[1] 所选版本收于《废名集》第3卷，第1549页。
[2] 废名：《关于我自己的一章》，收于《废名集》第4卷，第1823页。

界",他还提到过:"艺术家要画出丑恶的原形象,似乎终于把自己浸进去了。这是怎样无心的而是有意义的事!"[1]

废名评价郭沫若的诗:"他的诗本来是乱写,乱写才是他的诗,能够乱写是很不易得的事","乱写"的郭沫若达到了"一个情的泛滥"(《谈新诗》,1944)[2]。与《野草》的晦涩不一样,郭沫若《女神》以其充沛的青春激情与形式上"绝端的自由,绝端的自主"获得更多年轻诗人的追随。其新诗形式创造的粗糙与随意,即废名所谓"乱写",使得《女神》容易被读者理解和接受,但对新诗形成较为稳定的形式感则贡献较少。新月诗派正是在这个时候出现在诗坛,并逐渐形成中文新诗一个稳定的传统。新月诗派根据其成员与创作思想变化可分为前期与后期。前期新月派是1927年以前,主要在北京《晨报副刊》"诗镌"发表诗歌的诗人,以闻一多、徐志摩为代表,包括朱湘、饶孟侃、孙大雨、于赓虞等人。前期新月派针对早期新诗写作的随意性与形式的不稳定性,提出了"理性节制情感"的美学原则和形式格律化的创作主张。"理性节制情感"这一主张与鲁迅"感情正烈的时候,不宜作诗"的观点可谓不谋而合,显然,直抒胸臆所导致的情感泛滥也是新月派所反对的。同时,他们也进行新诗稳定形式的探索与"创格",如徐志摩所说:"我们的大话是:要把创格的新诗当一件认真事情做。"(《诗刊弁言》,1926)[3]前期新月派的"创格"实践包括:第一,对客观抒情诗的尝试,反对郭沫若主张的"诗是一种自然流露",主张情感沉淀与意象使用。郭沫若的新诗里也不乏意象,新月派所强调的是对意象的精心挑选与对诗句的苦心经营,以取代那种过分流于主观印象的浪漫式作品。第二,"新诗戏剧化、小说化"的努力,主张把戏剧性场景和对白引入诗中。如我们所知,在胡适、俞平伯等诗人笔下不乏这样的作品,新月派的自觉在于通过这样的创作推进新诗实

---

[1] 废名:《说梦》,收于《废名集》第3卷,第1154页。
[2] 废名:《谈新诗·沫若诗集》,收于《废名集》第4卷,第1751页。
[3] 徐志摩:《诗刊弁言》,收于韩石山编:《徐志摩全集》第3卷,北京:商务印书馆2019年版,第380页。

现主观情愫的客观对象化。第三，新月派认为"和谐"与"均齐"为新诗最重要的审美特征。在参考古典诗歌传统的基础上，闻一多提出了新诗"三美"主张，即"音乐美，绘画美，建筑美"，分别着眼于节奏押韵、意象使用和直观的视觉匀称。后期新月派的兴起，体现为1928年《新月》杂志和1930年《诗刊》的分别创刊，陈梦家、方玮德等南京中央大学学生成为其新生力量，徐志摩是后期新月派的旗帜。后期新月派对闻一多坚持的"格律是艺术的必须的条件"立场有所松动。可以这么说，前期新月派诗人写诗往往是由形式自由"慢慢走上字句整齐的路"，后期诗人则由整齐匀称逐渐回归形式自由。当然，这不是简单的走回头路，新诗"创格"远非可一蹴而就之事，而新月派对国人新诗欣赏口味和认知的影响相当深远。戴望舒、余光中等后起诗人的创作之路是由新月风格开始的，新月派的许多作品仍有传世价值并持续参与对国人诗歌美学观的塑造。

徐志摩（1896—1931），原名章垿，字槱森，留学英国时改名志摩。他的文学活动贯穿了前后期新月诗派，在十年左右的新诗创作中，为诗坛贡献了两百多首风格各异的作品，其中许多已成新诗史上的经典。徐志摩生前出版诗集有《志摩的诗》(1924)、《翡冷翠的一夜》(1927)和《猛虎集》(1931)，因飞机失事去世后有遗作诗集《云游》(1932) 出版；新诗创作从1921年延续到1931年离世前，我们从中可以窥见他既有对新诗格律化身体力行的实践，也有基于个人经历与思想变动而进行的大胆形式实验。十年写了二百多首诗，并不算高产诗人，事实上，徐志摩的创作与他的文化活动要结合在一起来看，除了写诗以外，他还是新月社的重要领袖，是《新月》杂志的创办者和经营者。徐志摩与胡适私交甚好，但他的诗风感性十足，不似胡适那样偏于理性。作为致力于为新诗"创格"的诗人，徐志摩十分注重新诗的形式感。如他写于1922年的《月夜听琴》，采用了九节结构，每节四行，诗句隔行无规律押韵。其视觉效果的整饬，可以说达到了闻一多对新诗"建筑美"的要求。这首诗采用了场景化描写，写为情所伤的诗人与月夜鸣琴者的一次偶遇，琴声唤起诗人对鸣琴者知音般的共鸣；但过长的篇幅也稀释了感情表达。其实，同样的感受很容易在古人那里找到同调，如清人纳兰性德《浣溪沙》："残雪凝辉冷画屏，落梅横笛已三更，更无人处月胧明。我是人间惆怅客，知君何事泪纵横，断肠声里忆平生。"同样是讲听琴与知音，词本身具有的较为稳固的形式感，在表现力上还是要强于这首新诗。徐志摩是一个在新诗形式和题材上乐于尝试的诗人，写于同年的另一首《无儿》就出色得多。

夜色／溟濛。／野鸽／在巢中，／窸窣，／翀毳，／蓬松。／这鸽儿的抖动，／恍似／小孩的嫩掌——／嫩又丰——／扣胸，／可爱的逗痒／茸茸："鸽儿呀！／休动休动／我心忡忡，／我泪溶溶，／鸽儿呀，／休动休动，／无儿的我，／忍不住伤痛。"[1]

作为一首叙事性的新诗，《无儿》以一位丧子女性口气道出，不到80字的诗被分隔成22行，很适合写出一位心情悲伤的母亲内心思绪的断续与迟疑。22行用了12个尾句押韵且不换韵，读起来朗朗上口。徐志摩的诗在辞藻和情调上，深具中国古典诗歌韵味。他许多新诗采用类似宋词中调分上下片的两节结构法，如著名的《沪杭车中》（1923）：

匆匆匆！催催催！／一卷烟，一片山，几点云影，／一道水，一条桥，一支橹声，／一林松，一丛竹，红叶纷纷；／／艳色的田野，艳色的秋景，／梦境似的分明，模糊，消隐，——／催催催！是车轮还是光阴？／催老了秋容，催老了人生！[2]

---

[1] 所选版本收于《徐志摩全集》第5卷，第53页。
[2] 所选版本收于《徐志摩全集》第5卷，第130页。

诗的首句以"匆匆匆"和"催催催"摹拟蒸汽火车开动时的声音，继之以三行白描，颇有小令韵致。第二节由眼前景物变化感慨时间流逝。《沪杭车中》无论是就画面的纷繁、声韵的动听，还是诗行视觉的整饬而言，都可算一首中规中矩的新月体，只是所表现的情感深度还不够。同样是写坐火车观感，在1940年代中叶，张爱玲在小说《异乡记》中也有过一段描写："外面是绝对没有什么十景八景，永远是那一堂布景——黄的坟山，黄绿的田野，望不见天，只看见那遥远的明亮的地面，矗立着。它也嫌自己太大太单调；随着火车的进行，它剧烈地抽搐着，收缩、收缩、收缩，但还是绵延不绝。"虽然后者是以叙述见长的小说，但其以密集的语言和对生命的虚无的理解，显然比徐志摩的诗意要世故许多。

徐志摩许多诗追求格式严谨，对其感情和思想的表达则不得不有所牺牲；大段雕琢而铺叙的抒情固然声韵优美，但语言风格又难免呈现为平淡纤巧。钱锺书《围城》中有一段虚构了旧体诗人陈散原[1]评价徐志摩的话，颇有深意："……徐志摩的诗有点意思，可是只相当于明初杨基那些人的境界。"余光中对这段话的解读是："大概是病其纤巧柔靡，有肌无骨。"[2] 这种评价或许过于严苛，徐志摩新诗的纤巧只要不是大段地铺叙出来，还是很优美的，如著名的《沙扬娜拉一首——题赠日本女郎》（1924）：

> 最是那一低头的温柔，/像一朵水莲花不胜凉风的娇羞，/道一声珍重，道一声珍重，/那一声珍重里有蜜甜的忧愁——/沙扬娜拉！[3]

---

[1]陈三立（1853-1937），字伯严，号散原，江西义宁（今修水）人，近代同光体诗派重要代表人物。为晚清维新派名臣陈宝箴长子，史学家陈寅恪和画家陈衡恪之父。
[2]余光中：《徐志摩诗小论》，收于《余光中集》第7卷，天津：百花文艺出版社2004年版，第178页。
[3]所选版本收于《徐志摩全集》第5卷，第159页。

这首小诗韵律和意象俱佳，第一句对女性姿态的营造，既柔美又直指人心，结句模仿日语的"再见"，也有余音袅袅的效果。一声"珍重"，三次重复，类似宋词小令的低回感。全诗五行，未见任何"我"或"女郎"这类主词，也没有累赘堆砌的形容词，堪称接转无痕，是徐志摩"纤柔"风格作品中完成度较高的一首。徐志摩的知名作品中，当推《偶然》（1926）为上品：

> 我是天空里的一片云，/ 偶尔投影在你的波心——/ 你不必讶异，/ 更无须欢喜——/ 在转瞬间消灭了踪影。// 你我相逢在黑夜的海上，/ 你有你的，我有我的，方向；/ 你记得也好，/ 最好你忘掉，/ 在这交会时互放的光亮！[1]

在这首诗里，"我"与"你"看似对话，实为独语，是"我"对"你"的一次告别。我们可以把它解读为一首情诗，诉说有缘的邂逅和无缘于结合，片刻的惊喜都化为吉光片羽的惆怅。《偶然》明写对待感情的豁达，实写遗憾乃至不舍。在诗人设置的表面独白背后潜藏情绪波动，于语言与感情间巧妙制造了张力。第二节"你记得也好，/ 最好你忘掉"尤其是诗人暗自发力之处。看似不介意对方如何处理"旧情"，可"最好你忘掉"分明又替对方做了选择，犹如情侣间的赌气。诗人情绪的波动在看似豁达的倾诉中若隐若现，貌似洒脱而心实惆怅，把"纤巧"化为别样的细腻。虽然徐志摩自承"我是一个信仰感情的人"且"是一只没笼头的野马"[2]，但他的诗风并不狂放或一味耽于抒情，而是在新诗格律化的探索上始终前进。随着人生阅历的积累与新诗修养的增进，他的诗越到后来越在"三美"框架之外表现出对生命更为深邃的思考。写于1931年的《火车禽住轨》是徐志摩最后一首新诗，仍是整

---

[1] 所选版本收于《徐志摩全集》第5卷，第308页。
[2] 徐志摩:《迎上前去》，收于《徐志摩全集》第3卷，第137页。

饬的新月体，诗分十六节，每节两行。坐火车的观感常给徐志摩以灵感，除《沪杭车中》外，他还写过《车眺随笔》（1930）等，火车旅客的身份让诗人可以从容思考生活。《火车擒住轨》这首诗独特之处在于，它以火车旅行所见隐喻人生的无常与无奈，流露出无法释怀的悲观与颓废气息，且看诗的前四节："火车擒住轨，在黑夜里奔：/过山，过水，过陈死人的坟；//过桥，听钢骨牛

图 2-3 《诗刊》1931 年第 3 期:《火车擒住轨》（徐志摩作）

喘似的叫，/过荒野，过门户破烂的庙；//过池塘，群蛙在黑水里打鼓，/过嗓口的村庄，不见一粒火；//过冰清的小站；/上下没有客，月台袒露着肚子，像是罪恶。"连续九个"过"字，如英语诗歌中的头韵[1]，产生了一种关联性的韵律感，再配合以一系列黑暗压抑的意象，营造出一派破败、诡异的动态氛围。"擒"（擒）字在这里的寓意在于，火车事实上是为铁轨所"擒"（擒），一旦选择方向，不得不硬着头皮驶下去。火车擒轨，也许喻指诗人选择后所承受的沉重人生。徐志摩的新诗，愈到后来愈能验证茅盾对他创作的评价："圆熟的外形，配着淡到几乎没有的内容，而且这淡极了的内容也不外乎感伤的情绪，——轻烟似的微哀，神秘的象征的依恋感喟追求。"[2]

林徽因（1904—1955），原名林徽音，福建闽侯人。她是优秀的建筑学家，也是"三十年代的极富个性的、艺术上渐臻于炉火纯青的女诗人"[3]。林

---

[1] 头韵（alliteration），意即用相同的字母或相同的语音为紧密相邻的两个或多个词语开头。我国古典文学辞格中并无"头韵"一说，但类似头韵的使用并不鲜见，如《古诗十九首·迢迢牵牛星》："迢迢牵牛星，皎皎河汉女。"
[2] 茅盾:《徐志摩论》，见《现代》1933 年第 2 卷第 4 期。
[3] 邵燕祥:《林徽因的诗》，见《女作家》1985 年第 4 期。

徽因属后期新月派诗人，在诗风上有鲜明的新月风格，诗行整饬，于用韵和节奏方面用心经营。新诗是她偶一为之的业余创作，存世之作仅六十多首。虽然人们知道她的名字，往往是基于她与徐志摩的感情纠葛，但是，"以现代汉语为基础的格律诗……在林徽因手里运用得游刃有余，在艺术上与徐志摩、闻一多、冯至、卞之琳写得最好的格律诗相比，也是没有愧色的"[3]。

林徽因随父亲林长民旅居英国时就结识徐志摩，后来各自回国后，林徽因和丈夫梁思成与徐志摩仍是关系甚笃的朋友。林徽因出身传统世家，又受到西式教育，这对她的婚恋思想不无影响。一方面，她会顾全大局地斩断与徐志摩的情感关系；另一方面，两人旧日的美好岁月又不时出现在她的回忆与新诗创作中。林徽因现存诗歌中至少三分之一是爱情题材的，其中许多和徐志摩有关，甚至有几首明显是与徐志摩的唱和之作，如刊于1931年的《深夜里听到乐声》就是对徐志摩《半夜深巷琵琶》（1926）的回应。我们先看徐诗开头："又被它从睡梦中惊醒，/深夜里的琵琶！/是谁的悲思，/是谁的手指，/像一阵凄风，/像一阵惨雨，/像一阵落花，/在这夜深深时，/在这睡昏昏时，/挑动着紧促的弦索，/乱弹着宫商角徵，/和着这深夜，荒街，柳梢头有残月挂……"徐志摩不止一次写深夜听琴题材，"深夜"与"琴声"的关系成为心理隐喻，显然有一种感情欲说还休。"又"被惊醒，诗的起句就把一种为怅惘思绪缠绕的心情传递给读者，诗的最后一节"完了，他说，吹糊你的灯，/她在坟墓的那一边等，/等你去亲吻，等你去亲吻，等你去亲吻！"全诗的情调是感伤和绝望的。相对而言，《深夜里听到乐声》作为回应之作，在感情上就显得节制而理性：

这一定又是你的手指，/轻弹着，/在这深夜，稠密的悲思；//我不禁颊边泛上了红，/静听着，/这深夜里弦子的生动。//一声听从我心底穿过，/忒凄凉，/我懂得，但我怎能应和？//生命早描定她的式样，/太薄弱/是人们的美丽的想象。//除非在梦里有这么一天，/你和我//同来攀动那根希望的弦。[1]

这首诗刊于徐诗发表五年后的《新月诗选》，其具体写作时间无从查考。与徐诗感情的逐渐激烈升温乃至陷入绝望不同，林诗在感情上是真挚而无奈的。徐诗是从"惊醒"写起，而林诗则最初就从听琴开始，仿佛抒情主体深夜里正无法入眠；徐诗的情调是爱而不得的感伤，林诗主调则是温婉无奈的拒绝；徐诗结束于坟墓与死亡的意象，林诗则用梦与琴弦来抚慰对方。《深夜里听到乐声》格式上是非常标准的新月体，至少在"建筑美"和"音乐美"角度，全诗采取了四行结构，每行长一短一长三句，每节换一韵脚。林徽因最广为人知的诗是发表于1934年的《你是人间的四月天：一句爱的赞颂》，这首诗在形式上仍是比较标准的恪守格律的新月体，但无论在句式处理还是在用韵上都做了些有益的尝试：

图 2-4　诗社1931年版《新月诗选》:《深夜听到乐声》(林徽因作)

> 我说你是人间的四月天；/笑响点亮了四面风；轻灵/在春的光艳中交舞着变。//你是四月早天里的云烟，/黄昏吹着风的软，星子在/无意中闪，细雨点洒在花前。//那轻，那娉婷，你是，鲜妍/百花的冠冕你戴着，你是/天真，庄严，你是夜夜的月圆。//雪化后那片鹅黄，你像；新鲜/初放芽的绿，你是；

---

[1] 所选版本收于蓝棣之编:《新月派诗选》，北京：人民文学出版社1989年版，第230页。

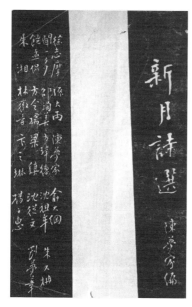

图 2-5　诗社 1931 年版《新月诗选》封面

柔嫩喜悦 / 水光浮动着你梦期待中白莲。// 你是一树一树的花开，是燕 / 在梁间呢喃，——你是爱，是暖，/ 是希望，你是人间的四月天！[1]

全诗分五节，每节三行，视觉效果有非常明显的"建筑美"。除此之外，本诗在句式上颇见匠心，如"雪化后那片鹅黄，你像"和"新鲜 / 初放芽的绿，你是"，两句均为宾语前置，将色彩鲜艳的意象加以强调；"那轻，那娉婷，你是"，除宾语前置外，还赋予形容词"轻"和"娉婷"以质感。在用韵上，本诗隔句押韵，一韵到底，且押韵十分密集，短短十五行，有十二处用韵。有趣的是，诗里好几处押韵是在行内而非行尾，如末节一二两行："你是一树一树的花开，是燕 / 在梁间呢喃，——你是爱，是暖"，押韵字分别是行尾的"燕"和"暖"，以及行内的"喃"，造成了一种声音上特殊的起伏感和平衡感。林徽因"长于写个人性很强、个人感触很深很细很复杂的抒情诗"[2]，她的新诗风格在后期有了一些改变，虽仍保持感受的个人性与诗行的整饬匀称，但更注意捕捉即时意象来表达心绪的微妙波动。如这首发表于 1948 年的《六点钟在下午》：

用什么来点缀 / 六点钟在下午？/ 六点钟在下午 / 点缀在你生

---

[1] 所选版本收于《新月派诗选》，第 235 页。
[2] 陆耀东:《中国新诗史》第 2 卷，武汉: 长江文艺出版社 2009 年版，第 119 页。

命中，/仅有仿佛的灯光，/褪败的夕阳，窗外/一张落叶在旋转！//用什么来陪伴/六点钟在下午？/六点钟在下午/陪伴着你在暮色里闲坐，/等光走了，影子变换，/一支烟，为小雨点/继续着，无所盼望！[1]

诗人不复在诗中大胆展露感情，而是"以像唐人绝句或宋人小令那样寥寥几笔，捕捉并表现了诗人主体感受跟客体光影物象相交流、相契合的一瞬"（邵燕祥语），这首诗相对她以前作品情绪更加内敛，"仿佛的灯光"与"颓败的夕阳"代表的光影意象是消沉的，也许与诗人此际年龄与心境有关。诗句整体传达的是类似李清照《声声慢》中那种"守着窗儿，独自怎生得黑"的情调，即一种"无所盼望"的等待。个人化感受背后表现出对生命困境的思索。

1930年代中叶，朱自清把当时的新诗划分为自由诗派、格律诗派、象征诗派三种诗风，前期新月派主要属于格律诗派。1930年代出现的现代派是由后期新月派与1920年代末的象征诗派演化而来。其代表诗人有戴望舒、施蛰存、何其芳、卞之琳、废名、路易士等。他们承认新月派有纠正早期新诗"过分自由"弊病之功，但也对其"创格"过程中导致的新诗写作过于"均律"提出异议，主张回到自由诗，不以辞害意（孙作云:《论"现代派"诗》，1935）。在更深层面，施蛰存将中文新诗对现代性的追求分为表达"现代生活"下的"现代（感受与）情绪"及"现代词藻（语言）"所决定的"现代诗形"两方面。

戴望舒（1905—1950），本名戴丞，字朝寀，曾用过戴梦鸥等笔名。他"是一个对现代情绪有着特殊敏感的诗人"[2]，毕生所写新诗不到一百首。新月派对新诗"三美"的格律要求，在戴望舒前期新诗写作中若隐若现。以

---

[1] 所选版本收于《林徽因全集》第1卷，北京：新世界出版社2012年版，第116页。
[2] 臧棣:《一首伟大的诗可以有多短》，收于西渡编：《名家谈新诗》，北京：北京联合出版公司2017年版，第46页。

《雨巷》（1927）之后的《烦忧》（1929）一诗为例：

> 说是寂寞的秋的悒郁，／说是辽远的海的怀念，／假如有人问我烦忧的原故，／我不敢说出你的名字。／／我不敢说出你的名字，／假如有人问我烦忧的原故，／说是辽远的海的怀念，／说是寂寞的秋的悒郁。[1]

整饬的两节结构，每节四句；两节句式对称，颇具视觉美感。诗的第二节其实是把第一节四句顺序倒过来，造成一种节奏和表达上的循环效果。《雨巷》则体现出中文新诗由新月风格向现代风格转变的趋势，"替新诗底音节开了一个新的纪元"[2]，其着力点之一仍延续了新月派对新诗声音节奏的探索。同时，这首诗也探索了象征主义手法的运用。戴望舒曾留学法国，和李金发一样，深受20世纪初出现的西方象征主义诗人波德莱尔、魏尔伦的影响。西方象征主义诗歌以颓废姿态表达对社会秩序的质疑和反抗，在写作手法上强调用暗示、隐喻等手段表现内心瞬间情感。与李金发的《弃妇》类似，戴望舒《雨巷》也用心于挖掘中文新诗暗示、隐喻的书写空间，其象征性意象使用明显带有有机性和整体性。不同于《弃妇》的用词晦涩与诗思跳跃，《雨巷》因其对古典意象的使用与诗歌氛围的营造而获得更广泛认可，如朱自清所说：戴望舒的新诗"也找一点儿朦胧的气氛，但让人可以看得懂"。人们普遍认可，诗中"丁香般的姑娘"以雨中丁香作为诗人愁心象征，是受到古典诗词影响。丁香结的隐喻，在中国古典诗歌传统中常用来表示哀愁，如李商隐《代赠》："芭蕉不展丁香结，同向春风各自愁"；又如南唐中主李璟《浣溪沙》："青鸟不传云外信，丁香空结雨中愁"。不过，这首诗

---

[1] 所选版本见《新文艺》1929年第1卷第4期。
[2] "圣陶先生一看到这首诗就有信来，称许他替新诗底音节开了一个新的纪元。"（杜衡：《〈望舒草〉序》，见《现代》1933年第3卷第4期。）

的价值除了将象征主义手法本土化外，更在于其对新诗结构的营造。《雨巷》全诗共七节，其中首尾两节几乎完全相同，仅将首节"我希望逢着"改为尾节"我希望飘过"。通过首尾呼应的**环形结构**，《雨巷》制造了一个封闭的心相世界，这个世界自怜自哀又自给自足。

环形结构的使用，并不始自中国诗人。戴望舒翻译的法国诗人果尔蒙（Rémy de Gourmont）的《西茉纳集》中便有四首采用环形结构。中国古典诗词中的环形结构作品并不多见，而在中文新诗里，它的使用相当普遍，

图 2-6 现代书局 1933 年版《望舒草》封面

《雨巷》是其中最为著名的一首。诗中的姑娘起自空无，终于幻灭。这里环形结构的使用，其效果与上一讲中康白情《江南》有相似之处，即造成一种"框架"效果，烘托出这首诗独特的空间感。值得注意的是，在诗的最后一节，前面描述的丁香般的姑娘刚刚消失，诗人就再次唤起同样的女郎形象，重新演绎循环的相遇过程。这种由环形结构造成的回旋般的感觉，其实暗示了《雨巷》世界是个狭长、封闭的空间，散发着细雨中濡湿暗淡的气息，诗人把自己封闭在这个自造的心相世界里。因姑娘起自诗人臆想，故只能"相遇"而无法相触。《雨巷》通过一系列带有象征意味的意象，构建了一个完整有机的象征体系，是诗人在现实世界受阻的情感生活的文字投射。另一个值得注意的问题，是这首诗中出现的"冷漠""凄清""惆怅"等，曾被批评为形容词使用泛滥。一般说来，形容词的过度使用，会降低诗歌的形象感——即新月派所说的"绘画美"。真正对诗歌形象感有所贡献的是具象名词和动

词,"只有在想象力无法贯透主题时,一位作者才会乞援于形容词,草草敷衍过去"。[1]这种严厉的评价虽不无道理,但考虑到这首诗成功之处是在中文新诗中较早探索意象组合的有机性与结构的整体性,所以《雨巷》的历史价值和美学价值仍不可忽视。

一般认为,与《烦忧》同年问世的《我的记忆》才完成了戴望舒"为自己制最合自己的脚的鞋子"的工作,此诗"日常语言的自然流动,使一种远较有韧性因而远较适应于表达复杂化、精微化的现代感应性的艺术手段,得到充分的发挥"。[2]因此,《我的记忆》也被视作现代诗派的起点之作。这首诗在语言风格上完全摆脱新月体的格律化限制,是完全的自由诗,但在表达上又并非完全散文化,且看该诗头两节:

> 我的记忆是忠实于我的,/忠实甚于我最好的友人。//它生存在燃着的烟卷上,/它生存在绘着百合花的笔杆上,/它生存在破旧的粉盒上,/它生存在颓垣的木莓上,/它生存在喝了一半的酒瓶上,/在撕碎的往日的诗稿上,在压干的花片上,在凄暗的灯上,在平静的水上,/在一切有灵魂没有灵魂的东西上,/它在到处生存着,像我在这世界一样。……[3]

第一节中的"记忆"看似被拟人化,其实是诗人采用了一种升格的办法,赋予"记忆"以对"我"来说超过"友人"的亲密属性。第二节开始,连续以五个"它"(以及本节末句的"它")开头,又继之以三个"在"开头,造成类似于头韵[4]的同声相应感。与《雨巷》相似,象征性意象如"烟

---

[1] 余光中:《评戴望舒的诗》,收于《余光中集》第5卷,第519页。
[2] 卞之琳:《戴望舒诗集·序》,收于《戴望舒诗集》,第5页。
[3] 所选版本收于《戴望舒诗集》,第35页。
[4] 也可以将其理解为修辞意义上的排比。排比着眼于句式效果,头韵则着眼于音韵效果,两者并不冲突。

卷""笔杆""粉盒""木莓""酒瓶""诗稿""花片"等纷至沓来,将"记忆"以具象方式展示出来。难得的是,在这首写于《雨巷》后不久的诗里,形容词使用减少了,具象名词也被赋予更富质感的形象,譬如"酒瓶"是"喝了一半的","诗稿"是"撕碎的往日的","花片"是"压干的"。这些画面感鲜明的意象收缩了情绪,反而加强了诗句弹性。戴望舒说过,"诗最重要的是诗情上的 nuance,而不是字句上的 nuance"[1],这里的 nuance,指的是色调或含义上微妙精细的变化,《我的记忆》无论在字句还是传达情绪上,的确做到了微妙而饱满。戴望舒 39 岁时写过一首小诗《萧红墓畔口占》,是一首公认的好诗:

走六小时寂寞的长途,/ 到你头边放一束红山茶,/ 我等待着,长夜漫漫,/ 你却卧听着海涛闲话。[2]

小诗没有使用大量铺叙或象征,而是以精简文句写成,"初读似无文采,再读如见真情"(余光中语),有唐诗绝句的意境。诗的主题是悼念亡友,但又传达出诗人对生命的感悟。小诗传情克制、内敛而又深沉,"走六小时寂寞的长途",步行六小时去上坟,可能现实中真的发生过,也可能是诗人想象中的夸张。诗人写出对亡友深情的同时,也在写自己的寂寞。在死亡的沉重面前,六小时时间的消耗显得如此微不足道。"我等待着"和"你却卧听"的对象分别是"长夜"和"海涛",两个意象在这里都带有背离红尘的宁静意味。《萧红墓畔口占》体现出朴素成熟的风格,蕴藉、饱满而自足,深邃的玄想配合着克制的抒情,给每一位接触它的读者都留下了充分思考的留白。

---

[1]戴望舒:《诗论零札》,收于《戴望舒诗集》,第 162 页。
[2]所选版本收于《戴望舒诗集》,第 145 页。

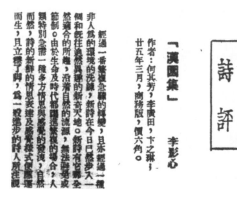

图 2-7 《大公报（天津）》1937 年 1 月 31 日:《汉园集》诗评（李影心作）

何其芳（1912—1977）与戴望舒一样，早年受到新月诗风影响而后来走向象征主义新诗创作，1931 年何其芳甫登诗坛的第一首诗《莺莺》就发表在《新月》杂志上。他本名何永芳，生于重庆万州，1935 年毕业于北京大学哲学系。1936 年，何其芳《燕泥集》、李广田《行云集》和卞之琳《数行集》被卞之琳合编为《汉园集》，由商务印书馆出版，故他们也被称为**汉园三诗人**。

何其芳早期新诗风格上追求"纯粹的柔和，纯粹的美丽"，尤其以爱情诗见长。随着阅历增长，他对中国的社会现实有了更多思考："真实的人间教给我的完全是另外一些东西。"（《街》，1936）1934 年之后，何其芳的新诗创作在深沉的忧郁和感伤情怀中渐渐融入现实题材。1938 年，他奔赴延安，在鲁迅艺术学院任教，并于同年加入中国共产党。虽然后来创作量减少，但何其芳对自己的新诗创作保持了敝帚自珍的态度，1945 年，他把《汉园集》中 15 首诗以及其他 19 首，编成诗集《预言》出版。何其芳还著有散文集《画梦录》（1936），17 篇充满诗性的散文作品创造了"独语"这一独特的散文手法，"成功地刻画了一种尽管形态上如梦如幻而又带有孤独色彩，但却不是孤芳自赏的心灵世界"[1]。何其芳是语感极好的诗人，他早年的新诗和散文把绮丽语言和青春伤感糅合在一起，充满纯粹与精致的美感。《预言》集中布满夜晚、脚步、月下、失眠、病中等意象，这些诗在他记忆里"展开了一个寒冷的热带"，在何其芳的爱情诗中，"热带"和"南方"这对意象往往以

---

[1]［德］顾彬著，范劲等译：《二十世纪中国文学史》，上海：华东师范大学出版社 2008 年版，第 170 页。

与北方的荒凉寂寞和萧条寒冷对立的形态出现，象征地表现了诗人情感世界中的深层追求与取向。如著名的《预言》(1931)："你一定来自那温郁的南方！／告诉我那儿的月色，那儿的日光！／告诉我春风是怎样吹开百花，／燕子是怎样痴恋着绿杨！／我将合眼睡在你如梦的歌声里，／那温暖我似乎记得，又似乎遗忘。"语言是散文化的，节奏上却丝毫没有拖沓感。发表于1933年的《欢乐》：

> 告诉我，欢乐是什么颜色？／像白鸽的羽翅？鹦鹉的红嘴？／欢乐是什么声音？像一声芦笛？／还是从簌簌的松声到潺潺的流水？//是不是可握住的，如温情的手？／可看见的，如亮着爱怜的眼光？／会不会使心灵微微地颤抖，／或者静静地流泪，如同悲伤？//欢乐是怎样来的？从什么地方？／萤火虫一样飞在朦胧的树阴？／香气一样散自蔷薇的花瓣上？／它来时脚上响不响着铃声？//对于欢乐我的心是盲人的目，／但它是不是可爱的，如我的忧郁？[1]

这首诗从提问开始，连续15个问句流畅地贯穿在4节十四行诗中，口气很像《预言》中诗人向"预言中的年青的神"的倾诉[2]。诗人没有设定"回答"，其实每一个提问中都包含回答，譬如欢乐的颜色——"像白鸽的羽翅？鹦鹉的红嘴？"欢乐的声音——"像一声芦笛？／还是从簌簌的松声到潺潺的流水？"猜测口吻的自问自答，赋予情绪以声音、色彩、形象与情感，诗句饱

---

[1] 所选版本收于蓝棣之主编：《何其芳全集》第1卷，石家庄：河北人民出版社2000年版，第11页。
[2] 对于《预言》中"年青的神"的解读，存在着歧异。传统观点认为："读这首诗，人们根据诗中匆匆而来又匆匆而去的'神'的形象，认为诗里所写的是诗人自己初对爱情来临的惊喜，对于爱的美丽的憧憬和热烈，以及爱情失落之后的惆怅。而被赞美的是一位骄傲的女神。"孙玉石则认为："《预言》中的'年青的神'……是诗人自我诗性的化身。整首诗是一位女性的倾诉。无语而来又无语而去，'消失了骄傲的足音'的，不是年青的'女神'，是诗人自己。"(孙玉石：《论何其芳三十年代的诗》，见《文学评论》1997年第6期。)

含质感和想象力。比喻和通感[1]手法的使用——"萤火虫一样飞在朦胧的树荫？/香气一样散自蔷薇的花瓣上？"——使作为爱情象征的"欢乐"被文字赋予了独立的生命。对爱情的憧憬如流水般倾泻，如银瓶乍裂般怦然有声。

青年时代的何其芳善以梦来写情，梦境在他作品里展示了最富象征力的世界。人生如梦固然与他"永远不信你甜蜜的声音是欺骗"（《幽怨》，1933）的情感经验有关系，也体现了诗人对生活、生命乃至爱情独特敏锐的感知力。《画梦录》中的散文大都与梦有关或直接写梦，他说过："我性子急躁，常引以自哀矜，但有时也是一个流连光景者，则大半在梦后。"[2]《预言》集中亦有《梦歌》《梦后》《失眠夜》等以梦为主题的作品。

> 生怯的手/放一束黄花在我的案上。/那是最易凋谢的花了。/金色的足印散在地上，/生怯的爱情来访/又去了。//昨夜竹叶满窗，/寒风中携手同归，/谈笑于家人之前，/炉火照红了你的羞涩。/（你幸福的羞涩照亮了/我梦中的幽暗。）//轻易送人南去，/车行后月白天高，/今晚翻似送走了我自己。/在这风沙的国土里，是因为一个寂寞的记忆吗，/始知珍爱自己的足迹。（《梦后》，1934）[3]

回顾《汉园集》时代的自己，何其芳说："这一段短促的日子我颇珍惜，因为我做了许多好梦"（《梦中道路》，1936），所谓好梦，未必是"美梦"，可能是怅惘的、不无遗憾的。《梦后》中的感情便大有李商隐《锦瑟》中"此

---

[1] 钱锺书先生在解释通感修辞时说："在日常经验里，视觉、听觉、触觉、嗅觉等等往往可以彼此打通或交通，眼、耳、鼻、身等各个官能的领域可以不分界限。颜色似乎会有温度，声音似乎会有形象，冷暖似乎会有重量。诸如此类在普通语言里就流露不少。"他举宋祁《玉楼春》中名句"红杏枝头春意闹"和苏轼《夜行观星》中"小星闹若沸"句，二诗都是"想把事物的无声的姿态描摹成好像有声音，表示他俩在视觉里仿佛获得了听觉的感受"。（钱锺书：《通感》，见《文学评论》1962年第1期。）
[2] 何其芳：《梦后》，收于《何其芳全集》第1卷，第93页。
[3] 所选版本收于《何其芳全集》第1卷，第40页。

情可待成追忆，只是当时已惘然"之况味。读懂这首诗的关键是，诗的哪部分是梦境，哪部分是"现实"。由第三节"在这风沙的国土里，是因为一个寂寞的记忆吗"一句可知，梦境来自对已发生的过往的回忆，即同一节中"轻易送人南去，/车行后月白天高"那句。伊人已去，空留追念。回看第一节，应该是虚实结合的。黄花凋落案头，"生怯的手"是实写秋风，"金色的足印"自然是走过满地黄叶黄花。第二节由黄花自然流动到竹叶的意象——"寒风"中的竹叶也该发黄了，"你幸福的羞涩照亮了/我梦中的幽暗"则是虚写。第三节先忆及送别，然后说思念："今晚翻似送走了我自己"，颇有"愿为西南风，长逝入君怀"（曹植《七哀诗》）式的深情，结句是一个颖悟，"始知珍爱自己的足迹"，值得珍爱的是过往的相伴，仍然滋润着诗人的心灵。虚实结合的写法，并不晦涩难懂，而通篇表达都通过巧妙的意象勾连而成，感情深挚而节制，已经与新月诗风大有区别。

卞之琳（1910—2000），江苏海门人，1933年毕业于北京大学英文系，1930年代初就开始发表作品。他在北大读书期间曾师从徐志摩，深受其赏识。徐志摩将卞之琳诗歌在其编辑的《诗刊》上发表，还和朋友沈从文一起为他编订诗集《群鸦集》（因徐志摩飞机失事遇难而未果）。可以说，卞之琳曾受知于新月派前辈，他也对闻一多和徐志摩两位新月诗人评价颇高，认为他们在诗歌语言上对口语的运用是一大特色："以说话的调子，用口语来写干净利落、圆顺洗炼的有规律诗行，则我们至今谁也还没有能赶上闻、徐旧作，以至超出一步。"[4]虽然卞之琳《寒夜》（1931）等四首诗曾被选入陈梦家主编的《新月诗选》（1933），但他的诗风从最初就与新月诗人有很大差异。徐志摩的新诗与他奔放热烈的浪漫派激情相应，有色彩明丽、音韵铿锵的特点；闻一多的新诗，与其修习艺术的学养及早期唯美主义

---

[4] 卞之琳：《完成与开端：纪念诗人闻一多八十生辰》，收于《卞之琳全集》中卷，合肥：安徽教育出版社2002年版，第155页。

倾向有关，其诗作明显色调繁富、知觉感强。这些在卞之琳作品中是少见的。卞之琳的新诗写作，从一开始就有"平淡朴实"而"不是为了安置辞藻"的特点，"一笔两笔，风格朴质而且诚实，又并不因文字单纯省略转入晦滞"。[1] 这种风格越到后来越显示出对新诗语言、结构的独到探索，尤其是他在1933—1937年间的创作，往往以细密繁复的组织、趋向内涵哲思的延伸，传达出富于现代主义色彩的敏锐而复杂的感情与思想。如卞之琳收入《鱼目集》(1935) 的小诗《断章》：

你站在桥上看风景，/ 看风景人在楼上看你。// 明月装饰了你的窗子，/ 你装饰了别人的梦。[2]

不同于新诗早期小诗体率真明朗的表达，这首诗看似简单而表达精妙，带有卞之琳自称的"怪沉重的白日梦"（《记录》，1930）的特质。从一般角度看，《断章》浓缩了主体与他人间"看与被看"的关系，时人认为理解这首诗的重点在"装饰"[3]，卞之琳则撰文专门指出："'装饰'的意思我不甚看重，正如在《断章》里的那一句'明月装饰了你的窗子，你装饰了别人的梦'，我的意思是着重在'相对'上。"[4] 这些看法，都把对小诗的理解往哲理一侧靠拢。但我们也不应忽视诗中蕴含的情感因素。卞之琳说过："我写抒情诗，象我国多数旧诗一样，着重'意境'，就常通过西方的'戏剧性处境'而作'戏剧性台词'"（《雕虫纪历》，1979）。解读《断章》，"戏剧性"是个合适的切入点。虽然诗只有两节四句，但容纳力很强。首先，这首诗设置了两个人物，第一节的"别人"和"看风景人"，第二节"你"再次出现，则末句

---

[1] 沈从文：《〈群鸦集〉附记》，收于《沈从文全集》第16卷，太原：北岳文艺出版社2002年版，第310页。
[2] 所选版本收于《卞之琳文集》上卷，第29页。
[3] "还有比这再悲哀的，我们的诗人对于人生的解释？都是装饰：明月装饰了你的窗子，/ 你装饰了别人的梦。"（刘西渭：《〈鱼目集〉书评》，见《大公报》1936年4月12日）
[4] 卞之琳：《关于〈鱼目集〉——致刘西渭先生》，见《大公报》1936年5月10日。

图 2-8 《大公报（上海）》1936 年 5 月 10 日:《关于"鱼目集"》(卞之琳作)

的"别人"可以理解为"看风景人"。其次，这首诗有较为清晰的时间流逝过程，第二节明月和梦的意象标识了夜晚，则"看风景"事件应该在此前发生，即白天或傍晚。把两节联系到一起，整首诗的戏剧性色彩就明朗起来。全诗"情节"上比较重要的一句是"你装饰了别人的梦"，"看风景人"白天看"你"，晚上梦到"你"，则这种"看"的行为就带有隐晦的感情意味了。以上是《断章》的表层含义。透过表层，我们深思两人关系，会发现"看风景人"对"你"的"看"与"梦"都在"你"的认知之外，"你"从未知晓也不会知晓"别人"对你那热烈而含蓄的深情。扩展到日常生活，人的一生可能有过默默深情的注视与梦到，也可能有过不为自己所知的"被注视"与"被梦到"。甚至《断章》这个标题也在延伸着正文表达。"断章"的本意是整个文本的"一段"，但本诗并非一首更长新诗的节选，"断章"的意象便带有这样的象征意味，即在人的一生中，这种人际情感的"错过"与视觉"盲区"是普遍存在的。我们的这一解释，淡化了《断章》的哲理意味，是因为考虑到卞之琳丰富情感与内敛性格间造成的矛盾性。卞之琳晚年回忆："人非木石，写诗的更不妨说是'感情动物'。我写诗，而且一直是写的抒情诗，总在不能自已的时候，却总倾向于克制，仿佛故意要做'冷血动物'。"[1]卞之琳内敛克制的性格，在新诗写作上便表现为以巧妙的结构与意象安排来"隐藏"感情，这种"隐藏"难免造成晦涩的效果，但并不是完全不能为人所理解和接受。

卞之琳曾被闻一多夸作不写情诗的诗人，他自己也说过："我在私生活中越是触及内心的痛痒处，越是不想写诗来抒发。"有趣的是，越是"不想写诗"，反而写得越多，且爱情题材比重并不低，毕竟，"卞之琳是隐藏自己意图的高手"[2]。这些"情诗"有的是直接表达，有的则是以戏剧化方式去写，如《寄流水》（1933）：

> 从秋街的败叶里 / 清道夫扫出了 / 一张少女的小影：// 是雨呢还是泪 // 朦胧了红颜 / 谁知道！但令人想起 / 古屋中磨损的镜里 / 认不真的愁容；// 背面却认得清 / "永远不许你丢掉！" // "情用劳结，"唉，/ 别再想古代羌女的情书 / 沦落在蒲昌海边的流沙里 / 叫西洋的浪人捡起来 / 放到伦敦多少对碧眼前。// 多少未发现的命运呢？/ 有人会忧愁。有人会说。/ 还是这样好——寄流水。[3]

《寄流水》涉及两个时代，当代和古代。1900—1901年瑞典探险家斯文赫定在对楼兰古城中心遗址三间房的考察中，发掘出一批魏晋麻纸本文书，其中有

---

[1] 卞之琳：《〈雕虫纪历〉自序》，收于《雕虫纪历（1930—1958）》，北京：人民文学出版社1979年版，第1页。

[2] 张枣：《论中国新诗中现代主义的发展和延续》，收于《张枣随笔集》，第37页。

[3] 所选版本收于《卞之琳文集》上卷，第18页。

封"羌女"书信，有"每念兹对，不舍心怀，情用劳结"句。"羌女"无疑属中国传统文学中常见的思妇，其信深情款款，却不知后来结果如何。这封信引发诗人关于苦恋无果的共情。诗的前三节讲的是一个当代故事，清道夫扫帚下少女被丢弃的"小影"，"是雨呢还是泪 // 朦胧了红颜"句，通过感受移置，赋予被丢弃小影以悲情色彩。第四节转为用典，"羌女""情用劳结"的信被西洋考古学家发现，"放到伦敦多少对碧眼前"[1]。与沦为垃圾的少女小影一样，寄托着"羌女"深情的情书沦为仅具考古意义的古代遗迹。"古屋中磨损的镜里 / 认不真的愁容"是思妇被磨损的青春，古今的"被辜负"就这样被勾连起来。"多少未发现的命运呢"未免让人想起两年后问世的《断章》中那种苍茫的绝望，人世间有那么多忽视与错过。这首诗值得注意的地方是，古今两个故事的连结，是以印象式意象的渲染暗示给读者的，"情节"并不完整而意味尽显。可以说，卞之琳对中文新诗语言的创造性贡献便在于这种雪泥鸿爪的勾连能力，将新诗以简短篇幅承载抒发较大信息量与情感的能力凸显出来。

以卞之琳创作实践来看，在以诗传情时对"诗的语言"加以用意磨砺是一个特色。无论是郭沫若式的直抒胸臆，还是徐志摩式的精致雕琢，都很少使用"诗的语言"，而更多依赖日常语言。卞之琳"经由自我'包装'，'小处敏感、大处茫然'似乎是他留在文学史上的基本形象"[2]，这种"小处敏感、大处茫然"的自我"包装"恰好发挥了卞之琳新诗语言在暗示与转喻上的强大潜力。这尤其体现在他的《无题》(1937) 系列中，这些诗里有喜悦，有惆怅，甚至有怨恨。《无题·四》里"昨夜付出一片轻喟，/ 今朝收你两朵微笑"，恋爱中追求一方可谓竭尽心力，但收获的不过是"付一支镜花，收一轮水月"，但他仍痴情地"为你记下流水账"，情绪表达被充分形象化了。最典型的例子则是《无题·三》：

---

[1] 1902 年 6 月 27 日，斯文赫定带着考察成果回到了斯德哥尔摩，不仅受到瑞典国王的欢迎，而且被英国皇家地理学会授予金质勋章。
[2] 姜涛：《动态的"画框"与历史的光影》，见《中国现代文学研究丛刊》2019 年第 5 期。

> 我在门荐上不忘记细心的踩踩，/ 不带路上的尘土来糟蹋你房间 / 以感谢你必用渗墨纸轻轻的掩一下 / 叫字泪不沾污你写给我的信面。// 门荐有悲哀的印痕，渗墨纸也有，/ 我明白海水洗得尽人间的烟火 / 白手绢至少可以包一些珊瑚吧，/ 你却更爱它月台上绿旗后的挥舞。[1]

和《无题》系列其他诗相比，这首诗表达最为隐晦。人物仅有"我"和"你"，情节性也很明显，但感情都被曲折的诗歌语言所"包装"。有助于我们理解的是诗人故意留下的一些情感色彩鲜明的标记性词汇，如"悲哀""沾污""糟蹋"等。第二节"门荐有悲哀的印痕，渗墨纸也有"事实上对上节做了解释。第一节能读出"我"的矜持、"你"的保留。被踩落的"路上"尘土，与"渗墨纸"吸到的墨迹，都因第二节的"悲哀"而有了情感意义。诗人在坦白自己情感之路艰辛的同时，也替对方代言，认为"你"故意隐藏起爱恋。第二节的"海水"隐喻"清洗"和"隔离"，"白手绢至少可以包一些珊瑚吧"与"我为你记下流水账"一样，都是爱情得不到回应后的卑微请求。"月台上绿旗后的挥舞"是告别的动作，"你却更爱"这种"挥舞"，则"你"显得分外冷漠与绝情。这首诗写的仍是爱而不得后的哀怨。当然，《无题·三》的意象隐晦，使用得又有些跳脱，使得整首诗有点晦涩。卞之琳多年后的回忆："我开始做起了好梦，开始私下深切感受这方面的悲欢。隐隐中我又在希望中预感到无望，预感到这还是不会开花结果。仿佛作为雪泥鸿爪，留个纪念，就写了《无题》这种诗。"[2]这段回忆还是可以印证我们的分析的。

在中文新诗史上，卞之琳上承新月诗风，成为1930年代现代诗派的代表诗人，他对1940年代的九叶诗人创作影响很大，而在1950—1960年代以后台湾地区诗人创作中也不时可以看到他诗风的痕迹。

---

[1] 所选版本收于《卞之琳文集》上卷，第72页。
[2] 卞之琳：《〈雕虫纪历〉自序》，收于《雕虫纪历》，第7页。

罗大冈（1909—1998），原名罗大刚，曾用罗莫辰等笔名，浙江绍兴人。20世纪二三十年代之交在北京中法大学读书时，他结识了戴望舒、卞之琳等诗人，1933年赴法国留学。海外读书期间，与故友戴望舒一起交流诗歌、翻译小说，巩固了旧日友情。罗大冈1930年代初的新诗散见于《新月》《现代》等杂志，他的诗风也是从新月体开始，初期诗歌笔调忧郁感伤，后来语言逐渐洗练隐晦，向现代派靠拢。一方面，罗大冈是以法国文学研究闻名的学者，不以新诗写作著称于世，他去世后出版的"文集"只在第二卷收录了五十几首新诗。另一方面，作为卞之琳和戴望舒的挚友，他青年时代又深度介入现代派新诗创作活动中，其诗歌主张可以说具有鲜明的现代派特色："我理想中的诗是和日常生活逻辑语言完全不同的诗的语言。比语言更接近于音乐，音乐也是一种语言，但不是人的日常语言。诗应该是介于音乐与日常语言之间的一种语言，没有'懂不懂'的问题。"[1]这种新诗理想，与戴望舒、卞之琳对新诗的结构和语言建设可说非常近似了。他的爱情诗如《无法投递》《短章为S作》等融合古典含蓄与现代敏感为一体，带有别具一格的美感。如《无法投递》[2]（1937）：

无法投递／退回原处／／没有名号的街道／唉 正是小病初愈／／
墙是独白／窗是对语／／下雨的晴天的漫游／破皮鞋补了又补／／一到

---

[1] 罗大冈晚年手稿，见吴静怡硕士论文：《无弦琴韵——罗大冈早年诗歌及诗论的整理与研究》，2008。
[2] 罗大冈在1980年代出版旧作时，此诗未收，代之以同题的《无法投递（四行诗六首）》，照录如下："一 觉得自己心里有话要说，／熬了通宵，写了一封恳切的信。／信要寄出，但不知道收信人的姓名。／结果信退回来了。自己才是真正的收信人。二 '无法投递，退回原处。'多谢邮局一番好心。／索性和命运作对：写一点文艺作品。／我自己是唯一的读者，岂非天下奇闻？三 '无法投递，退回原处'，／这是一条没有名字的小胡同，／我喜欢在这里度过我的一生，准备永远不接到别人给我的信。四 '无法投递，退回原处。'／请你告诉我，什么叫做'原处'？／墙是独白，窗是对话，／我的心灵是饶舌的，但不聒噪。五 我说下雨，我说天晴／我有真诚的喜怒，真诚的爱憎。／我又不是童养媳，为什么一开口，／先要看公婆脸上的神情？六 宁愿贫困，绝不出卖我的灵魂。／绝不趋附时好，宁愿默默无闻／认真严肃写我的作品整抄成册，他日和我的遗体一同火化，不烦扰后人。"（《无弦琴》，北京：作家出版社1987年版，第105—107页）在2004年诗人身后出版的四卷本"文集"中，1937年版亦未见收。在《无弦琴》和"文集"中，此诗都注明创作时间是1932年。

图 2-9 《新诗》1937 年第 5 期:《无法投递》(罗莫辰作)

夜深如海 / 细数邻人的脚步 // 无法投递 / 退回原处[1]

和戴望舒《雨巷》类似,诗的主题同样是为情所困;环形结构也再次出现,"无法投递 / 退回原处"一句在诗的首尾各自回响,形成一种和《雨巷》同样的循环空间。较之《雨巷》,《无法投递》的意象使用更加自然,回避了形容词和修饰语的滥用;二行一节的写法、节与节的结构关系打破了日常逻辑链条,要靠读者调动生活经验来思索补足。"无法投递 / 退回原处"本身是对公文用语的戏仿——信件因地址不详等未妥投,会盖上说明原因的邮戳后退回。第二节"没有名号的街道"又否定了"信件"的真实性,没有名号的街道,说明此信并不存在。联系上"小病初愈"句,未出现的"信"成了一段无法说破的暗恋的象征。"下雨的晴天的漫游 / 破皮鞋补了又补","下雨"和"晴天"是悖论,则"破皮鞋"是否真的是走破的也值得推敲——"漫游"其实是一场漫无边际的精神漫游与苦恋,伴随着失眠带来的神经紧张——"一到夜深如海 / 细数邻人的脚步"。以重复开头的结尾,诗人将自己封闭在情绪中的姿态与《雨巷》类似,而语言完全是充满弹性和紧张的"和日常生活逻辑语言完全不同的诗的语言"。

在中文新诗的第二个十年,新月派和现代派的创作是对胡适、郭沫若等早期诗人诗风散漫乃至浪漫过度的反拨,以其对新诗重新进行格律化的探索与对散文化的回顾,最终使新诗立稳脚跟。从 1932 年《现代》创刊到 1937 年《新诗》终刊,以戴望舒、卞之琳、孙大雨、梁宗岱、冯至为代表的现代

---

[1] 所选版本见《新诗》1937 年第 5 期。

诗人们，把中国新诗带到了一个"五四以来不再的黄金时代"。不过，早在1936—1937年间，废名也表达了对徐志摩诗歌路向的批评，他认同的是早期新诗的自由体及其现实主义风格，认为自由体新诗以及对社会的写实的特色，才是新诗发展的正途。

第三章
去感觉鸟是怎么飞翔（1937—1948）

> 我们必须观看许多城市,观看人和物,我们必须认识动物,我们必须去感觉鸟是怎么飞翔,知道小小的花朵在早晨开放时的姿态。……可是这还不够,如果这一切都能想得到。……等到它们成为我们身内的血,我们的目光和姿态,无名地和我们自己再也不能区分,那才能在一个非常稀奇的时刻有一章诗的第一字从它们中心脱颖而出。(冯至:《里尔克:为十周年祭日作》,1936)[1]

这一讲的介绍,从艾青和七月诗派等进步诗人开始,他们代表了自由诗风格在三四十年代的延续。我们还将介绍冯至这位成名于上个十年的诗人。在诗人代际上,冯至和戴望舒、卞之琳等现代派诗人属于同代,但他又与抗战时期西南联大诗人群以至九叶诗人的诗风形成有着联系,故我们的讲述从冯至延伸至穆旦、陈敬容等深受西方现代主义诗歌影响的诗人。我们还将力图融合中西、致力于"新绝句"创作的吴兴华纳入鉴赏视野。

在徐志摩故去后的抗战时期,中文新诗发展格局发生新的转变。面对战争年代,对新诗的格律与自由、以及创作的主体性与社会性问题之反思再次出现。追求诗歌大众化、散文化与现代化已成为中文新诗建设的时代性趋势。艾青等七月诗派的诗人继续着胡适们早年的追求,凭借自己卓越的创造力与想象力,通过对西方诗歌经验的吸收,融合其个人气质和语言天赋,延续并发扬了新诗写作的散文化自由诗道路。在1940年代诗坛,崇尚自由诗的,除了七月诗派,还有中国新诗派。在西南后方,由于闻一多、冯至等学者型诗人的引导,加之学院环境本身便是现代文化传播的有利土壤,穆旦、杜运燮、袁可嘉、郑敏、陈敬容等九叶诗人成长起来,他们的新诗观更多受西方现代主义诗歌理论影响,创作中偏于智性的表达,在吸取前人成果基础上,试验着节制、凝练而成熟的新诗。七月诗派和中国新诗派是中文新诗现

---

[1]原文系冯至引用自译的里尔克《布里格随笔》见《新诗》1936年第3期。

代化"两个高高的浪峰",前者是"不自觉的现代主义者",后者是"自觉的现代主义者",都走向了"由生活到诗,一种自然的升华",某种意义上,1940年代的新诗都追求着"回到朴素,回到自然,回到生命的原始的意义"。(唐湜:《沉思者:论十四行诗里的冯至》,1949)

艾青(1910—1996)本名蒋正涵,字养源,号海澄,浙江金华人。1926年北伐军经过金华时,16岁的艾青就想投考黄埔军校,为父亲阻止而未果;1928年他考入国立西湖艺术院大学部绘画系;1929年,在校长林风眠和家里资助下,艾青赴法深造。在法国期间,他学习绘画并开始新诗写作。1932年,因参与组织左联外围"春地美术研究所"活动,艾青在上海被捕,直到1935年出狱。这段时间,他完成自己的成名作《大堰河——我的保姆》(1933)。艾青于1941年抵达延安,在新诗写作上完全转向政治与民众。1949年之前中文新诗集的出版有1400种左右,而艾青仅在1936—1949年间就出版诗集13部,[1]他对中文新诗所产生的影响无疑是深远的。曾在法国学习绘画的经历和受象征主义特别是后期象征主义诗歌影响,以及从人道主义者到革命者的心路历程,都有助于我们理解艾青的新诗主张和他的创作。作为一个写作时间长达半个世纪的诗人,艾青新诗的主调是积极、革命而倾向大众的。同时,在中文新诗史上,他又与同期崭露头角的戴望舒、卞之琳、何其芳属于同代人。1939年,他曾与戴望舒共同创办新诗刊物《顶点》,但他的新诗写作取

图3-1 《七月》1938年第12期:《乞丐》(艾青作)

---

[1] 据陆耀东:《中国新诗史》第3卷,武汉:长江文艺出版社2015年版,第113—116页。

向和现代派并不一样，而是延续发展了胡适一派写实的、散文化的新诗发展道路，使自由体新诗在三四十年代达到新的高度。

艾青认为："诗人是以形象思考着世界，理解着世界，并且说明着世界的。形象产生于我们的对于事物的概括力的准确和联想力与想象力的丰富。"[1] 他的新诗首先表现为通过各种形象对新诗既有传统中散文化书写的延续。《大堰河——我的保姆》以"我"为叙述者，讲述了保姆大堰河的一生，诗中的人道主义色彩与反抗精神是通过各种富于形象感的细节展示的，语言流畅而明晰。这种"散文化"表现为不"求全"，而是截取具有特殊意义的"形象"，叙述口吻则富于感染力，如写于抗战初期的《乞丐》（1938）：

在北方 / 乞丐徘徊在黄河的两岸 / 徘徊在铁道的两旁 // 在北方 / 乞丐用最使人厌烦的声音 / 呐喊着痛苦 / 说他们来自灾区 / 来自战地 // 饥饿是可怕的 / 它使年老的失去仁慈 / 年幼的学会憎恨 // 在北方 / 乞丐用固执的眼 / 凝视着你 / 看你在吃任何食物 / 和你用指甲剔牙齿的样子 // 在北方 / 乞丐伸着永不缩回的手 / 乌黑的手 / 要求施舍一个铜子 / 向任何人 / 甚至那掏不出一个铜子的兵士 [2]

诗人没有将表达停留在"同情"的人道主义层面，而是以精简语言展示了战乱对人性的摧残，他寥寥数笔"塑造"出乞丐形象：乞丐用"最使人厌烦的"声音呐喊，用"固执的"眼看"你在吃任何食物和你用指甲剔牙齿的"样子，乞丐伸着"永不缩回的"手，甚至伸向"那掏不出一个铜子的"兵士，修饰词显然不是可有可无的，这些形象的表达使战争摧残与异化民众的罪恶让人触目惊心。

---

[1] 艾青：《我怎样写诗的？》，收于《艾青全集》第3卷，石家庄：花山文艺出版社1991年版，第135页。
[2] 所选版本处于《艾青全集》第1卷，第192页。

画家出身的艾青,创作时也非常在意形象的色彩感与整体的画面感。在艾青的诗里,"离开了唯美主义以及多愁善感的观点,这时候自然风景也就会以它的清新和丰满激起我们朝向生命和斗争的热望来"[1]。艾青非常善于从敏锐的感觉出发,充分发挥联想作用,挑选富有质感的形容词或短语做定语,使得被修饰的名词具体而可感。这一点,由《乞丐》一诗可以看得出来,又如《冬日的林子》(1939):

> 我欢喜走过冬日的林子——/没有阳光的冬日的林子/干燥的风吹着的冬日的林子/天像要下雪的冬日的林子//没有色泽的冬日是可爱的/没有鸟的聒噪的冬日是可爱的/冬日的林子里一个人走着是幸福的/我将如猎者般轻悄地走过/而我决不想猎获什么……[2]

"干燥的风""天像要下雪的冬日""没有色泽的冬日""没有鸟的聒噪""猎者般轻悄地走过",意象使用没有刻意制造象征效果,却营造了极富质感的整体画面,像一幅灰白底色的油画。艾青没有为了简练而刻意回避助词使用,"没有色泽的冬日是可爱的/没有鸟的聒噪的冬日是可爱的",五个助词"的"连用,这样的句子不让人觉得拖沓,而是产生一种惬意的、放松的散文感。形象化与散文化构成艾青新诗的重要特征,并不意味着他完全不在意新诗"音乐美",在设计诗句时,散句的分行排列有时恰恰造成特殊吞吐的气势,如著名的《我爱这土地》(1938):

> 假如我是一只鸟,/我也应该用嘶哑的喉咙歌唱:/这被暴风雨所打击着的土地,/这永远汹涌着我们的悲愤的河流,/这无止息地

---

[1] 穆旦:《〈慰劳信集〉——从〈鱼目集〉说起》,收于《穆旦诗文集》第2卷,北京:人民文学出版社2006年版,第61页。

[2] 所选版本收于《艾青全集》第1卷,第255页。

吹刮着的激怒的风，/和那来自林间的无比温柔的黎明……/——然后我死了，/连羽毛也腐烂在土地里面。//为什么我的眼里常含泪水？/因为我对这土地爱得深沉……[1]

整首诗从第三行开始，连续四行，都是第二行"歌唱"一词的宾语，不停顿的句子喷薄而出，极有气势；第七行的破折号以及承接副词"然后"造成戛然而止又重新开始的效果。全诗看似随意的激情澎湃的散文笔法，表现出诗人很强的节奏控制力。这种对节奏的调遣不是偶一为之，是体现在艾青绝大多数诗作里的，又如《大堰河——我的保姆》第二节："大堰河，今天我看到雪使我想起了你：/你的被雪压着的草盖的坟墓，/你的关闭了的故居檐头的枯死的瓦菲，/你的被典押了的一丈平方的园地，/你的门前的长了青苔的石椅，/大堰河，今天我看到雪使我想起了你。"首尾一致的环形结构，事实上构成一幅想象中的画面，连续四句长度相似的、以"你的"开始的句子，在修辞上是排比，在音韵上类似于头韵的使用，使得回忆的感情连贯、充沛且不断加强，又以一句"大堰河，今天我看到雪使我想起了你"控制住激情，全诗情绪就是在这种由节奏起伏带来的顿挫感里持续升温。

总体说来，对"诗的散文美"的追求，使艾青的新诗更看重明朗、明亮乃至明确的形象表达，他说过："诗人理解世界的深度，就表现在他所创造的形象的明确度上。"[2]他反对表达的晦涩、混沌和朦胧。艾青的新诗观念与他的艺术趣味乃至立场都有关系，这导致他在1970年代末与年轻的朦胧诗人发生了关于新诗创作理念的争论。

艾青也属于20世纪三四十年代之际七月诗派的重要成员。1937年，胡风等人创办了《七月》，围绕着《七月》等杂志，凝聚起一批左翼文艺工作

---

[1] 所选版本收于《艾青全集》第1卷，第229页。
[2] 艾青：《我怎样写诗的？》，收于《艾青全集》第3卷，第135页。

者，包括胡风、艾青、田间、绿原、曾卓、彭燕郊等诗人，他们的写作多延续到1949年以后。七月派坚持新诗创作的现实主义态度，认为"诗人的生命要随着时代的生命前进"[1]；他们主张创作的"主观战斗精神"，认为写作是"创作主体"和"创造对象"之间"相生相克斗争"的过程；他们在新诗写作中往往体现出一种深情又强劲的硬朗诗风。

曾卓（1922—2002），本名曾庆冠，原籍湖北黄陂，生于武汉。早年的曾卓受到新月派和现代派影响，他14岁创作的《生活》，整齐的两节各四行，很容易让人想到徐志摩的类似结构作品。

> 忧郁像一只小虫，/静静地蹲在我的心峰。/不愿说也不愿笑，/脸上挂着一片生之烦恼。//生活像一只小船，/航行在漫长的黑河。/没有桨也没有舵，/命运贴着大的漩涡。[2]

诗的首二句，也能看出冯至《蛇》开头的影子："我的寂寞是一条长蛇，/冰冷地没有言语——"。曾卓16岁就加入中国共产党，作为一名七月派诗人，现实主义写作是他当然的选择，抗战、革命、现实批判诸话题是他作品的主流。艾青的影子也在这位创作生命长达六十年的诗人笔下不时隐现，如写于中年的《我能给你的》(1961)："我一口一口地到处为你衔草/温暖你，用自己的体温和自己的羽毛//我用嘶哑的喉咙唱着自己的歌/为你，为了安慰你的寂寞//我愿献出一切！/只要你要，只要我有。"[3]虽是爱情诗，不过，"羽毛""嘶哑喉咙"这类意象以及不顾一切的奉献精神，其要素和灵感很可能受到艾青《我爱这土地》的影响。

曾卓主张"感情的真挚是诗的第一要素"，诗人要"忠实于时代与生

---

[1] 胡风：《四年读诗小记》，收于《胡风全集》第3卷，武汉：湖北人民出版社1999年版，第31页。
[2] 所选版本收于《曾卓文集》第1卷，武汉：长江文艺出版社1994年版，第3页。
[3] 同上书，第142页。

活"[1]。同时，他的诗里"保留了更多的青春期的个人情怀，即使是抗战或地下斗争这样容易让人写得慷慨激昂的题目，到了曾卓笔下也是婉转的、亲切的、柔情的，充满个人的世俗生活情调。"[2]如写于1941年的《青春》：

> 让我寂寞地 / 踱到寂静的河岸去。// 不问是玫瑰生了刺，/ 还是荆棘中却开出了美丽的花，/ ——我折一支，为你。/ 被刺伤的手指滴下的血珠，/ 揩上衣襟：/ 让玫瑰装饰你的青春，/ 血渍装饰我的青春。[3]

《青春》包含戏剧性成分，为"你"折花被刺伤手指，流下鲜血。玫瑰是爱情的象征，而"让我寂寞地"说明这爱情仍是孤独的，有如《无法投递》中的孤独。"装饰"这个词让人想起《断章》中"明月装饰了你的窗子 / 你装饰了别人的梦"，"血珠"或"血渍"

图 3-2 《诗》月刊新 3 卷第 4 期：《断弦的琴》（曾卓作）

既是代表牺牲的意象，也以其强烈的刺激性与《偶然》或《断章》中文人式的理智拉开了距离。而最醒目的是"我"和"你"之间的差异和距离感——玫瑰（美丽）"装饰你的青春"，血渍（牺牲）"装饰我的青春"。虽然曾卓自谦《青春》仅是"炫耀自己的进步"（《从诗想起的……》，1976），但现实主义的革命情怀与个人柔情的碰撞，使曾卓的诗产生一种自然的张力，这种张力往往是因为大时代下个人选择的撕裂造成的，有一种特殊的美感。

---

[1] 曾卓：《重要的是：爱》，收于《曾卓文集》第 3 卷，第 11 页。
[2] 李怡：《七月派作家评传》，重庆：重庆出版社 2000 年版，第 183 页。
[3] 所选版本收于《曾卓文集》第 1 卷，第 30 页。

> 将我的断弦的琴送你//从此不愿再弹奏着它/在你明月照着的绿窗前/唱一支小夜曲//因为我不愿/让时代的洪流滔滔远去/却将我的生命的小船/系在你的柔手上/搁浅于爱情的沙滩//我知道要来的/是怎样难忍的痛苦/但我仍以手/扼窒爱情的呼吸（《断弦的琴》，1942）[4]

诗人内心的斗争、撕裂感与决断，在这首诗里体现得更为充分。问题不再是"爱而不得"的苦闷，不是爱人给自己的伤害，问题的根本并非在"你"和"我"的关系上，而在于现实和时代赋予诗人的责任感与个人感情间的矛盾。《断弦的琴》标题已经暗示了分手的结局，呈现出一种无法调和的冲突。这与其说是爱情导致的冲突，不如说是诗人心灵矛盾造成的痛苦。左联诗人殷夫写过一首《别了，哥哥》(1929)："别了，哥哥，别了，/此后各走前途，/再见的机会是在，/当我们和你隶属着的阶级交了战火。"同样是写选择与过去告别，与亲爱之人告别，殷夫的诗中虽不无惋惜，"恨的是不能握一握最后的手，/再独立地向前途踏进"，但更多流露出新生的喜悦，"我"与哥哥的矛盾是阶级立场上的，完全不可调和。而曾卓则写到了这种告别对自身感情的伤害，"我知道要来的/是怎样难忍的痛苦"，正是因为诗人清醒地意识到因责任感而选择的"新生"是对自己生命一部分的舍弃，诗的结尾才产生了强烈的震撼力，"但我仍以手/扼窒爱情的呼吸"。"扼窒"这个词背后隐含了暴力色彩，只是诗人施加暴力的不是爱人，而是自己——他并非轻视爱情的人性意义，《断弦的琴》这类诗因此拥有了某种悲剧感。

作为七月诗人，曾卓擅长散文化的自由诗，用叙事方式描写时代苦难，表达朴素的人道主义关怀。如写于 1944 年的《熟睡的兵》，8 节 45 行的诗作

---

[4] 本诗首发于《诗》月刊新 3 卷第 4 期，在《益世报（上海）》1949 年 1 月 19 日再次发表时，本诗未分节，所选版本收于《曾卓文集》第 1 卷，第 31 页。

以近似速写的语言描述了一个普通士兵的死去，诗的五、六节动情地写道：

> 你中国的士兵／在这个秋天雨后的黄昏／冷不冷呵，你这么随便地／躺在这儿，你累了，倦了，要睡了？／你的部队呢？你的家在哪里？／／他曾经举枪向敌人射击的手／此刻为什么用力撕拉着／自己的破军服？为什么／一个兵士——一个流血者的眼中／会突然涌出了泪水？[1]

诗人温柔而关心地问询，痛心又平静地写下对战士的挽歌，他始终在把士兵当做活人去写，一个熟睡的活人。在这一刹那，士兵暂时脱离了战争处境，首先是一个牺牲的人，他为正义而付出生命，而我们只能看着他孤独地死去。诗的结尾尤其叫人动情："呵，他似乎熟睡了／而你，老先生，你为什么／用战抖的手去试探他的鼻息？／你为什么哭呢，小女孩？／这是用血守卫我们乡土的人／我们来帮他一点忙吧／一个兵士没有死在战场／就该死在床上。睡在这儿／秋天、雨后、黄昏、泥潭／他衣服穿得这么少／只怕要着凉了……"原来士兵并不是孤独的，人们陪伴着他，伤心、战抖并为他哭泣。七月派也有口号式的一类新诗，号召人们去战斗、去抵抗，但始终是这种写实又饱含真情的作品，直到今天还能打动我们。

彭燕郊（1920—2008），原名陈德矩，福建莆田人，是七月诗派另一重要诗人。彭燕郊不仅在现代新诗史上产生过影响，即使在1949年后历经命运起伏，也一直没有放弃新诗创作，尤其是新时期以来，仍旧写作新诗。七月诗人抒写的主要是民族解放战争与革命战争中的悲壮情怀、坚忍意志和乐观精神，这使其成为三四十年代现实主义诗歌主流。彭燕郊作品当然不能超脱于这一背景，这体现为他对鲁迅以来散文诗传统的继承。他的散文诗与鲁

---

[1] 所选版本收于《曾卓文集》第1卷，第83页。

迅的《野草》在风格上同中有异,都是不在意格律形式的自由诗,但彭燕郊的风格并非内敛式的,而是不吝于将丰沛的感情外显出来;同时,身为革命诗人,彭燕郊1949年前的新诗写作又不局限于战争环境,与许多七月派诗人一样,他的创作建立在对人的生存状况与历史境遇以及对普通人命运的观照和思考上。这一阶段他的创作虽是现实主义的,但并没有流于单一的、口号式的战斗风格。他的《阳光》(1945)一诗让人想起曾卓《熟睡的兵》中那种流畅饱满、绝不拖沓冗长的风格:

>人们抓住她的小手/把她牵到墙脚下/让她把脸朝向阳光/可怜的小生命/不住地眯着眼睛/前额显现出好奇的皱纹/两手沿着背后的墙壁/微微颤动地摸索着/全身收缩在静默里/像在倾听来自天外的仙乐/不愿受一点最小干扰/呵,是什么/使她从没有眸子的眼窝里/流出眼泪?/像一座阴暗的房子/突然把所有的窗户打开/饥渴,感激/和发自内心的喜悦/竟使一个盲女/在接触到光和热的时候/变得和仙女一样美丽[1]

《阳光》以散文化语言,呈现了一个日常场景。这首诗前半部分描写绝不是为盲女最终感受到"阳光"的升华所作的铺垫,这段文字就像艾青最好的诗一样,充满了形象感,"诗的前半部分的描写精力弥满,盲女在阳光下的表情使人屏住呼吸"[2]。因为这些细致而不流于琐碎的细节描写,盲女"从没有眸子的眼窝里/流出眼泪"才会让读者的感动有了扎实立足点。

艾青、曾卓、彭燕郊这样的七月诗人,以自己的创作对新诗抒写广大的现实生活提供了新的思路。诗人们依靠直觉,巧妙而可信地将生活素材加

---

[1] 所选版本收于《彭燕郊诗选》,长沙:湖南人民出版社1984年版,第110页。
[2] 陈太胜:《幻视的能力:彭燕郊的早期诗作》,见《诗探索》2008年第1期。

以转化，通过个人与现实之间的对立和矛盾，拓宽了散文化自由诗的写作传统。应该说，这是对胡适以来中文新诗写实一脉在题材和形式上的拓展。

冯至（1905—1993），原名冯承植，字君培，1921年考入北京大学。冯至是鲁迅、胡适等文学革命先驱的后辈，在新诗初创时期就积极参与新诗创作，1923年加入文学团体浅草社，还是1925年成立的沉钟社创始人之一，在新文学代际上可以归入第一个十年。他在1930—1935年留学德国回国后，诗风有所变化，且对穆旦等九叶诗人影响甚大[1]。冯至是鲁迅在北大教书时的学生，曾两次选听鲁迅的《中国小说史略》讲座，并多次去鲁迅家中拜访。1927年他的诗集《昨日之歌》刚出版就寄给鲁迅。鲁迅在《中国新文学大系小说二集·导言》（1935）中称赞道，"连后来是中国最为杰出的抒情诗人冯至，也曾发表他幽婉的名篇"。这个评价并不是当时诗坛公认看法，不过，"幽婉"一词从此成为人们对冯至早期新诗评价的基础。《昨日之歌》（1927）出版时，正是新月诗风最活跃的年代，在徐志摩、闻一多等人从形式上为新诗"创格"时，冯至以其曲折幽婉的诗风，为早期中文新诗提供了新的可能性，一直承接他日后的《十四行集》（1942）。我们先看一下写于1925年的《在郊原》：

> 续了又断的／是我的琴弦，／我放下又拾起／是你的眉盼。／我一人游荡在郊原，／把恋情比作了夕阳奄奄。／／它是那红色的夕阳，／运命啊淡似青山，／青山被夕阳烘化了／在茫茫的暮色里边。／／我愿彷徨在空虚内，／化作了风丝和雨丝：／雨丝缀在花之间，／风丝挂在树之巅，／你应该是个采撷人，／花叶都编成你的花篮。／／花篮里装载着／风雨的深情——／更丝丝缕缕的／是可怜的生命。／／我一

---

[1] 关于历史上的"九叶诗人"应包含哪些人，当事人唐湜提及过冯至等人："当年环绕着《诗创造》，尤其是流派色彩较浓的《中国新诗》的诗人并不只是九个人，年纪大些的前辈诗人就有冯至、卞之琳、方敬、徐迟、金克木几位……"（唐湜：《九叶在闪光》，1989）

图 3-3 《沉钟》1925 年第 9 期:《在郊原》（冯至作）

人游荡在郊原，/把运命比作了青山淡淡。/续了又断的/是我的琴弦，/我放下又拾起/是你的眉盼。[1]

就像《昨日之歌》里大部分作品一样，这无疑是首爱情诗。同样是以"断弦"开篇，和后来曾卓《断弦的琴》不同，《在郊原》中的感情冲突只发生在诗人内心世界。自然景物都被皴染上对恋人的牵挂难舍，"我放下又拾起/是你的眉盼"。首尾一致的环形结构，其效果与《雨巷》是类似的，表达的是感情世界的封闭。冯至对早年这些情诗评价不高，认为写的是"狭窄的情感，个人的哀愁"，当然与时代氛围和诗人阅历有关。全诗形制上充满新月风格，尤其在"绘画美"的实现上效果很好；4节 25 行，13 句押韵，并且一韵到底，没有换韵，堪称"音乐美"的典范；环形结构更强化了结构上"建筑美"的整饬感。

我们再读读为冯至赢得广泛声誉的《蛇》（1926）：

我的寂寞是一条蛇，/静静地没有言语。/你万一梦到它时/千万啊，不要悚惧！//它是我忠诚的侣伴，/心里害着热烈的乡思：/它想那茂密的草原，——/你头上的、浓郁的乌丝。//它月影一般轻轻地/从你那儿轻轻走过；/它把你的梦境衔了来，/像一只绯红的花朵。[2]

---

[1] 所选版本收于《冯至全集》第 1 卷，石家庄：河北教育出版社 1999 年版，第 64 页。
[2] 同上书，第 77 页。

这首新诗象征主义色彩浓厚，采纳的象征性意象又比较特殊。"蛇"在古典文学中极少被用作正面意象，用来写爱情更是不大可能。最多是以其形态来比兴，托物言志[1]。当冯至说他的寂寞"是一条蛇"时，已经产生了脱离人们一般文学认知的陌生化效果。冯至并非为哗众取宠，"蛇"的意象体现出他对爱情经验的独特认识。作为冷血动物的"蛇"，其"冷""孤独"与"恐怖"显然符合冯至《蛇》的单恋气质。诗的开篇毫不迟疑地说"我"的寂寞"是"而非"像"一条蛇，"静静地没有言语"，蛇的爬行的确近乎无声，而且蛇只有遇到威胁时才发出微弱嘶声，是近乎沉默的动物。这样的自我形象，其实是丑陋、恐怖的，但符合爱情中处于弱势的追求一方的卑微的自我认识。从第二节开始，诗人仿佛胆子大了起来，在告诉姑娘"不要悚惧"后，他就干脆以蛇自居，说那蛇为"热烈的乡思"所苦，思绪由此跳跃到蛇的故乡"草原"，由蓬勃生长的草叶联想到女性的"乌丝"，可以说合情合理。最后一节最见精妙，以"月影一般"的通感形容蛇爬行之轻，也即诗人情感的幽婉难诉。"它把你的梦境衔了来，／像一只绯红的花朵"，当姑娘的"梦境"可以为蛇所衔来时，入睡的姑娘显然对蛇的到来一无所知，故而诗的表达再次转向单恋。通过把姑娘的"梦境"或"我"的单恋转化为"绯红的花朵"，相思之苦一变而为美学安慰，诗人在爱与诗中实现自我发现和自我审视。冯至早期新诗的"幽婉"在这里体现为把单恋的孤独和寂寞沉淀作内在体验，即使是《在郊原》中，意象使用也是有机的、贯通的，且将"爱"与存在、"情"与"思"融汇起来，在情感表达和情绪沉淀上有良好的平衡感。

鲁迅对冯至新诗"幽婉"的评价与他的新诗观有关："世间本没有别的言说，能比诗人以语言文字画出自己的心和梦，更为明白晓畅的了。"[2] 1920年代，冯至在新诗写作上已经开始从早期的情感抒发转向经验

---

[1] 如"大能吞巨象，长可绕昆仑"（北宋·丁谓：《蛇》）；更多时候，古人诗里的蛇是恐怖的动物："巴蛇千种毒，其最鼻褰蛇"（唐·元稹：《虫豸诗·巴蛇》）
[2] 鲁迅：《桃色的云序》，收于《鲁迅全集》第10卷，第229页。

书写,强调人生经验的提取和挖掘。冯至早年创作就受到德国文化的影响。他晚年回忆说:"我是在德国浪漫派和唐诗、宋词影响下开始最初的诗歌创作的。"(《谈诗歌创作》)[1]他在这一时期参与创办的《沉钟》杂志就得名于德国剧作家的同名剧本[2],杂志的命名可以看作联系德国文学的象征标志。早期作品中情感与理智的统一使冯至与德国现代派取得共识,1930年代的留德经历更强化了这一点。1941年,在沉默十年后,"早已不习惯于写诗"的冯至写下了27首十四行诗,结集为《十四行集》(1942)[3]出版。他说:"这开端是偶然的,但是自己的内心里渐渐感到一个要求:有些体验,永远在我的脑里再现,有些事物,我不断地从他们那里吸收养分,有些自然现象,他们给我许多启示:我为什么不给他们留下一些感谢的纪念呢?"[4]对生命历程的经历和感悟加以思索,诗人从熟悉中发现陌生,智性的力量取代了往日的"幽婉","我们随着诗人历遍生命的旅程,在每一旅邸打开自己的沉思的窗子,得出生入死,尝遍一切生活的内在的滋养,得懂得生命的自然前后的蜕化"。[5]

> 我们招一招手,随着别离/我们的世界便分成两个,/身边感到冷,眼前忽然辽阔,/像刚刚降生的两个婴儿。//啊,一次别离,一次降生,/我们担负着工作的辛苦,/把冷的变成暖,生的变成熟,/各自把个人的世界耕耘,//为了再见,好象初次相逢,/怀着感谢的情怀想过去,/象初晤面时忽然感到前生。//一生里有几回春几回冬,

---

[1] 冯至:《谈诗歌创作》,收于《冯至全集》第5卷,第244页。
[2]《沉钟》之名,来自德国作家霍普特曼名剧《沉钟》,冯至等人是以剧中人物铸钟者亨利坚韧不拔的精神勉励自己。
[3]《十四行集》1942年由桂林明日社初版,27首诗均无标题,在1982年四川人民出版社出版的《冯至诗选》中,由作者为每首诗加上标题。
[4] 冯至:《〈十四行集〉序》,收于《冯至全集》第1卷,第213页。
[5] 唐湜:《沉思者:论十四行诗里的冯至》,见《春秋》1949年第6卷第1期。

/我们只感受时序的轮替，/感受不到人间规定的年龄。(《别离》)[1]

别离，在古典诗歌和一般新诗里，都是忧伤而主情的。"人生本来只有别离时好，再见时好"[2]，冯至显然捕捉到了这点诗情，但又将其化为智性的启示。《别离》在感到"世界便分成两个"的别离之苦时，也领悟到"一次别离，一次降生"，因此"各自把个人的世界耕耘/为了再见，好象初次相逢"。诗人以"别离"为起点，事实上偏离了"送别"的感伤套路，对离别形成的人生意义加以智性追问和推展。同样是偏于理性思考，不同于其他现代派诗人笔下的呈现与顿悟，冯至《十四行集》是以舒徐不迫的描述贯穿观察与思考起承转合的过程。在这一语言形塑的过程中，思想的起伏与思考本身的矛盾性都毫无隐晦地被诗人和盘托出。如第六首《原野的哭声》：

> 我时常看见在原野里/一个村童，或一个农妇/向着无语的晴空啼哭，/是为了一个惩罚，可是//为了一个玩具的毁弃？/是为了丈夫的死亡，/可是为了儿子的病创？/啼哭得那样没有停息，//象整个的生命都嵌在/一个框子里，在框子外/没有人生，也没有世界。//我觉得他们好象从古来/就一任眼泪不住地流/为了一个绝望的宇宙。[3]

冯至曾谈到这27首诗的写作缘起："1941年我住在昆明附近一座山里，每星期要进城两次，十五里的路程，走去走回，是很好的散步。"[4]这就是"我时

---

[1] 所选版本收于《冯至全集》第1卷，第234页。
[2] 废名：《谈新诗·十四行集》，收于《废名集》第4卷，第1815页。
[3] 所选版本收于《冯至全集》第221页。
[4] 冯至：《〈十四行集〉再版序》，收于《十四行集》，上海：文化生活出版社1949年版，第1页。

常看到"的背景，《原野的哭声》的观察对象完全是"与己无关"的。村童和农妇的啼哭，其原因有轻重之别，但发泄感情的方式都是泪水。诗人的感受没有像新诗早期一些作品那样停留在人道主义关怀上，他的思绪进一步拓展到对生命意义的思考。存在主义哲学家海德格尔以"本真"与"沉沦"两种状态描述人的生存，沉沦意味着自我迷失，对生存的价值和意义丧失（或无能力）思考。这两个概念不是一种价值判断，而是描述人类本性导致的生存困境。"沉沦"状态类似于冯至所说的"象整个的生命都嵌在／一个框子里，在框子外／没有人生，也没有世界"。冯至无意于批判具体的个体——"我觉得他们好象从古来／就一任眼泪不住地流／为了一个绝望的宇宙。"宇宙未必是绝望的，宇宙的"意义"应该由人自身领悟和选择。在下一首《我们来到郊外》中，本是因空袭警报被迫逃难，诗人却从中提炼了启示："要爱惜这个警醒，／要爱惜这个运命，／不要到危险过去，//那些分歧的街衢／又把我们吸回，／海水分成河水。"显然回答了《原野的哭声》提出的问题，人无法规避苦难，但有机会在"警醒"中摆脱麻木；机会稍纵即逝，一旦人在"警醒"后又沉沦于生活，宇宙也只能归于绝望。"分歧的街衢"这个日常化比喻，展示着沉沦的风险无时无处不在。《十四行集》作为一部饱含幽微情感与智性思考的诗集，不仅写到了别离的意义、生存的危机，也写到了"人与万物息息相连的'属于感'"。冯至从日常生活经验推向宇宙、自然与广大的人生，不时迸发出积极又踏实的力量："第一次领受光和暖，／日落了，又衔你们回去。／你们不会有记忆，//但是这一次的经验／会融入将来的吠声，／你们在黑夜吠出光明。"（《几只初生的小狗》）

  废名对冯至诗才是认可的，但对其《十四行集》在形式上则有批评："《十四行集》如果写得好，是作者本来有诗的，虽然十四行体也给了他的帮助；《十四行集》如果写得不好，便可见十四行体并不真是唯一的方便。"他特意指出了这些诗中"太不自然"与束缚手脚的段落，这的确是追摹西方诗歌形式感的中文十四行诗难以避免的问题。

十四行诗（Sonnet）源自13世纪意大利文学，14世纪意大利诗人彼特拉克写了大量脍炙人口的十四行诗，后人也称意大利十四行诗为彼特拉克体。16世纪这种诗体被引入英国，逐渐形成中文新诗后来借鉴的4433的四节格式，莎士比亚的154首十四行诗将这一诗体推向全盛。类似中国的律诗，十四行诗绝非仅有简单的4433格式规定，还有其对韵律和格式的其他要求。就写作而言，其主题展开模式被闻一多概括为"起、承、转、合"，即指十四行诗的主题发展最忌平铺直叙。1926年，《新月》发表了闻一多翻译的英国女诗人白朗宁（今译勃朗宁）夫人《白朗宁夫人的情诗》，同时将Sonnet译为"商籁体"，"每首十四行，有固定的诗节形式、韵律形式和韵脚安排"的中文十四行诗基本格式从此奠定下来。因其对中文新诗"创格"有借鉴意义，新月诗人大力提倡十四行诗写作。徐志摩认为，中文新诗尝试十四行诗形式，有利于探寻中文语言的柔韧性及语体文的浑成、致密，以及别一种单纯的"字的音乐"性。中国古典诗歌韵式单纯，而十四行诗用韵繁富，有助于新诗用韵多样化，在1942年冯至出版《十四行集》之前，十四行诗已对中文新诗产生重大影响。

冯至的《十四行集》体现了新诗的智性之美，这种智性美也是中文新诗在20世纪三四十年代走向成熟稳定的现代主义诗风的一个标志。在1930年代的废名、卞之琳、罗大冈等诗人手中，中文新诗已经开始由单纯的抒情向智性化发展；到了1940年代初，在T.S.艾略特、奥登、瑞恰慈、燕卜荪等英美现代主义诗人诗学思想的影响下，在闻一多、冯至、卞之琳等西南联大教师带动下，出现了西南联大诗人群，包括联大教师冯至、卞之琳和在联大就读的穆旦、杜运燮、郑敏、袁可嘉等人。"也是在1942年，我先后读到卞之琳的《十年诗草》和冯至的《十四行集》，很受震动，惊喜地发现诗是可以有另外不同的写法的。"[1]据郑敏回忆，联大青年诗人们的诗歌知识主要来自于以下

---

[1] 袁可嘉：《半个世纪的脚印——袁可嘉诗文选》，北京：人民文学出版社1994年版，第574页。

三个渠道：1. 冯至翻译的里尔克信札及其讲授的歌德《浮士德》等诗作；2. 大量阅读20世纪初英国意识流小说；3. 冯友兰、汤用彤、郑昕等学者讲授的中西方哲学。联大青年诗人由此形成了"以哲学做为诗歌的底蕴，而以人文的感情为诗歌的经纬"的智性诗风[1]。穆旦等四名联大诗人与辛笛、陈敬容、唐祈、唐湜、杭约赫在1940年代后期刊物《诗创造》和《中国新诗》上发表大量新诗，借鉴西方现代诗艺，在新诗美学风格上或多或少表现出智性倾向，隐然有形成诗派的趋势。但直到1981年秋才以《九叶集》为书名结集出版他们的代表作，由此得名九叶诗派[2]。在1940年代，中国新诗派诗人群，以及吴兴华等诗人，推动了偏向智性的成熟的现代主义诗风的形成，表现为如下特征：

首先，智性与感性的融汇成为1940年代现代主义诗风的重要特征。"诗不是感情，也不是回忆，也不是宁静（如不曲解字义），诗是许多经验的集中，集中后所发生的新东西。"[3]体现在创作中，诗是感受与理性的结合，以对情感的沉淀与分析取代纯粹抒情。其次，出于现代诗学意识的自觉而致力于陌生化效果的生成，诗人们发现："现代诗重新发现诗是经验的传达而非单纯的热情的宣泄"[4]，他们的创作以大跨度比喻、机智与反讽造成的多义性，来呈现生活经验及个人体验的多面化。再次，重新阐释诗与现实的关系，开拓新的诗歌主题，这表现为诗人对新诗作为艺术的自足性与独立品格的坚持，又不拒绝生活现实关怀，诗人们热烈拥抱生活，他们清醒地认识到，即使是追求内省与智性的新诗，其"内容也来自对生活体会深刻（不一般化）。"[5]此前的现代主义新诗排斥拒绝新诗的社会功能，李金发就曾说

---

[1] 郑敏：《忆冯至吾师——重读〈十四行集〉》，见《当代作家评论》2002年第3期。
[2] "1980年，在京华的袁可嘉、郑敏、陈敬容和曹辛之商酌着编出《九叶集》，辛迪与我自然也参加了意见。"此书1981年出版，"成为建国后第一本新诗流派选集"。（唐湜：《九叶在闪光》，1989）
[3] T.S.艾略特：《传统与个人才能》，卞之琳译，收于《传统与个人才能》，上海：上海译文出版社2012年版，第10页。
[4] 袁可嘉：《诗与民主》，见《大公报（天津）》1948年10月3日。
[5] 穆旦：《致郭保卫信》（1975年8月22日），收于《穆旦诗文集》第2卷，第211页。

过:"我的诗是个人灵感的记录表。"[1] 1940年代现代主义诗人对这种艺术态度的匡正,无疑体现出一种更为成熟的现代美学精神。

穆旦(1918—1977),本名查良铮,祖籍浙江海宁,生于天津。1940年毕业于西南联大,1949年赴美国入芝加哥大学学习英国文学,1953年回国后,任教于南开大学。穆旦既属于西南联大诗人群,也是中国新诗派诗人中"最有能量""走得最远"的一个。穆旦的新诗沉郁浑厚而冷凝内敛,在内容、思想和形式上达到的高度使他的作品成为中文新诗当之无愧的典范。穆旦的诗是散文化的,但又摆脱了早期新诗的语言松弛与意象涣散。他着力于对生活的观察、体验与思考,通过个体内心经验与诗歌意象的紧密结合而强化诗的力度与深度。

> 绿色的火焰在草上摇曳,/他渴求着拥抱你,花朵。/反抗着土地,花朵伸出来,/当暖风吹来烦恼,或者欢乐。/如果你是醒了,推开窗子,/看这满园的欲望多么美丽。//蓝天下,为永远的谜蛊惑着的/是我们二十岁的紧闭的肉体,/一如那泥土做成的鸟的歌,/你们被点燃,却无处归依。/呵,光,影,声,色,都已经赤裸,/痛苦着,等待伸入新的组合。(《春》,1942[2])

将繁茂草地喻为"绿色的火焰","他渴求着拥抱你,花朵",诗人抒写的就是"满园的欲望"。"花朵"的回应亦十分有力,它"反抗着泥土"生长出来,与"绿色火焰"构成了青春的互动与辉映。值得注意的是,对草地以男性人称"他"来指代,则可以将草地和花朵间的"欲望"关系理解为男女爱欲。而这还只是"满园欲望"的一小部分,诗人以直接的呐喊呼吁青年"如果你

---

[1] 李金发:《我的创作态度:是个人灵感的记录表》,见《文艺大路》1935年第2卷第1期。
[2] 所选版本收于《穆旦诗文集》第1卷,第74页。

图3-4 《大公报(上海)》1947年3月9日:《春》(穆旦作)

是醒了,推开窗子,/看这满园的欲望多么美丽"。第二节,诗人的表达由抒情转为沉思,联想的对象从春天欲望蓬勃的万物转向"为永远的谜蛊惑着的/是我们二十岁的紧闭的肉体","永远的谜"无疑指的是爱情,"紧闭的肉体"犹如被土地束缚的草与花朵一样。"一如那泥土做成的鸟的歌,/你们被点燃,却无处归依",联系上节,"点燃"你们的是"绿色的火焰",则"你们"便是那反抗土地的花朵——"我们"肉体紧闭,"你们"无处归依。尽管如此,"光,影,声,色,都已经赤裸",就像孕育又束缚生命的土地已经在反抗中被冲破,"新的组合"迟早会发生,尽管必然伴随着痛苦。这是一首情诗,又不尽然是情诗,青春欲念在这里经诗人思考被理解为一种自然的激情,勃动着青春的焦灼、力量与冲动,而非仅属于狭小的个人体验,诗歌情感借助行云流水的隐喻和曲折的表达得以高度客观化[1]。

穆旦曾被评价为"最善于表达中国知识分子的受折磨而又折磨人的心情",即"尖锐地意识到现实世界里的矛盾、冲突"[2]。与胡适、郭沫若等诗坛前辈们不同,穆旦对内在冲突的表现既不是简单化的描述与呈现,也不是夸张的激烈表达,而是体现为一种自省精神和心灵搏斗。最能呈现穆旦心灵自我搏斗的莫过于他的《诗八首》(原名《诗八章》,1942),这组诗虽被认

---

[1] "情绪上的深化,从愤怒、自我折磨进到苦思、自我剖析,使他(穆旦)的诗显得沉重;诗歌语言上的逐渐净化,从初期的复杂——'丰富和丰富的痛苦'——进到能用言语'照明世界',使他成为中国新诗里最少成语、套话的新颖的风格家。"(王佐良:《中国新诗中的现代主义——一个回顾》,见《文艺研究》1983年第4期。)

[2] 王佐良:《一个中国新诗人》,见《文学杂志》1947年第2卷第2期。

为是爱情诗，实为关于爱情意义的冷峻思考[1]。八首短诗组成了一个激情伴随沉思的精神缠斗过程，使用大量矛盾而纠缠的意象，去抒写"充满爱情的绝望之感"。穆旦对这组诗有过说明，指出它们带有青春特有的"迫切感"，在激情沉淀之后，"现在让你不关心它也不成，可是完全失迷于其中呢，也不明智，如果能由于心里的重压而写出诗的结晶，那也不白苦一阵"。[2] 我们先看第一首：

> 你底眼睛看见这一场火灾，/ 你看不见我，虽然我为你点燃，/ 唉，那烧着的不过是成熟的年代，/ 你底，我底。我们相隔如重山！//从这自然底蜕变程序里，/ 我却爱了一个暂时的你。/ 即使我哭泣，变灰，变灰又新生，/ 姑娘，那只是上帝玩弄他自己。[3]

《诗八首》与《春》均写于1942年，两个作品完成后不久，诗人就辞去西南联大教职，参加中国远征军，奔赴抗日前线。与《春》一样，第一首也是从"火"与"点燃"的意象写起，但更加明晰化了，燃烧着的不再是草地而是"为你点燃"的"我"。全诗从"你底眼睛看见这一场火灾"说起，而第二首诗中又提到："水流山石间沉淀下你我"，如果说"火灾"是欲念和激情，水流便可理解为理性与宁静。从头两首开始，这组诗就确立了一种"我"和"你"之间爱与思的辩证关系。火焰是破坏力的蔓延，水流则是涵养生命的持续，两者之间不断发生纠缠与冲击。不同于卞之琳《无题》系列里夹杂着惊喜、赞美、崇拜与失望的情绪微澜，这首诗开篇就断言，所谓因爱而起的火焰"不过是成熟的年代"，而"我"也仅是爱上"一个暂时的你"。但诗人又没有止步于对爱情"有效期"

---

[1]"《诗八首》属于中国传统中'无题'一类的爱情诗。但是，在这里，我们看不到一般爱情诗中感情的缠绵与热烈……他以特有的超越生活层面以上的清醒的智性，对自身的也是人类的恋爱情感及其整体过程，做了充满理性成分的分析和很大强度的客观化处理。"(孙玉石：《解读穆旦的〈诗八首〉》，见《诗探索》第4期。)
[2] 穆旦：《致郭保卫信》(1975年9月9日)，收于《穆旦诗文集》第2卷，第215页。
[3] 以下《诗八首》所选版本收于《穆旦诗文集》第1卷，第76—79页。

的思考,他坦承自己的"哭泣,变灰,变灰又新生"。纵使诗人一开始就质疑了爱情是否为青春的错觉,却并不逃避,即使受尽折磨,那折磨也被诗人视作上帝(造物)"玩弄他自己",且看第三首:

> 你底年龄里的小小野兽,/它和青草一样地呼吸,/它带来你底颜色,芳香,丰满,/它要你疯狂在温暖的黑暗里。//我越过你大理石的智慧底殿堂,/而为它埋藏的生命珍惜;/你我底手底接触是一片草场。/那里有它底固执,我底惊喜。

在这首中可以读到更多《春》中出现过的意象,"青草""草场"。"你底年龄里的小小野兽"呼应着第一首的"烧着的不过是成熟的年代","小小野兽"和"你底年龄"里因"我"而起的"火灾"一样,何尝不是青春欲望的象征。它既延续着第一首中对爱情的质疑态度,又不顾一切地全身心投入:"我越过你大理石的智慧底殿堂,/而为它埋藏的生命珍惜",于是有了最温柔的两句:"你我底手底接触是一片草场。/那里有它底固执,我底惊喜。"诗人的感情,不断在希望与绝望间沉浮。让诗人绝望的不是情感的"无处归依",而是他对于爱情严肃的思考。即使在最美丽而充满希望的四、五两首中,也看不到徐志摩式的"消溶,消溶,消溶/溶入了她柔波似的心胸"(《雪花的快乐》)[1]般的释然。虽然"那移动了景物的移动我底心,/从最古老的开端流向你,安睡"(《诗八首·五》)。诗人仍是老实地承认,就算"那可能的和不可能的使我们沉迷","那窒息我们的/是甜蜜的未生即死的言语,/它底幽灵笼罩,使我们游离,/游进混乱的爱底自由和美丽。"(《诗八首·四》)言语(即情话)甜蜜却又"未生即死",句子充满紧张的力量,诗人热恋

---

[1] 王佐良将穆旦《诗八首》与新月派诗歌做过这样的对比:"读着这些奇异的然而十分耐读的诗行,再想一想中国古典诗人或者新月派里的徐志摩等人是怎样咏唱爱情的,我们就会看出西欧的现代主义已经在中国造成了多大的影响。"(王佐良:《中国新诗中的现代主义——一个回顾》,见《文艺研究》1983年第4期。)

中仍保持对"永恒"爱情的质疑。到了第六首：

> 相同和相同溶为怠倦，/在差别间又凝固着陌生；/是一条多么危险的窄路里，/我制造自己在那上面旅行。//他存在，听我底指使，/他保护，而把我留在孤独里，/他底痛苦是不断的寻求/你底秩序，求得了又必须背离。

这首完全没使用任何自然意象，利用的是语言自身的省略、暗示与多义造成的紧张。穆旦的担忧与曾卓在《断弦的琴》中表达的意思是类似的，爱情可能会让人迷失自我，乃至忘却自身对生活、对时代的责任，"混乱的爱底自由和美丽"也不禁魅力大减——"相同和相同溶为怠倦，/在差别间又凝固着陌生"。"危险的窄路"绝不是爱情，青春所召唤的不仅是爱情，还有其他，就像诗人选择从军报国一样，他也选择在爱情之路上离开："他底痛苦是不断的寻求/你底秩序，求得了又必须背离。"只有别离，"你"的形象和你的爱情才如此独立而清晰："呵，在你底不能自主的心上，/你底随有随无的美丽形象，/那里，我看见你孤独的爱情笔立着，/和我底平行着生长！"（《诗八首·七》）

全诗充满各种相互矛盾、带有悖论的表述，感情在求索中被思考被探寻，被体味又遭遇别离。《诗八首》背后也许有个美丽而忧伤的故事，细节的改动显露出诗人心思的轨迹，第一首里"我却爱了一个暂时的你"一句最初原文为"我却爱了一个被合并的你"，"被合并"虽未必意味着"你"已罗敷有夫，可至少与我是分离的。"暂时的"，有人倾向于认为"你"即将离开，属于两人的时日已无多。不过，在诗人手里，爱情给人带来的种种折磨变成试炼，成为人格自我完成的过程，背后的故事反而无足轻重。就如"暂时的你"固然可以理解为"你"要离开，其实更可理解为爱情仅是生命过程中值得珍惜的一环，是所有偶然性的一部分。"不关心它也不成，可是完全失迷于

图 3-5　1947 年穆旦自费印刷出版的《穆旦诗集（1939–1945）》封面

其中呢，也不明智"，因为"等季候一到就要各自飘落"。在这个意义上，第八首诗的结尾蕴含的悲观与释然就不难理解了：

> 再没有更近的接近，/所有的偶然在我们间定型；/只有阳光透过缤纷的枝叶/分在两片情愿的心上，相同。//等季候一到就要各自飘落，/而赐生我们的巨树永青，/它对我们不仁的嘲弄/（和哭泣）在合一的老根里化为平静。

《诗八首》似乎在追问、质疑着包括爱情在内的生活意义，但又以一种成熟的智慧去理解生命悲欢，两片落叶飘落的意象既悲伤又超脱，"而赐生我们的巨树永青，/它对我们不仁的嘲弄/（和哭泣）在合一的老根里化为平静"。落叶与巨树的意象在穆旦晚年的《智慧之歌》（1976）中又一次出现，"我已走到了幻想底尽头，/这是一片落叶飘零的树林，/每一片叶子标记着一种欢喜，/现在都枯黄地堆积在内心"。在回顾了爱情、友谊、理想的纷纷飘落后，诗人自省道："只有痛苦还在，它是日常生活/每天在惩罚自己过去的傲慢。"唯一的安慰来自于智慧的滋长："但唯有一棵智慧之树不凋，/我知道它以我的苦汁为营养，/它的碧绿是对我无情的嘲弄，/我咒诅它每一片叶的滋长。"对于智慧的巨树，诗人与其说是赞美，不如说是无奈，释然中包含强烈的自嘲。他并非否定智慧，而是终于以一生的艰辛了然和印证了自己年轻时的认识：生命只是过程，爱情、友谊、理想等终会褪去如落叶[1]。

陈敬容（1917—1989），原名陈懿范，原籍四川乐山。文学史上后来追认的九叶诗派，事实上是由前述西南联大诗人群和原《诗创造》部分诗人共同组成的。在1947年《诗创造》诗人们因办刊理念分歧而分道扬镳后，辛笛、陈敬容、唐祈、唐湜、杭约赫等人在上海创办《中国新诗》，陈敬容最先著长文推介此时寓居北方的西南联大诗人，并写信联系他们，中国新诗派就此成形。陈敬容早年新诗就受到何其芳、卞之琳等现代派诗人影响，遣词造句不追求雕琢精致，而是以散文化笔法描写细腻感受，诗风砥砺磊落而耐人寻味。写于1935年的《夜客》分为四节，每节三行，诗行的整饬还能看出些许新月体的痕迹：

> 炉火沉灭在残灰里，/是谁的手指敲落冷梦？/小门上还剩有一声剥啄。//听表声的答，暂作火车吧，/我枕下有长长的旅程/长长的孤独。//请进来，深夜的幽客，/你也许是一只猫，一个甲虫，/每夜来叩我寂寞的门。//全没有了：门上的剥啄，/屋上的风。我爱这梦中的山水；/谁呵，又在我梦里轻敲……

北平的深冬里，独居女子梦中被"夜客"来访惊醒，诗的第一节是醒来后的感受，有见（"炉火沉灭在残灰里"）、有闻（"小门上还剩有一声剥啄"）、有所感（冷梦）——一个寒冷寂寞的夜。第二节由表声的答联想到火车行驶之声，由火车联想到"长长的旅程"，这是孤独的旅程。她在第三节发出邀请，"夜客"没让她产生恐惧，因她知道那不过是小动物无意经过时"叩我寂寞的门"。第四节，诗人又陷入沉睡，"全没有了：门上的剥啄，/屋上的风。我爱这梦中的山水"。诗人渴望并期待着什么："谁呵，又在我梦里轻

---

[1]"我有一首对结婚悲观的译诗，什么时候拿给你看看，倒不是劝人悲观，而是要帮助认识某些礁石，以免小船撞上去。"（穆旦：《致郭保卫》[1976年2月17日]，收于《穆旦诗文集》第2卷，第226页。）

图3-6 《大公报（上海）》1946年11月14日：《评何其芳的"夜歌"》（陈敬容作）

敲……"这首诗有难得的坦荡与"幽婉"，却并无肤浅的夸饰和矫情，让人想起卞之琳最为清浅可爱的那些新诗中的情味："隔江泥衔到你梁上，/隔院泉挑到你怀里，/海外的奢侈品舶来你胸前"（《无题·四》）。九叶诗人主张在"肯定诗作为艺术时必须被尊重的诗底实质"的前提下，"诗应包含，应解释，应反映的人生现实性"[1]，陈敬容的诗里也包含着对现实生活的反省，如写于1945年5月的《假如你走来》：

> 假如你走来，/在一个微温的夜晚/轻轻地走来，/叩我寂寥的门窗；//假如你走来，/不说一句话，/将你战栗的肩膀，/依靠白色的墙。//我将从沉思的坐椅中，/静静地立起/在书页中寻出来/一朵萎去的花/插在你的衣襟上。//我也将给你一个缄默，/一个最深的凝望；/而当你又蹁跹地走去，/我将哭泣——/是因为幸福，/不是悲伤。[2]

对这首诗，有这样的理解："爱的失落让诗人陷入深深的痛苦。她甚至幻想着能和对方重逢。"[3]对重逢的期待的确构成《假如你走来》情感张力之一，爱情也是陈敬容早年诗作中一直低吟的主题。写于1939年的《窗》就可以窥见

---

[1] 袁可嘉：《新诗现代化》，见《大公报（上海）》1947年3月30日。
[2] 所选版本收于罗佳明、陈俐编：《陈敬容诗文集》，上海：复旦大学出版社2008年版，第92页。
[3] 唐湜：《论陈敬容前期诗歌》，见《诗探索》2000年第2期。

某种爱情失落的忧伤:"我将怎样寻找 / 那些寂寞的足迹 / 在你静静的窗前; / 我将怎样寻找 / 我失落的叹息?//让静夜星空 / 带给你我的怀想吧, / 带给你无忧的睡眠; / 而我, 如一个陌生客, / 默默地, 走过你窗前。"写于六年后的《假如你走来》, "是最好的心理戏剧断片, 一幅淡淡的素描"(唐湜语), 更值得注意的是诗中女性独立人格的塑造与展示。诗的前两节以"假如你走来"为开头, 想象了爱人的走来, 诗人仿佛一直在等待他, 就像俄国女诗人阿赫玛托娃在《傍晚的天空茫茫昏黄》(乌兰汗译)中说的那样:"你晚来了很多很多年啊, / 可我还是为认识你而神往。"这位爱人未必确有其人, 阿赫玛托娃的诗里是这么说的:"恕我过去的生活 片凄凉, / 连太阳也难于让我欢畅。/ 我把很多人误认为是你了, / 求你原谅, 原谅, 原谅。"可见, 在"你"之前的"遇到"多是"错误", 而遇到"你"这件事, 不过是如穆旦《诗八首》所说的"所有的偶然在我们间定型"。即使如此, "我将从沉思的坐椅中, / 静静地立起 / 在书页中寻出来 / 一朵萎去的花 / 插在你的衣襟上", 诗人一直在坚定地等待"所有的偶然"。诗中"你"的形象也耐人寻味, "不说一句话, / 将你战栗的肩膀, / 依靠白色的墙", 为何要"战栗"?结合第四节"而当你又踽踽地走去", 我们明白, "我"只是你人生道路的一站, 你终将不停地奔忙着向前。而"我"对你的离去仿佛在意料之中:"我也将给你一个缄默, / 一个最深的凝望", "我将哭泣——/ 是因为幸福, / 不是悲伤", "我"欣喜于相遇, "我"更坦然乃至欣然接受分别。显然, 在诗人笔下, 有比爱情更加重要的事, 那是诗人与爱人共同信奉并愿为之做出牺牲的理想。因此, 我们看到了诗中在"期待重逢"以外的另一重张力, 那就是爱情与理想的对立与融合。在这种对立中, 诗人预判了自己将尊重并支持爱人的选择。自愿分别竟比长相厮守更美, 这首诗里能见出诗人独立的人格和理想主义情怀。

辛迪(1912—2004), 本名王馨迪, 原籍江苏淮安, 生于天津, 1935年毕业于清华大学外文系。1949年之前长期任职于银行界, 并参与编辑《中国新诗》。辛迪是"我们(九叶诗人)之中热情的长者, 是《汉园》诗人卞之琳们的友人"（唐湜：《辛笛与敬容》，1984），[1] 他结合17世纪英国玄学诗派、20世纪的法国象征主义诗歌以及中国传统诗歌中的象征手法，创造出自己独特的现代主义诗风，《再见，蓝马店》（发表于1946年）便是他中西合璧诗风的代表作。此诗作于诗人留学英国期间自伦敦返回爱丁堡途中，从"蓝马店"客栈主人持灯送别写起，诗的开头平静又温馨：

走了／蓝马店的主人和我说／／——送你送你／待我来举起灯火／看门上你的影子我的影子／看板桥一夜之多霜……[2]

诗中有对"鸡声茅店月，人迹板桥霜"（［唐］温庭筠《商山早行》）的化用，因主人的真诚殷勤而少了几分唐诗的萧杀凄凉。从第二节开始，诗人的思路开始发散，由"飘落吧／这夜风 这星光的来路"和"鸡啼了／但阳光并没有来"，联想到此刻正在发生的西班牙内战，以"黑 红 紫"象征战争和杀戮，思绪蔓延飘散，直到"我是已有多久了／竹杖与我独自的影子"时方返归现实，结尾一节又回到店主善良真诚的劝慰与关怀：

……年轻的 不是节日／你也该有一份欢喜／你不短新衣新帽／你为什么尽羡慕人家的孩子／多有一些骄傲地走吧／再见 平安地／再见 年轻的客人／"再见"就是祝福的意思

这首诗以开头结尾店主的话与诗人飘洒而去的心绪形成两种声音，店主对诗人的隐忧和情怀毫不知情，但看出了诗人精神的波动，以朴实的人生经验劝慰他："你不短新衣新帽／你为什么尽羡慕人家的孩子／多有一些骄傲地走吧。"

---

[1] 唐湜：《辛笛与敬容》，见《诗探索》1984年第1期。
[2] 所选版本收于辛笛：《手掌集》，杭州：浙江文艺出版社1996年版，第33页。

诗人领受了这份好意,最后一句是诗人的声音:"'再见'就是祝福的意思。"与其他送别题材的新诗相比,这首诗的手法有其独到之处,同为抒写萍水送别的徐志摩《沙扬娜拉》,呈现出的只有一种声音;该诗则凸显了心中思绪静水流深的诗人与踏实度日的店主思想的不同,通过暗示呈现出来的,是不同的声音互不干扰,又并未形成对话与碰撞,显示了诗人在新诗结构设计上的巧妙自然。辛迪大部分诗有一种温柔隽永的沉思与独语的意味,如《怀思》(1934)中,"轻轻的一问却给了人多么深的印象,我们仿佛听到了鸽铃的悠然的哨音,而怀念起远行的人来。"(唐湜语)

> 一生能有多少/落日的光景?/远天鸽的哨音/带来思念的话语:/瑟瑟的芦花白了头,/又一年的将去。/城下路是寂寞的,/猩红满树,/零落只合自知呢;/行人在秋风中远了。[1]

秋思是中国古典诗歌常见的感情,从宋玉《九辩》开始,"悲秋"某种意义上已经是古典诗词的一个传统。此诗着眼点并非在"悲"而在"思",诗人以"鸽的哨音"写思念,以个体有限生命中无数的"落日"和"瑟瑟的芦花白了头"写时光逝去;思绪到"寂寞"并未终止,"猩红满树,/零落只合自知呢",最后写的是知音不在的孤独。"行人在秋风中远了"可以理解为对"行人"——即远行的知己的思念,也可以理解为对孤独感的强化——经过的仅是与己无关的"行人"而已。虽然只是看似信手拈来的短制,意象使用却不随意,诗人仍然很好地控制了情绪流动。同样是写孤独感受的湖畔诗人潘漠华《孤寂》(1922),其结尾是这样的:"他底眼尽看着花花落落的起来,/尽看着花花落落的过去;/却徐徐地更扩大他底孤寂的世界,/在人们看不见的深远处。"潘漠华较之同代诗人,情感控制得已经较好,仍避免不了直抒胸

---

[1] 所选版本收于辛笛:《手掌集》,第8页。

臆带来的矫揉之感；相比而言，辛迪的《秋思》的意象使用与情感表达更加成熟而内敛，追求的不单是个人情绪的抒发，而是"能走进人物的世界，静观其所含的深意……理解客观世界的真义和隐藏在静中的动。"（郑敏语）。这体现了中文新诗在写作手法上的一种进步。

抗战时期辛迪停止了新诗创作。抗战胜利后，诗人重拾诗笔时，更多融入写实与社会批判内容，这也是九叶诗人这段时期共同的写作倾向，即在抒写主体情思经验的同时，没有让其流于个人情感的低吟，而是或浓或淡地弥漫着社会、历史、现实的气息，就如辛迪在《布谷》（1946）中所写的："二十年前我当你，是在歌唱永恒的爱情／于今……你一声声是在诉说／人民的苦难无边。"又如写于1948年的《风景》：

> 列车轧在中国的肋骨上／一节接着一节社会问题／比邻而居的是茅屋和田野间的坟／生活距离终点这样近／夏天的土地绿得丰饶自然／兵士的新装黄得旧褪凄惨／惯爱想一路来行过的地方／说不出生疏却是一般的黯淡／瘦的耕牛和更瘦的人／都是病，不是风景！[1]

诗的第一句让人想起艾青"雪落在中国的土地上"的名句，虽然九叶诗人与七月派艺术追求不尽相同，却可见与后者相似的现实关怀。以肋骨喻指火车轨道，写出了现实的残酷与沉重；"比邻而居的是茅屋和田野间的坟／生活距离终点这样近"，这样的类比让人触目惊心。诗人揭露的是1940年代末中国社会的凋败，其批判的矛头不仅指向黑暗本身，更是一种文化反思。辛迪认为："必须把人民的忧患熔化于个人的体验之中，写诗才能有它一定的意义。"（《辛迪诗稿·自序》）"瘦的耕牛和更瘦的人／都是病，不是风景"作为全诗结句，批评的是将苦难视作与己无关的风景的麻木态度。

---

[1] 所选版本收于《辛笛诗稿》，北京：人民文学出版社1983年版，第91页。

路易士（1913—2013），本名路逾，抗战胜利后改名纪弦。原籍陕西周至，生于河北清苑，1933年毕业于苏州美术专科学校。1934年他在施蛰存等人编辑的《现代》杂志上发表新诗而登上诗坛，后又与戴望舒、徐迟一起创办《新诗》杂志，被认为是现代派后期重要人物。1948年11月离沪到台湾，后创办《现代诗》杂志，成为现代派诗风在台湾地区的延续者之一。相对于毕生创作只留下百首上下的戴望舒，路易士是相当高产的诗人，一生出版诗文集二十多种，诗风一如其人生选择一样多变。路易士早期新诗充满颓废与诙谐之气，如《脱袜吟》（1934）：

何其臭的袜子，/何其臭的脚，/这是流浪人的袜子，/流浪人的脚。//没有家，/也没有亲人。/家呀，亲人呀，/何其生疏的东西呀！[1]

文字简洁，写出了人生心酸，颓废得坦荡，但也"并非浅到见底"（周良沛语）。诗人不是简单同情无产者，而是拿吉普赛式的文人生活自怜自嘲。将他的新诗与同属现代派的戴望舒、卞之琳比对，很容易看出他诗风的口语化和散文化。因为蕴含着"矫健的潜力"与厌世感，他的新诗如施蛰存评价的那样："不适用温雅蕴藉的辞藻，不必组织过诗意"[2]，气质的口语化而非刻意追求形式，是路易士新诗最强烈的"现代"色彩。他的很多诗像是故意使气，对生活做出情绪化的调侃姿态，而往往以深深的疲倦告终，"路易士的个人主义是病态的，然而是时代的病态"[3]。

与其他现代派诗人在语言上对形式感的追求不同，路易士的新诗语言明朗而清晰，他说过："诗的用字，最忌的便是'堆砌'。"他对诗歌技巧的

---

[1] 所选版本收于《纪弦诗选集》，南京：江苏凤凰文艺出版社2018年版，第11页。
[2] 施蛰存：《行过之生命·跋》，收于《北山散文集》（二），上海：华东师范大学出版社2001年版，第1198页。
[3] 胡兰成：《周作人与路易士》，收于《中国文学史话》，北京：中国长安出版社2013年版，第199页。

探索，体现在对诗的语言和散文语言的区分，认为前者是"暗示"的，后者是"直叙"的，只不过，诗的暗示，必须是合理和有内在逻辑的。[1]路易士的诗风也有抒写温情感受的，如为张爱玲所欣赏的《傍晚的家》(1936)：

> 傍晚的家有了乌云的颜色。/风来小小的院子里。/数完了天上的归鸦，/孩子们的眼睛遂寂寞了。//晚饭时妻的琐碎的话——/几年前的旧事已如烟了。/而在青菜汤的淡味里，/我觉出了一些生之凄凉。[2]

作品历数傍晚时分风景与生活日常，以"生之凄凉"为结尾。"凄凉"感虽由日常而发，但也可以理解为对生命的一种感悟——美好感伤的琐碎。以对生活的危机感和幻灭感为底色，加上画家的天赋与训练，路易士有些诗作有着水彩画般的美感。这种以语言表现出的绘画感，如张爱玲的评价："路易士最好的句子全是一样的洁净、凄清、用色吝惜，有如墨竹。眼界小，然而没有时间性、地方性，所以是世界的、永久的。"[3]如写于1936年的《窗下》：

> 寂寞的是剪贴着/树的/瓦雀的/幼鹰的/纸细工的窗呀！//然而我之/多色的/平如镜的恋/却是那么辽远的——//那辽远/对于瓦雀与幼儿们/乃是一个荒诞；/而仅能傲视于一个城市的/那百年之高树/亦是无法望见呢//唔，明天/我将离去了纸细工的窗，/而且离去了陆地。/而在一片叶上，/我将亲近于我之/多色的/平如镜的恋。//当我沉醉于/她之温柔的眸子，/她亦将倾诉着/对于我的思慕了。//若夜是善妒的，/风亦当随之而起舞。/则我之剪贴着

---

[1] 路易士：《诗话钞》，见《纯文艺》1938年创刊号。
[2] 所选版本收于《纪弦诗选集》，第18页。
[3] 张爱玲：《诗与胡说》，收于《流言》，广州：花城出版社1997年版，第123页。

/树的/瓦雀的/幼鹰的/纸细工的窗,/纵是寂寞的,/也值得留恋了。[1]

诗的语言是散文化的,表达上利用了充满生活气息的意象;虽是写爱情,但情绪是跳跃的,围绕着对"树的/瓦雀的/幼鹰的/纸细工的窗"这样温馨的画面,诗人倾诉对爱人的怀思和眷恋。新诗分行隔断的排版方式除了造成语意的缠绵效果外,如张爱玲说的,音调的变换也"极尽娉婷之致"。

图 3-7 《新诗》1936 年第 2 期:《诗四首·窗下》(路易士作)

赴台以后,路易士在 1950 年代以纪弦这个名字创办的《现代诗》,成为当时不愿跟随台湾地区泛政治化文学主流的青年诗人最欢迎的园地之一。他与覃子豪等诗人一起,把中文新诗传统从祖国大陆带到台湾地区,引领了现代派新诗在台湾的延续。诗人的笔名从路易士到纪弦的变化,体现了台湾现代派诗歌与中文新诗现代主义诗风的直接承继关系。对此,我们在第七讲将继续介绍。

路易士之外,还有一位在抗战时期沦陷区坚持新诗写作的诗人**吴兴华**(1921—1966),他笔名兴华、钦江、梁文星等,原籍浙江杭州,生于天津塘沽。16 岁考入燕京大学西语系,同年发表无韵体长诗《森林的沉默》。吴兴华曾被当时的诗坛赋予较高期望:"在中国诗坛上,我们都认为,他可能是一个继往开来的人;从他的作品里,读者会看出,他和旧诗,和西洋诗深缔

---

[1] 所选版本见《新诗》1936 年第 2 期。

的因缘；但他的诗是一种新的综合，不论在意境上，在文字上。新诗在新旧气氛里摸索了三十余年，现在一道天才的火花，结晶体形成了。"[1]他的创作的确是在现实主义和现代主义之外另辟蹊径，融合了中国传统的意境、汉语文字特质和西方诗歌形式，力图实现中国古典诗歌的现代转化。吴兴华也是一位卓越的翻译家，他最早将爱尔兰作家乔伊斯的巨著《尤利西斯》介绍到中国，他翻译的莎士比亚历史剧《亨利四世》也受到广泛推崇。作为1930年代末开始新诗写作的诗人，吴兴华对新诗形式建设颇有独到见解。他对胡适的新诗观与创作颇为不满，认为其对中国诗歌传统扬弃过甚，他说过："此外我还有些咏古诗也是纯粹以一种'就像不知道世上还有胡适与新文学运动'的态度写的。"[2]胡适以来的近二十年新诗，已经取得相当成就并确立了其文学地位，但如何给中国传统诗歌一个合适的历史地位并系统地从中汲取营养，仍是一个有待解决的问题。20世纪二三十年代之交，卞之琳、戴望舒和何其芳等现代派诗人已经自觉地重新思考和学习传统；1940年代的冯至以及中国新诗派诗人对传统亦有独到认识。吴兴华孤寂的创作其实暗合着这股潮流，作为西语系出身的学者，同时又是古典文化爱好者，吴兴华的诗作富含"和旧诗，和西洋诗深缔的因缘"，而在"化古"方面，他比当时任何一个诗人都走得更远。古典文学给他提供了取之不尽的诗歌素材，也赋予他一个带有古典色彩的时空和氛围。

吴兴华对新诗形式的独创主要体现在他的新绝句和"古题新咏"长诗创作上。此外，他的新诗在格律探索上也取得了相当成就，在诗行的总体整饬与有规律错落上，他走得比新月体更远，创造了大顿对称模式与音步对称模式套叠的形式。我们先看看他的新绝句写作。吴兴华有不到二十首以"四行新绝句体"为名的新诗，他将旧体绝句每句容量从五言、七言扩展到九言乃

---

[1] 周煦良：《介绍吴兴华的诗》，见《新语》1945年第5期。
[2] 吴兴华：《致宋淇信》（1943年7月8日），收于《吴兴华全集——致宋淇书信集》，桂林：广西师范大学出版社2017年版，第101页。

至十二言。如发表于1941年的《绝句二首》之二：

> 柳叶如双眉微颦弯弯的下垂／迎风的柳枝比拟你细的腰围／你的颜面如十里台城的柳色／使人为六朝金粉兴今昔之悲[1]

每行十二字的整齐诗行，明显脱胎于旧体绝句，维持了古典诗歌的意

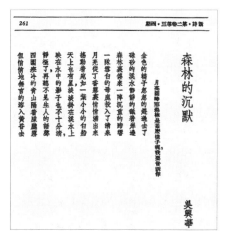

图 3-8 《新诗》1937年第2卷第3-4期：《森林的沉默》（吴兴华作）

境和美学风格。诗意则追摹唐人韦庄咏古的《台城》："江雨霏霏江草齐，六朝如梦鸟空啼。无情最是台城柳，依旧烟笼十里堤。"似曾相识的感觉，来自积淀数千年的文学传统，诗人用自己的创作实践证明用现代白话语体文再现古典意境是可行的。又如《绝句四首》（1945）之一：

> 仍然等待着东风吹送下暮潮／陌生的门前几次停驻过兰桡／江南一夜的春雨，乌桕千万树／你家是对着秦淮第几座长桥[2]

这首诗别开生面，相较于上一首"化古"更为圆融，完全是现代人感受。有人指出，此诗化用了明人林章七绝《渡江》："不趁东风不待潮，渡江十里九停桡。不知今夜秦淮水，送到扬州第几桥。"[3]林章原诗寄托着对情人思念难舍之情。东风与春潮都是自东方而来，秦淮河的流向却是自西

---

[1] 所选版本收于《吴兴华全集·诗集》，第55页。
[2] 所选版本收于《吴兴华全集·诗集》，第126页。
[3] 见冯睎乾：《吴兴华：A Space Odyssey》，《万象》2010年第6期。

向东，与东风恰好逆行，显见林章是借与自己航船逆行的秦淮河水寄托眷恋。《渡江》写思念，而吴兴华的诗化用这首《渡江》，其情景与意境都与之大有区别。吴兴华将原诗中离别思念的感情进一步拓展为情人双方各自的等待与寻觅，将行者（男性）思绪的追索化为双方各自的相思。起句"仍然等待着东风吹送下暮潮"，意思与《渡江》中的"不趁东风不待潮"正好相反，抒情者由《渡江》中的远行者（男性）转为等待者（女性），她等待着那个人乘船沿秦淮自西而来。诗的第二句意思与《渡江》大体相同，"陌生的门前几次停驻过兰桡"，与"渡江十里九停桡"相比多了"陌生的门前"这个意象，把旧式绝句里的意思挑明了，反而增加了蕴藉的味道。三四两句完全是吴兴华独创，"江南一夜的春雨，乌桕千万树"将"花时闷见联绵雨"（唐·徐凝《春雨》）式的感慨化为具体的场景。乌桕树在古典文学中早已成为爱情相思的象征，如南朝乐府《西洲曲》中"日暮伯劳飞，风吹乌桕树"，又如清人诗中"门前乌桕树，留著系郎舟"（清·毛澄《巴女词》），吴诗对乌桕意象的翻新使用体现为暗含双方各自离别与等待的隐喻。

吴兴华另一用心开拓的领域是他的"古题新咏"长诗，如脍炙人口的《明妃诗》和《柳毅和洞庭龙女》《盗兵符之前》等，甚至是没有具体指向某个"古题"的《森林的沉默》等。他这些带有叙事成分的诗作大多立足于历史上某一人物或事件，但诗作焦点不在历史或叙事，而是在历史原型中找到了某个情境或框架，传达的是诗人自身的感性体验和哲理思索。如《明妃诗》：

> 他们说我已应该／脱离得失的心情／像脱离垂髫娇痴折花的姿态／而当我转身走下时／我的背与圆柔的两肩／微微抽动泄露出我的情感——／只是为现在，这片时／揽不起在两掌之中／我储积着多年的力量与期待／不当众人中斗画入时的纤娥／守视着一切的成长，

朝晨,春天/回转向大地,然而不向我回转/活泼的勇气,让美充分的舒展开/如画卷尽时使观者重足屏息/多年泯没在暗里/一颗不入表志的星宿/如今轮到我前来抵御黑夜……[1]

"他们说我已应该/脱离得失的心情","他们"是历史的讲述者,诗中对此表示异议:"而当我转身走下时/我的背与圆柔的两肩/微微抽动泄露出我的情感。"明妃诉说着被历史书写与世人认知规定下内心的失落感:"我储积着多年的力量与期待/不当众人中斗画入时的纤娥/守视着一切的成长,朝暮,春天/回转向大地,然而不向我回转/活泼的勇气,让美充分的舒展开。"诗的第三节,个体被历史所讲述、所赞美、所完成,而个体的苦难也被湮没于风尘中:"已经完成的不必痴想再超越/我已经刻出自己的运命与历史/锦绣的中原无地葬我如香桃的瘦骨/这样我转身走下/钗影衣香犹使人目眩心醉/向塞外,浩浩的风沙直卷上长天/在那里等候着我,胡笳与毡帐。"诗人用第一人称塑造的西施,撇开了历史叙述的定型化形象,成为一个难以超然于历史上的政治与情感纷争的个体,她的思维鲜活地沉浸于对生命的繁华、失落与悲哀的感悟中。繁缛的古典意象与个人体验——"多么静,这世界/多么静,四周的人,我的心,多么静!"——完美地交织在一起,使吴兴华完成了对他的新绝句中复制与还原古典诗歌意境的超越,获得了全新的诗歌艺术方式。不是简单地营造纯粹的古典诗歌氛围,在"古典"久远的背景前,对个体生命的思索与对个人价值的反省,让古典题材与现代人感性体验之间建立起超越时空的、基于人性的内在契合。

在评价英国浪漫主义诗人沃尔特·德拉梅尔时,吴兴华说:"没有一个现代诗人能像他这样,在梦幻的世界与实际的世界中鼓翼飞扬,同时他又

---

[1] 所选版本收于《吴兴华全集·诗集》,第233页。

能时时将两者联系起来。"[1]他自身的创造显然试图在"梦幻的世界"与"实际的世界"间找到一个有效而有力的中介,以新诗形式对古典意象与传统题材的创造性开掘,就体现了他严肃认真的尝试精神。

---

[1]吴兴华:《游梦者》,收于《吴兴华全集·诗集》,第174页。

第四章
完成普通的生活（1949—1975）

> ……但如今，突然面对着坟墓，/ 我冷眼向过去稍稍回顾，/ 只见它曲折灌溉的悲喜 / 都消失在一片亘古的荒漠，/ 这才知道我的全部努力 / 不过完成了普通的生活。（穆旦：《冥想》，1976）[1]

  1940 年代的中文新诗，逐渐形成艺术风格多样并存的局面，艾青和受到艾青影响的现实主义诗歌，更为接近当时中国剧烈的社会变动，他们中许多诗人都投身到革命斗争中。以冯至和中国新诗派等为代表的带有现代主义倾向的诗人，他们的作品不否认新诗与现实的密切关系，但在具体创作中坚持诗歌独立的审美品质，形成了将感觉、心理、机智加以客观表现的智性诗风。值得注意的是，无论是哪一种风格，都在逐渐淘汰新诗始创以来的感伤元素，在新诗语言上探索散文化与戏剧化新的实践方式，中文新诗在内容与形式上逐渐成熟。1949 年以后，国家意志对文学创作的影响加强了，这种情况一直到 1976 年才有所淡化。将近三十年的新诗发展呈现如下特征：第一，中文新诗问世以来许多诗人减少或停止了写作，即使是艾青等革命诗人的创作也在大幅缩减。第二，新诗写作个人化因素被整体性削弱，政治色彩加强，进入了一个可称之为集体"合唱"的年代，郭小川、贺敬之、李瑛等在 1949 年之前就参加革命的诗人成为诗坛领军人物。第三，在文学体制筛选下，一些新的诗人走上诗坛，加入合唱，如闻捷、公刘、流沙河等；这些诗人的创作保留了一些个人化因素，但他们和他们诗歌的命运也伴随着社会的波动而起伏。与此同时，不求发表的民间写作逐渐形成规模。民间写作者有的是在文学体制中被边缘化的"老"诗人，如穆旦等九叶诗人和大部分七月诗人；更多的是沿着中文新诗既有道路摸索并接受同时期西方现代主义文学影响的青年诗人，如白洋淀诗人群落。这些民间写作游离于文坛边缘，可称之为合唱之外的"独唱"。独唱诗人们在 1976 年以后焕发生机，"老"诗

---

[1] 所选版本收于《穆旦诗文集》第 1 卷，第 328 页。

人的创作被重新"发现";年轻诗人们独领风骚,成为此后的朦胧诗运动的提倡和践行者。

1949年以后,七月诗人中,仍保持较高新诗创作产量的是**鲁藜**(1914—1999),他本名许图地,福建同安人,童年时随父母侨居越南,1932年回国,1936年入党。鲁藜较早参加革命斗争,1938年就奔赴延安。写于延安的组诗《延河散歌》几经辗转寄到身处重庆的胡风手里,其中一部分发表于1939年的《七月》卷首,为他奠定了诗坛地位。虽然较早

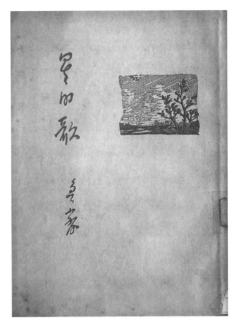

图 4-1　新文艺出版社 1954 年版《星的歌》
(鲁藜著)

进入革命根据地,直接参与革命斗争,但鲁藜的个性与创作更接近曾卓,感情细腻,诗风质朴清新、情真意浓。如著名的《一个深夜的记忆》(1942):

> 月光流进门槛 / 我以为是阳光 / 开门,还是深夜 // 不久,有风从北边来 / 仿佛吹动了月亮的弓弦 / 于是我听见了黎明的音响 // 河岸被山影压着 / 有星流过旷野去 / 我感觉到,万物还在沉睡 / 只有我是最初醒来的人[1]

曾卓称赞鲁藜这首写于抗战时期延安的诗具有"宁静而又深沉的意境"。[2]诗人构思非常巧妙,将从门槛下透进的几丝月光,故意误以为阳光,这明显

---

[1] 所选版本收于《鲁藜诗文集》第1卷,北京:作家出版社2004年版,第116页。
[2] 曾卓:《谈诗随笔》,收于《曾卓文集》第3卷,第152页。

是追摩李白《静夜思》中"床前明月光，疑是地上霜"的意境，诗人写的不是思乡，而是对晨曦的渴望。"有风从北边来／仿佛吹动了月亮的弓弦"有其政治含义，诗人没有将这种想象过度夸张，而是将其引申为诗意联想，风吹月弓，让他听到了"黎明的音响"。"河岸被山影压着／有星流过旷野去"充满温柔的力量感；"万物还在沉睡／只有我是最初醒来的人"既呼应了政治性诉求，又未忽略诗人自身的独特感受。到1949年，在迎接革命胜利的喜悦中，鲁藜的诗风有所转变，个人化色彩更多为时代性主调冲淡，诗人歌颂奉献与劳动等主旋律，如这一年所作的《我是蚯蚓》：

> 我是蚯蚓！噢／我高兴，我是蚯蚓／我吃的是泥土／我拉的是泥土／我住的是泥土／我劳作的是泥土／我和泥土一同呼吸／每年春夏秋冬／泥土上有劳动果实／我是蚯蚓，噢／我高兴，我是蚯蚓／我不知道什么叫享受／我只知道劳作劳作／直到我和泥土埋在一起／我又肥沃了泥土[1]

这首诗赞美了踏实的劳动和奉献，"我吃的是泥土／我拉的是泥土／我住的是泥土／我劳作的是泥土／我和泥土一同呼吸"直至"我和泥土埋在一起／我又肥沃了泥土"，都让"我"高兴，因为"每年春夏秋冬／泥土上有劳动果实"。诗人将自己比作蚯蚓，甘愿在泥土中默默奉献，诗中洋溢着对获得新生的国家主流精神价值的认同与对集体"合唱"的欢迎。与顾城写于30年后的同题作品对比一下，多少能看出时代风气嬗变对诗人价值追求的影响：

> 当你失明时／你彻悟了／彻悟了那未知的一切／也是，在一页

---

[1] 所选版本收于《鲁藜诗文集》第1卷，第235页。

页土层里/开始写你的著作//……但草仍在空隙间阅读着/树也在读/所有绿色的生命/都是你的读者/在没有风时他们绝不交谈//我是属于人类的/因而无法懂得/但我相信/里边一定有许多诗句/看那小花的表情（《蚯蚓》，1980）[1]

顾城描述了人类对大地的破坏："人，自负地翻动大地/给它装上各种硬皮"，借此来凸显蚯蚓的倔强："但我相信/里边一定有许多诗句/看那小花的表情。"不过，顾城的诗将"自我"与蚯蚓分得很清楚："我是属于人类的/因而无法懂得"，从中可以看出，相对于鲁藜自觉融入集体的蚯蚓的"默默奉献"，朦胧诗人更欣赏的是蚯蚓在黑暗中"彻悟"的个体精神。与蚯蚓"肥沃了泥土"相关，鲁藜还写过一首广为人知的《泥土》（发表于1945年）：

老是把自己当作珍珠/就时时有被埋没的痛苦//把自己当作泥土吧/让众人把你踩成一条道路[2]

和《我是蚯蚓》一样，这首诗也写到了泥土与奉献，融入与牺牲。俄国女诗人阿赫玛托娃的《祖国土》（飞白译）同样写到诗人与土地、与祖国："是的，对我们，这是套鞋上的污泥，/是的，对我们，这是牙齿间的沙砾，/我们把它践踏蹂躏，磨成齑粉，——/这多余的，哪儿都用不着

图4-2 《鲁迅文艺月刊》1946年第1卷第1期：《泥土》（鲁藜作）

---

[1] 所选版本收于《顾城诗全集》上卷，南京：江苏文艺出版社2014年版，第428页。
[2] 所选版本收于《鲁藜诗文集》第1卷，第149页。

的灰尘! /但我们都躺进它的怀里,和它化为一体,/因此才不拘礼节地称它:'自己的土地'"《祖国土》,具有更强烈的悲怆感与更明晰的个人感情,这体现出两位诗人既相似又存在差异的诗歌观,鲁藜经过革命战争的锻炼,已经完成了对自身人格的改造。1949年以后,鲁藜创作的大多是带有颂歌性质的政治抒情诗,但往昔创作的个人化风格与抒情性仍不时流露:"多么幸福,当我出现在你的目光里/就像日光出现在波浪里/那泪滴就变为星光/那痛苦就融化为花朵"[1],在亲切平易的语句和意象中,保留了较多清新明晰的个人情感。

与身上保留了较多个人抒情色彩的七月诗人鲁藜相比,军旅出身的**郭小川**(1919—1976)无疑是更能代表1949年以后相当长一段时间内诗坛主流风格的诗人。他原名郭恩大,出生于河北省丰宁县,1937年七七事变后在山西加入八路军,并于同年入党。在完成于1956年的《向困难进军——再致青年公民》中,他写道,"我过早地同我们的祖国在一起/负担着巨大的忧患",这是诗人早年生活的真实写照。他成长于革命战争中,有着与延安一代青年共有或特有的个人履历和精神向往,有着单一向度的理想主义

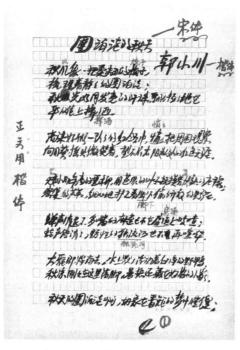

图4-3 郭小川手稿:《团泊洼的秋天》,图片取自网络

---

[1] 所选版本收于《鲁藜诗文集》第1卷,第421页。

情怀。在同一首诗里,他说:"我带着泪痕 / 投入红色士兵的行列 / 走上前线。"以《致青年公民》(1955)为总题的组诗,成为20世纪五六十年代政治抒情诗[1]的代表作。值得深思的是,郭小川在写出《致青年公民》等政治抒情诗后不久,就发出对自己创作的反思,指出这样的诗作在艺术上是"淡而无味的东西""粗制滥造的产品"。在此后创作中,他尽量避免直接抒写"现成的流行的政治语言",而是努力在集体"合唱"中去表达个人经验。1950年代后期,郭小川完成了《山中》(1956)、《致大海》(1956)、《望星空》(1959)等抒情诗和《白雪的赞歌》(1957)、《一个和八个》(1957)等叙事长诗。

在新诗形式上,郭小川是一个探索者,他的许多成熟之作以工整的对仗为基本特征,融入民歌特色,形成自己独特的格律追求,具体体现在:在押韵的基础上,以散文化长句组织诗行,行内以逗号间隔形成节奏停顿;全诗总体诗行节奏感追求一致性,句式较为整齐;通过控制每行长短造成节奏的吞吐效果。这种对新诗韵律感和形式感的追求,可以看到新月派以来新诗格律建设的影子。如著名的《甘蔗林—青纱帐》(1962)开头:

> 南方的甘蔗林哪,南方的甘蔗林! / 你为什么这样香甜,又为什么那样严峻? / 北方的青纱帐啊,北方的青纱帐! / 你为什么那样遥远,又为什么这样亲近? // 我们的青纱帐哟,跟甘蔗林一样地布满浓荫, / 那随风摆动的长叶啊,也一样地鸣奏嘹亮的琴音。 / 我们的青纱帐哟,跟甘蔗林一样地脉脉情深, / 那载着阳光的露珠啊,也一样地照亮大地的清晨。……[2]

---

[1] 政治抒情诗的起源可以追溯到1920年代的左联新诗,主题的宏大与鲜明的立场是其首要特征,诗人是以集体或阶级代言人身份而非个人身份出现。
[2] 所选版本收于《郭小川全集》第2卷,桂林:广西师范大学出版社2000年版,第105页。

全诗共十一节,每节四行,诗行长短交错,对仗呼应,在表达上也将过往与当下交织在一起,感情沉郁而真诚。郭小川另一成就斐然的创作是叙事长诗。20世纪五六十年代的诗坛,叙事诗异常兴盛,仅长篇叙事诗一项,就产生了一百部以上。郭小川的特殊之处在于,他对个体在革命斗争以至于1949年后现实生活中的困惑、苦恼进行了诚实的描写与探讨,这就偏离了时代的"合唱"主调。如《白雪的赞歌》触及1949年以来诗坛主流非常少见的知识分子生活和情感题材,讲的是因怀有身孕而未随丈夫去前线的于植,同一位医生产生暧昧情感的浪漫故事。在歌颂"白雪一样"纯洁爱情的同时,诗人真实地写出了一个女性复杂的情感世界。郭小川本意是赞美,但他也不回避表现女性在情爱中复杂而矛盾的心理。于植时时暗示自己不能动摇,但事实已远非这样简单,如描写医生将要离开时,女主人公的心理活动:"听见这个没有预料到的消息 / 我简直遭到了尖锐的一击,/ 从他原来的寓所缓缓走回来,/ 热辣辣的眼泪忽然掉下几滴。// 当时,我自己也感到几分惊奇,/ 这个可敬的人不过是普通的同志,/ 对他自然有着说不尽的感激,/ 若动起感情来可有些多余。"[1]当然,长诗的结尾是乐观的,爱情依然如白雪般纯洁。郭小川的可贵之处在于,他虽然认为个体生命必须汇入集体与历史,才能拥有未来,但他并不回避表现这个过程中自我所承受的困惑与痛苦。类似创作还有《一个和八个》,这首诗讲的是一个名叫王金的革命者,被怀疑为奸细然后被投入八路军随军监狱,在被同志误解的屈辱中,以自己的人格魅力影响、感化和改造了同狱的八名囚犯,给"黑暗的角落以光亮"。这部作品因种种原因,在当时未获发表机会[2]。《一个和八个》对激烈残酷的战争背景下个体精神价值和人道主义的思索,在1980年代以后得到广泛认同与共鸣,1983年被改编后搬上银幕,成为"第五代"电影的经典之作。

---

[1] 所选版本收于《郭小川全集》第3卷,第63页。
[2] 郭小川去世三年后,《一个和八个》在《长江文艺》1979年第1期上发表并引起巨大反响。

闻捷（1923—1971），本名赵文节，曾用笔名巫之禄、巫咸，江苏丹徒人。闻捷少年时就参加革命活动，1938年即入党，1940年赴延安，解放战争时期作为记者随军到了新疆。1955年在《人民文学》上陆续发表了《吐鲁番情歌》《博斯腾湖滨》等反映边地风情的组诗和叙事诗。1949年以后的相当长一段时间里，新诗情感的"战斗风格"与内容的革命主题是诗坛主流，五四以后新诗的文人化情调受到批评，"诗必须是强烈的，无产阶级的诗更必须是强烈的，我们的文

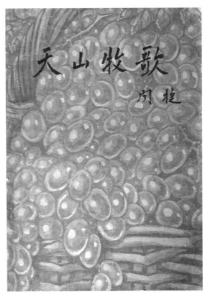

图4-4　作家出版社1956年版《天山牧歌》封面

艺无一例外地有一个统一的战斗风格，就是强烈。朱自清式的飘逸，王维一类的雅淡（有人替他们辩解，说是在飘逸雅淡中见深沉、浓烈，我看是不正确的），我看是胡说八道"。[1]闻捷主要的创作当然不能脱离时代风气，他的大部分作品是紧密联系现实政治的抒情诗和长诗。但为他赢得广泛文学声名的诗集《天山牧歌》（1956），因其对边地少数民族风情的展示和对爱情的大胆表现，使他的新诗在"合唱"中显得别具一格。

《天山牧歌》中的爱情诗，按抒情主体不同可以分为两类，一类是以"我"为表达者的直抒胸臆，如《告诉我》《河边》《追求》《爱情》等；一类是纯粹旁观角度的爱情故事小品，如《苹果树下》《舞会结束以后》《葡萄成熟了》《种瓜姑娘》《夜莺飞去了》等。写于1952—1955年的《河边》属前

---

[1] 郭小川:《致黄河清信》(1971年1月14日)，收于《郭小川全集》第7卷，第499页，原信中"我看是胡说八道"改为"我是不取的"。

者中的代表作：

> 你住在小河那边，/我住在小河这边，/你我心意相投，/每天隔河相见。//两个年轻影子，/映在小河里面，/该不是雪山尖上，/盛开了两朵雪莲？//你宛转的歌喉，/给了我满心欢喜；/你爱的不是别人，/正是我牧羊青年。//我以激情的手势，/回答你的爱恋；/为了纯真的爱情，/我愿把一切呈献。//你爱我一身是劲，/我爱你双手能干；/牧羊人爱牧羊人，/就像绿水环绕青山。//你住在小河那边，/我住在小河这边，/你我心意相投，/小河怎能阻拦？[1]

"你住在小河那边，/我住在小河这边，/你我心意相投，/每天隔河相见"，这样的句子，轻俏、纯真而流畅，让人想起北宋李之仪《卜算子》名句"我住长江头，君住长江尾，日日思君不见君，共饮长江水"。整首诗写的是牧羊女与牧羊男子的爱情，诗情是柔和的，与追求"统一的战斗风格"的时代主调多少拉开了距离。四节的结构，每节四句；全诗通押一韵，借景抒情，"雪莲""雪山"等带有边疆风味的意象给爱情故事以画面感，我们很容易看出新月诗风追求"建筑美""音乐美"与"绘画美"的影子，三十年新诗发展留下的传统，即使遭受主流冷落和排斥，仍不时潜移默化地影响着诗人创作。但与新月派不同之处也非常明显，诗中的爱情表达不是追随个人情绪内在波动的，两人的爱情带有民间故事般的"注定"："牧羊人爱牧羊人，/就像绿水环绕青山"；相爱的理由也简单而明确："你爱我一身是劲，/我爱你双手能干。"牧歌式的爱情背后是"阶级"身份和"劳动"因素在起作用。此外值得注意的是，诗里的"我"不能理解为诗人自身。此前的新诗，无论是郭沫若"我已成汹涌的海洋"，还是徐志摩"你有你的，

---

[1] 所选版本收于闻捷：《天山牧歌》，北京：作家出版社1956年版，第43页。

我有我的，方向"，都能看出诗人自身经历的痕迹，是诗人的有感而发。《河边》同为有感而发，但这"感觉"是看不出诗人个人感情经历色彩的。诗人最多是一个细心的观察者、一个善意的赞美者，以"我"的名义而唱出的绵绵情意，属于牧羊人而非诗人自己。诗人回避以个人身份发出感性声音，是当时主流新诗的一个基本特征，除非这声音属于时代性的"合唱"。穆旦式的对爱情、生命带有思辨性探索的创作显然不受欢迎，路易士式的时而颓废时而忧郁的吟唱则难免被认为是"不健康"的。新的民族国家文化建构中充满宏大叙事的影子，闻捷爱情诗获得的肯定也是他能"以健康的、革命的思想感情，浓厚的时代气息，优美的意境，独特的风格"[1]去抒写"别人的"爱情，所以他诗里的"我"可以是男性，也可以是女性——《爱情》的抒情主人公就是等待战斗归来的爱人的女子。

闻捷写得更多的还是旁观视角的爱情小品。诗人在这些诗里同样并不投入个人感情，而诗作的叙事性则更强，他的创作获得了当时诗坛认可："善于抓取生活中具有本质意义的、富有戏剧性的片断，去发掘生活的美和诗意，也是闻捷的艺术才能的一个很重要的方面。"[2]《苹果树下》（1955）是这种故事式的爱情诗的典型：

> 苹果树下那个小伙子，/你不要、不要再唱歌；/姑娘沿着水渠走来了，/年轻的心在胸中跳着。/她的心为什么跳呵？/为什么跳得失去节拍？……//春天，姑娘在果园劳作，/歌声轻轻从她耳边飘过，/枝头的花苞还没有开放，/小伙子就盼望它早结果。/奇怪的念头姑娘不懂得，/她说：别用歌声打扰我。//小伙子夏天在果园度过，/一边劳动一边把姑娘盯着，/果子才结得葡萄那么大，/

---

[1] 吴奔星：《优美健康的爱情诗篇》，见《名作欣赏》1984 年第 3 期。
[2] 潘旭澜、吴欢章：《论闻捷的短诗》，见《文学评论》1960 年第 3 期。

小伙子就唱着赶快去采摘。/满腔的心思姑娘猜不着,/她说:别像影子一样缠着我。//淡红的果子压弯绿枝,/秋天是一个成熟季节,/姑娘整天整夜地睡不着,/是不是挂念那树好苹果?/这些事小伙子应该明白,/她说:有句话你怎么不说?//……苹果树下那个小伙子,/你不要、不要再唱歌;/姑娘踏着草坪过来了,/她的笑容里藏着什么?……/说出那句真心的话吧!/种下的爱情已该收获。[1]

《苹果树下》以春、夏、秋三个季节里苹果从长出花苞、结出果子到果子成熟的变化,来喻指爱情从萌芽、发展到告白的过程。心理描写在诗里占了很大分量,姑娘从不解风情到主动追求,写得妙趣横生。环形结构也在这首诗里出现,诗的首尾两节都以"苹果树下那个小伙子,/你不要、不要再唱歌"开头,实际是将中间三节置于类似"倒叙"的语境[2]中。整首诗完全由故事情节支撑起来,这种叙事性新诗并不只是对中文新诗戏剧化传统的延续,也和当时重叙事的诗歌氛围有关,闻捷自己还创作过叙事长诗《复仇的火焰》,"闻捷的艺术功力偏于描绘和'叙事'"[3]。当然,《苹果树下》作为爱情诗,也有把爱情过程简单化、理想化的倾向。我们在1949年之前爱情诗中读到的"爱情"往往浸润着苦涩、悲欢以及各种心理学意义的情结,《苹果树下》采用的环形结构在现代中文新诗中本来就多是表达苦闷的。闻捷爱情诗的单纯一面,可以从两个方面去理解:第一,这是时代风气使然,新生的民族国家进行文化建构时,力图依托文学建设一种简单、明朗的感情观;第二,这也体现了诗人作为"合唱"者的身份,他在写诗时,不是为表达个人感情,

---

[1] 所选版本收于闻捷:《天山牧歌》,第24页。
[2] 语境(language environment)是一个语言学概念,由人类学家马林诺夫斯基提出,可分为情景语境和文化语境,在文学里可以通俗地理解为上下文所规定的状况和状态。
[3] 洪子诚、刘登翰:《中国当代新诗史》,第49页。

而是要传达阶级的、集体的声音。

和鲁藜相似,**李瑛**(1926—2019)在1949年之前已经创作和发表了大量新诗。他是河北丰润人,1945年考入北大,1949年大学毕业后参加人民解放军。李瑛被视作军旅诗人和"共和国诗人",但他早年受到的新诗教育与同辈的郭小川等人有很大不同。作为北大校园诗人,他曾亲炙老诗人冯至,对七月诗人和中国新诗派诗人的作品都有较深体会和把握,被沈从文评价为"诗评文章极好"。李瑛1940年代后期诗作以散文化、个性化的语言捕捉时代性紧张,颇似30年后朦胧诗人们的不安和焦虑:"十二月袒露着威严的胸脯,/露出残暴的肢体;/夜,携着呻吟和数不清的焦虑,/携着饥饿的人和他们家族冰冷的尸体,/散步在冻结了落叶的冰河上。"[1]抽象写法与具象抒情的缠结,造成了充满张力的抒情氛围,多少能看出诗人所受的穆旦影响。1949年以后的李瑛,跟随主流风气转换诗风,个人化表达转变为集体化抒情;为事而作的作品主题明朗,语言流畅;叙事元素也在很大程度上成为他诗作的根基,如写于1956年的《大海的骑士》:

> 天空是狰狞的脸,/浪尖是锐利的牙齿;/几次警报已经过去,失踪的渔船漂到哪里?//今夜,有多少颗心穿在雨上,/今夜,有多少颗心翻在海里!//突然,云缝中钻出一只小艇,/像要在海上大胆地飞起,/风抓着它,浪扯着它,/在黑色的波涛中,不住打滚。//惊涛骇浪呵,不要冲击它吧,/它正在寻找倾覆的船只……//你看船头上站着的水兵,/正用灯光横扫疯狂的海水;/那灯光是一把威严的剑,/要把风雨捉住,摔进舱里。//夜的海上,这是唯一的脉搏了——/一支螺旋桨,几颗跳动的水兵的心。//暴虐的风雨呀,/

---

[1] 所选版本收于《李瑛诗文总集》第1卷,北京:中国文联出版社2010年版,第35页。

图 4-5　上杂出版社 1952 年版《战场上的节日》封面（李瑛著）

夜并不是你的，/水兵才是真正的主人，/——大海的骑士。[1]

"军民情"与赞美海军战士是这首诗的主调，全诗围绕水兵解救失踪渔船的过程展开，线索清晰。诗人保持了他敏锐的、善于捕捉意象的能力："天空是狰狞的脸，/浪尖是锐利的牙齿"。虽然诗结束于对水兵的赞美："暴虐的风雨呀，/夜并不是你的，/水兵才是真正的主人，/——大海的骑士"，可对这次救援行动的结果——"失踪的渔船"是否获救，诗人并无交待，更让他沉迷的是大海本身的凶险和人与自然搏斗中产生的美感。不能不说，这是隐藏在李瑛某些诗作中的与时代主调相冲突的诗人个性。

作为 1949 年以后写作时间持续最长的诗人，李瑛诗风也几经调整。作为写作生命一直延续到 21 世纪的主流诗人，虽然他即使到生命尽头也无悔于"脱下长衫，换上军装"的文化抉择，但青年时代形成的审美感受和诗人个性并未完全完成自我改造，在经历了 1949 年后几次政治波动后，李瑛后期的某些创作"原先明丽乐观的基调受到削弱，因岁月累积而发出的人生感喟，使读者好像是看到了另一个李瑛"[2]。

这一天，是用黑框镶起的日子/每立方空间都充满坚硬的酸

---

[1] 所选版本收于《李瑛诗文总集》第 2 卷，第 58 页。
[2] 洪子诚、刘登翰：《中国当代新诗史》，第 149 页。

楚／这一天，鸟、野花和溪水／都严肃得像生铁／／无论墓园或荒冢／哭不出声音的石碑／冷冷地站着／幽香和苦涩一起／从草根渗出，穿透；／四月的春寒和冷雨／／这一天，揭开隐痛和伤口的人几乎死去／而死去的人都将回到家里／使生存和死亡的界限／变得模糊／这一天，在人间，本来是有限的距离／却凝成无限的痛苦／时间和空间酿成一碗烈性酒／／许多历史故事，许多风雨／都已寂灭如尘土／只临终前吐出的那句话／仍悬在眼前／不论多久也不会风化／仿佛一伸手就能触到／那个浓浓的带血的情结／／这一天的太阳／是一只复原的古陶罐／这一天的日历／是一方湿手帕，或／是一张薄薄的剖心的刀片／这一天，一半是真，一半是梦／谁也说不清，人们／是走出了历史抑或走进了历史（《清明》，1993）[3]

这首诗以低沉乃至阴暗的调子开始，充满各种灵动而带有不确定感的隐喻，时代伤痕显然给诗人心灵留下浓重的阴影。我们从中能读出与朦胧诗人们相似的意象使用和历史感受，譬如太阳的意象："这一天的太阳／是一只复原的古陶罐／这一天的日历／是一方湿手帕，或／是一张薄薄的剖心的刀片"[4]；诗中对历史有着强烈的犹疑："这一天，一半是真，一半是梦／谁也说不清，人们／是走出了历史抑或走进了历史"。在某种意义上，早年的锋芒只是被诗人有意尘封而并未迟钝，就像年轻的李瑛对穆旦诗的评价："环境的铸造使他性格上见出'向内'与'向外'的错综，所以他感到内在的矛盾。他有时要保守，但有时也要突破。有时把自己囿于黑暗里，但却又

---

[3] 所选版本收于《李瑛诗文总集》第8卷，第79页。
[4] 太阳意象在朦胧诗人笔下往往具有丰富多元的意味，有时仅仅是简单的光明象征："……我的血／能在她那更冷的心里／发烫／我将是太阳"（顾城：《我要成为太阳》，1981）。有时则是对太阳传统表意的颠覆："我，站在这里／代替另一个被杀害的人／为了每当太阳升起／让沉重的影子像道路／穿过整个国土……"（北岛：《结局或开始》，1975）；"……我在阳光下醒来／我的血液有些发烫，／我该走了／转过身跟着影子……"（顾城：《我不应当去爱太阳》，1981）。

图 4-6　新文艺出版社 1956 年版《回声集》(蔡其矫著)

渴望看见光明。"[1]此时,这种"向内"与"向外"的错综与内在矛盾也在他的诗中回响了。

蔡其矫(1918—2007)也是一位出身革命根据地的诗人。他祖籍福建晋江,童年随家人侨居印度尼西亚。1938年,21岁的诗人从侨居地印尼泗水辗转奔赴延安,后长期在晋察冀边区从事文教与创作。蔡其矫的艺术生命长达近七十年,一生创作了数千首新诗。他早期的新诗采取自由化、散文体风格,重视从诗人情感、心理的反应来表现时代和革命。其新诗《哀葬》(1941)和《兵车在急雨中前进》(1946)等,被认为"在当时同类性质的诗中,也是独树一帜,自成特色"[2]。作为一名很早走上革命道路的诗人,蔡其矫 1949 年以后的创作也追随时代主旋律,但由于他的艺术个性和美学趣味,"写出来的东西究竟和工农兵的实际生活还有一段距离"[3],因此他把创作精力主要用在自身熟悉的海岛、渔村、军港等题材的感知、体验和思考上,个人感受与体验成为激发诗人想象力的源泉。写于 1950 年代末的《南海上一棵相思树》据说是献给一位他深爱的女性的:

南海上一棵相思树,/在春天的雨雾中沉沉入睡;它梦见一株北国的石榴花,/在五月的庭院里寂寂开放。/它梦见那里的阳光分外明亮,/是因为它把雨雾留在南海上;/但它的梦永远静默无声,/

---

[1] 李瑛:《读〈穆旦诗集〉》,见《益世报(天津)》1947 年 9 月 27 日。
[2] 邵燕祥:《蔡诗印象》,收于《我的诗人词典》,郑州:大象出版社 2010 年版,第 27 页。
[3] 蔡其矫:《回声集·后记》,收于《回声集》,北京:作家出版社 1956 年版,第 108 页。

为的是怕花早谢,怕树悲伤。[1]

以相思树与石榴花分别喻指自己与爱人,两者因地理阻隔而分隔在"南海"与"北国"。不能相见,只能梦见,使思念徒增悲伤,"怕花早谢,怕树悲伤"更成为蔡其矫最经典的爱情诗句之一。从这首诗能看出他深受浪漫主义文学影响,德国诗人海涅的《一棵松树在北方》(冯至译),几乎使用了同样的地理与意象的对比:"一棵松树在北方/孤单单生长在枯山上。/冰雪的白被把它包围,/它沉沉入睡。//它梦见一棵棕榈树,/远远地在东方的国土,/孤单单在火热的岩石上,/它默默悲伤。"。类似的意象安排,早在1930年代也见于何其芳的《预言》:"你一定来自那温郁的南方!/告诉我那儿的月色,那儿的日光!"甚至二十多年后在海峡对岸的中国台湾也能找到知音:"……只为不能长在落雪的地方/终我一生无法说出那个盼望/我是一棵被移植的针叶木/亲爱的你是那极北的/冬日的故土"(席慕蓉《四季》,1980)蔡其矫对个人感受的这种执着,一旦落实到现实语境中,就显出"合唱"中的不协和音。他写于1957—1958年的几首诗,尤其与时代氛围格格不入。

> 两岸的丛林成空中的草地;/堤上的牛车在天半运行;/向上游去的货船/只从浓雾中传来沉重的橹声,/看得见的/是千年来征服汉江的纤夫/赤裸着双腿倾身向前/在冬天的寒水冷滩上喘息……/艰难上升的早晨的红日,/不忍心看这痛苦的跋涉,/用雾巾遮住颜脸,/向江上洒下斑斑红泪。(《雾中汉水》,1957)[2]

---

[1] 所选版本收于蔡其矫:《生活的歌》,北京:人民文学出版社1982年版,第37页。
[2] 所选版本收于蔡其矫:《雾中汉水》,福州:海峡文艺出版社2002年版,第22页。

纤夫苦难的生活,在左翼新诗中很容易唤起人们对阶级压迫的感受;纤夫坚忍的形象,更具有一种特殊的厚重之美。1941年,七月诗人阿垅就因纤夫身上"创造的劳动力和那一团风暴的大意志力"而写下《纤夫》一诗:"……而那纤夫们/正面着逆吹的风/正面着逆流的江水/在三百尺远的一条纤绳之前/又大大地——跨出了一寸的脚步!……"阿垅赞美了纤夫的韧性与力量感:"但是他们——那人和群/那人底意志力/那坚凝而浑然一体的群/那群底坚凝成钢铁的集中力/——于是大木船又行动于绿波如笑的江面了。"[1]而在《雾中汉水》中,蔡其矫在惊叹于纤夫以其艰辛劳动"千年来征服汉江"的同时,也对"这痛苦的跋涉"表示同情,连"艰难上升的早晨的红日"也"用雾巾遮住颜脸,/向江上洒下斑斑红泪"。将洒在江面上的晨曦喻为"斑斑红泪",能感受到一种比喻背后的"悲歌"的调子。这是诗人面对现实的真实书写,荒凉而贫瘠的土地、诗人的隐忧,使《雾中汉水》的感情格外憔悴[2]。这样的作品已经严重背离了时代主调,因此诗人在此后饱受批评,被迫离开北京,回到福建故乡。此后更因时代波折与自身原因而颠沛流离,直到1970年代末之后才获得平反。在这段艰苦的岁月里,他结识了同样身处福建的下乡知青龚佩瑜(舒婷),他以诗作寄赠舒婷,还与她诗歌酬唱,并把自己收集的外国诗歌抄寄给她看,鼓励年轻诗人走上创作道路。舒婷后来回忆:"他不厌其烦地抄诗给我,几乎是强迫我读了聂鲁达、波特莱尔的诗,同时又介绍了当代有代表性的译作。"[3] 1976年,他在返回北京后又先后结识北岛、芒克等后来的朦胧诗人,并介绍舒婷与他们结识。在朦胧诗崛起过程中,他亲自参与其活动,并将自己诗作发表在他们办的《今天》上。蔡其矫自身的创作一直没有停止,他写于六七十年代之交的新

---

[1] 所选版本见《文艺生活》1942年第1卷第5期。
[2] 诗人对此诗写作背景有一段回忆:"1957年最后一星期,我是在汉水上一只小火轮上度过的(1958年元旦才到襄阳)。中国惟一的一条从北向南的大江汉水,两岸相当荒凉。小火轮逆水而上,每一小码头都有客货上下,蜗牛般爬行,使我有机会观察体验。"(蔡其矫:《生活的歌》,人民文学出版社,1982)
[3] 舒婷:《生活、书籍与诗》,见《福建文学》1981年第2期。

诗成为这一时期新诗民间写作的一部分；而到1976年后，他仍保持了旺盛创作力，"永远以审美的眼光看世界，看生活。至老犹然"（邵燕祥语）。这种"审美的眼光"使他始终拥有细腻的感情与表达力，诗句没有陷入空泛，如写于1980年代初的《大理》中有这样充满青春活力的句子："我仿佛回到少年时／目光因深情而柔软"。

1949年以后出身军旅的诗人还有一位**昌耀**（1936—2000），本名王昌耀，湖南桃源人。昌耀14岁便加入中国人民解放军，朝鲜战争中负伤致残，1955年赴青海工作。作为"一个17岁便以纯正与诗结缘的人"，昌耀的新诗创作历程历经半个世纪，与1949年后新中国的命运相浮沉。从1954年发表处女作，到1957年因《林中试笛》等作品而经历22年人生低谷，写出36首属于民间写作的作品；1970年代末平反后，以"归来者"身份焕发创作青春，写下《大山的囚徒》《慈航》等诗，诗中恢弘的气魄与饱满的激情，让他成为当代诗坛不可忽视的一个诗人。如一切出身革命年代的诗人一样，昌耀早年的诗在题材选择上也有着时代痕迹，但形式很不一般：

高原之秋／船房／与／桅／云集／濛濛雨雾／淹留不发。／水手的身条／悠远／如在／邃古／兀自摇动／长峡临路／湿了／／空空／青山。（《船，或工程脚手架》，1955）[1]

歌颂社会主义建设的新诗，那时是诗坛主流，如公刘《夜半车过黄河》（1955）："夜半车过黄河，黄河已经睡着，／透过朦胧的夜雾，我俯视那滚滚浊波，／哦，黄河，我们固执而暴躁的父亲，／快改一改你的脾气吧，你应该慈祥而谦和！……"这首诗在形式上则与众不同，以分行形式大肆截断句子，造成特殊节奏感，让人想起徐志摩写于1920年代初的《无儿》，又不似徐诗

---

[1] 所选版本收于《昌耀诗选》，北京：人民文学出版社2009年版，第1页。

拘泥于押韵。虽然主题上和公刘的诗并无区别，但书写重点明显是景物印象，意象的勾连如壮阔又宁静的风景画。结尾"空空／青山"，余音袅袅。返观公刘诗作，则表达不无生硬之感[1]。昌耀一生创作主要围绕着青海高原的人文与景物，创作题材与闻捷类似，写边地少数民族生活，不过，闻捷诗中轻快闭合的叙事在昌耀笔下成为一种印象式的开放性暗示，富有唯美效果：

> 边城。夜从城楼跳将下来／踯躅原野。／／——拜噶法，拜噶法，／你手帕上绣着什么花？／／（小哥哥，我绣着鸳鸯蝴蝶花）／／——拜噶法，拜噶法，／别忙躲进屋，我有一件／美极的披风！／／夜从城垛跳将下来。／跳将下来跳将下来踯躅原野。（《边城》，1957）[2]

这首诗摆脱了主流新诗明朗清楚的特点，捕捉住爱情一个美好瞬间，不去穷究爱情过程，诗思跳跃而不失流畅。为了区分开女孩（拜噶法）与男孩（小哥哥）的对话，女孩子唯一的话还被放到括号里，这倒产生一种私语般的美感。和《天山牧歌》中大部分作品一样，诗的抒情者也是旁观的，却是有情的旁观者，"夜从城垛跳将下来。／跳将下来跳将下来踯躅原野"，类似句子带着野性的灵动和感染力。

在落难的岁月里，昌耀坚持着民间写作。他的诗很少见到"控诉"和怨气，反而因不考虑主流的接纳，表现出更多的形式探索意味，诗风更加大气磅礴。有的诗延续他既有的对边地人情的观察与欣赏：

---

[1] 有人认为，此诗系昌耀1980年代改写自1956年发表的《高原散诗》组诗中的《船儿啊》。转录如下："高原的秋天，／多雨的日子，／冲天的桅杆，／尽自缠着多情的白云，／不愿离去！／水手啊，／你怎么尽自喊着号子，／而船身不动一韭菜尖？／难道，是怕那绕不尽的群山？／难道，是怕河中的险滩？／／几天之后，我又向这儿远望，／船儿不知去向，／却留下一座座楼房！／船儿啊，是谁叫你把它运来我们荒凉的'穷山'？"（燎原：《旧作改写——昌耀写作史上的一个"公案"》，见《诗探索》，2001年第1期。）

[2] 所选版本收于《昌耀诗选》，第3页。

> 从四面八方，我们麇集在一起：/为了这夜色中的聚餐。/篝火，燃烧着。/我们壮实的肌体散发着奶的膻香。//一个青年姗姗来迟，他捎来一只野牛的巨头，/双手把乌黑的弯角架在火上烤炙。/油烟腾起，照亮他腕上一具精巧的象牙手镯。/我们，/幸福地笑了。/只有帐篷旁边那个守着猎狗的牧女羞涩回首/吮吸一朵野玫瑰的芳香……（《猎户》，1962）[1]

与《边城》措辞、节奏的精致不同，《猎户》完全是散文化写法。"我"不仅是观察者，也融为旷野的一员，"我"与"我们"同欢笑、共分享，"我们"拥有着同样的"壮实的肌体散发着奶的膻香"。诗里还淡淡暗示了浪漫的爱情与幸福的守护。也许是1949年后文学体制对诗人主观性的限制，与昌耀强烈的个人气质形成某种结合，让他的新诗有着顿挫开阔的境界。诗人所书写的，无非大漠高原、边地风情，而将其熔铸于个人主观性中。就像诗人另一首《荒甸》（1961）所说的，高原的荒凉给了他休憩与安宁，诗人则要以自己的"诗稿"记录一切：

> 我不走了。/这里，有无垠的处女地。//我在这里躺下，伸开疲惫的双腿，/等待着大熊星座像一株张灯结彩的藤萝，/从北方的地平线伸展出它的繁枝茂叶。/而我的诗稿要像一张张光谱扫描出——/这夜夕的色彩，这篝火，这荒甸的/情窦初开的磷光……[2]

由于被迫走上人生岔路，昌耀恰恰摆脱了以历史和时代的主人自许、以人民代言人自居的诗人身份，可以沿着自己的艺术个性肆意探索，打通自身与

---

[1] 所选版本收于《昌耀诗选》，第16页。
[2] 同上书，第8页。

土地的联结，摆脱中文新诗渐成惰性的抒情理路和想象陈规，找到了自己的新诗主题——"这夜夕的色彩，这篝火，这荒甸的／情窦初开的磷光"。同时，他也逐渐获得了属于自身的成熟写作风格。越到后来，他越发不在意诗的外在形式，韵律、节奏逐渐变得从心所欲，绵延的长句子大量出现。在1970年代末被平反后，他创作了由12首诗组成的自叙传爱情长诗《慈航》（1980），这是一部生命与爱的史诗，以"荒原"与生命的关系为背景，讲述了一个"爱的繁衍与生殖"的故事，充满浩瀚气势。不过，无论在"归来"之前，还是在"归来"之后，昌耀的写作都难以归类，他被认为是中文新诗史上"一位重要的，但其价值很难说已被充分认识的诗人"[1]。诗人则对自己的道路与成绩有着足够自信，孤独的处境恰足以成全他：

> 雨后的风景线／有多少淋漓的风景。／／可也无人察觉那个涉水的／男子，探步于河心的湍流，／忽有了一闪念的动摇。／／听不到内心的这一声长叹。／人们只看那个涉水男子／静静地涉过溪川／向着远方静静地走去，／在雨后的风景线消失。／静静的。／／只觉得夕阳下的溪川／因这男子的涉足而陡增几分／妩媚。（《风景：涉水者》，1982）[2]

这首《风景》与卞之琳《断章》处理的是类似题材：沦为别人视野中的**他者**[3]。"雨后的风景线／有多少淋漓的风景"，风景中也包含"涉水男子"，"无人察觉"的不是作为风景的男子，而是他"忽有了一闪念的动摇"。人们看得到男子涉水远行的姿态及他静静地"在雨后的风景线消失"，却看不到

---

[1] 洪子诚、刘登翰：《中国当代新诗史》，第140页。
[2] 所选版本收于《昌耀诗选》，第68页。
[3] "他者"（The other）是相对于"自我"而形成的概念，指自我以外的一切人与事物。凡是外在于自我的存在，不管它以什么形式出现，可看见还是不可看见，可感知还是不可感知，都可以被称为他者。

他内心的"一声长叹"。这是诗人在沉沦多年后重返诗坛时置身于众人视野里，对自身与世界关系清醒的认知。世界关心的永远是"妩媚"的表面姿态——"只觉得夕阳下的溪川／因这男子的涉足而陡增了几分／妩媚"，这句不算过分的嘲讽，可以视作诗人的自画像。但他没有因此陷入过度自我关注中，自上世纪初便赋予中国文人的使命感，让他不会摆脱作为文化群体一员的责任感，如《我们无可回归》（1985）中所说："而我们只可前行／而我们无可回归。"

1949年后的中文新诗是在新生民族国家诞生的气氛中发展的，新中国在文学界建立起严格的发表体制、文学批评体制与人事体制[1]，主题乐观积极并紧跟主流风向的新诗才能得到认可。那些从个人立场出发，反映社会变动对个体影响的写作被边缘化，形成了与诗坛主流"合唱"相对的、在边缘坚持"独唱"的支流。他们的诗作"由于写作带有不同程度的秘密性质，作品在当时也未曾公开发表"，这种有别于主流诗坛创作的民间写作也被称为地下写作[2]。民间写作者既包含了1949年之前已取得相当成就的老诗人，如蔡其矫、穆旦等人；也包括昌耀这样1949年后才崭露头角的诗人；还可以囊括大部分1970年代前后开始写作的年轻诗人，如食指、北岛、多多等人。而包含食指和白洋淀诗歌群落等在内的诗人们，成为后来掀起新诗美学范式革新的朦胧诗运动主力。

和蔡其矫的情况类似，穆旦也属于1949年之前已经得到诗坛名声，甚至成为倡导智性的现代主义新诗传统的中国新诗派的代表诗人。1949年后，

---

[1] 如1949年后文代会的设立，作为文联的最高权力机关，"尤其是第一次文代会在选择代表时所制定的方法以及在实际操作过程中所遵循的原则，构成了文艺界选择作家进入文艺队伍、对作家进行整政治评价和文学定位低端基本标准，并因此形成了'十七年'作家队伍的主体，造成了作家群体的分化。"（王秀涛：《文学会议与"十七年"文学秩序》，2011）

[2] "地下写作"有时也被称为"潜在写作"："这些在艰苦的生存环境下的创作，文学史上称之为'潜在写作'，像诗人胡风、穆旦……蔡其矫等人的诗歌创作，就是其中一个重要的组成部分。"（陈思和主编：《新时期文学简史》，桂林：广西师范大学出版社2010年版）

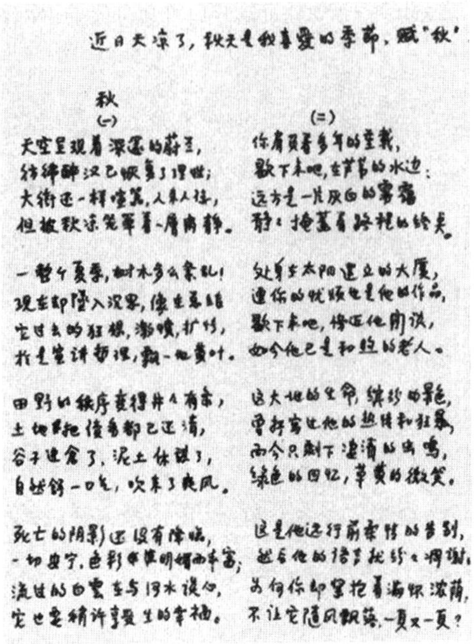

图 4-7　穆旦《秋》（1976）手稿，图片取自网络

由于特殊的个人历史经历[1]，穆旦长期停止新诗创作，仅在 1957 年发表几首作品；其主要工作是以查良铮的本名翻译大量俄苏和英国诗歌。穆旦具有诗人的领悟力和一流外语能力，其优秀译笔影响了无数文学青年[2]。1975 年以后，穆旦在人生尽头突然拾起诗笔，连续创作了《停电之后》《冥想》《老年的梦呓》等 29 首新诗[3]。这些作品均发表于穆旦身后，如上一讲提到过的《智慧之歌》直到 1983 年才公开发表，因此，穆旦 1970 年代后期的创作应列入民间写作。这类新诗在写作时并无被公之于众的可能，所以就呈现出一种"放飞"的姿态，其中有对社会波动中人性扭曲的感慨（如《演出》，1976），更多是以开阔胸襟与坦诚态度对生命的回顾，无关个人荣辱与得失。如《冥想》的第二首：

　　把生命的突泉捧在我手里，/ 我只觉得它来得新鲜，/ 是浓烈的酒，清新的泡沫，/ 注入我的奔波、劳作、冒险。/ 仿佛前人从未经临的园地 / 就要展现在我的面前。/ 但如今，突然面对着坟墓，/ 我

---

[1] 1958 年，穆旦因 1942—1943 年参加中国远征军等一系列经历，被天津人民法院判处管制三年并被定为"历史反革命"。1979 年平反。（易彬：《穆旦年谱》，北京：中国社会科学出版社 2010 年版）
[2] "现代文学的其他知识，可以很容易地学到。但假如没有像查先生和王（道乾）先生这样的人，最好的中国文学语言就无处去学。"（王小波：《我的师承》，2004）
[3] 除两首外，其他均写于 1976 年。（据《穆旦诗文集》，2006）

> 冷眼向过去稍稍回顾,/只见它曲折灌溉的悲喜/都消失在一片亘古的荒漠,/这才知道我的全部努力/不过完成了普通的生活。[1]

与主流新诗中对时代的赞美、颂扬不同,与通行作品里尽量回避诗人自我不同,穆旦大胆又平静地道出自己的声音。这首诗以"但如今"为界,将过去与当下、幻境与现实、理想的阔步与坎坷的一生,做出了残酷对比。"突然面对着坟墓,/我冷眼向过去稍稍回顾,/只见它曲折灌溉的悲喜/都消失在一片亘古的荒漠",诗中的幻灭感真实而又严肃,沉着整饬的诗行削弱了低沉情绪。其对生命意义的感慨和从容,不由让人想起冯至二十多年前的句子:"什么能从我们身上脱落,/我们都让它化作尘埃:/我们安排我们在这时代/象秋日的树木,一棵棵"(《什么能从我们身上脱落》)。

启蒙了1976年前后一代诗人的是**食指**(1948年出生)的民间写作[2]。食指本名郭路生,山东鱼台人。食指出身革命军人家庭,身上有着深刻的红色烙印。在食指取得同代人广泛共鸣的《相信未来》(1968)中,虽然他并不回避各种现实苦难与内心的困惑和迷惘,但诗的结尾仍是乐观的——"朋友,坚定地相信未来吧/相信不屈不挠的努力/相信战胜死亡的年轻/相信未来、热爱生命",这样的诗句其实没有脱离主流新诗夸张的口号式书写。食指的特殊之处在于,他的新诗创作主张"热爱生命""相信未来"的同时,在表达上突破了当时主流新诗集体化的抒情方式,面向个人生活与个体内心,强调对接踵而至的社会变动的个人体验,在"合唱"之外发出不和谐的"独唱"声音。他的一些诗作在形式风格上有着明显的时代烙印,如写于1960年代末的《鱼儿三部曲》采用四行一节的叙事诗形式,可以看

---

[1] 所选版本收于《穆旦诗文集》第1卷,第328页。
[2] 北岛(赵振开)在送给食指的油印诗集《峭壁上的窗户》扉页上写了一句话:"送给郭路生:你是我的启蒙老师。1983年10月。"由此可见他对朦胧诗人的巨大影响。(据刘禾编:《持灯的使者》,桂林:广西师范大学出版社2009年版。)

出郭小川某些诗作的影子。但诗中的感情又是灰暗阴冷的："冷漠的冰层下鱼儿顺水漂去，／听不到一声鱼儿痛苦的叹息。／既然得不到一点温暖的阳光，／又何必迎送生命中绚烂的朝夕？！"诗人回忆，1968年初，他经过冰冻的河边："因当时红卫兵运动受挫，大家心情都十分不好，这一景象使我想到在见不到阳光的冰层之下，鱼儿（即我们）是怎样地生活。"[1]即使鱼儿的悲惨命运得到同情——"水蟒吃饱了，静静听着，／青蛙动人的慰问演唱。／水蟒同情地流出了眼泪，／当青蛙唱到鱼儿的死亡"，也无法减弱诗中蕴含的悲剧感，这就使食指的新诗写作与倡导乐观、"健康"的主流诗歌氛围拉开了距离。主观抒情的爱情题材一直是1949年以后新诗写作竭力回避的，即使是闻捷这样歌唱爱情的诗人，他的作品也严格限定在"写别人的爱情"，爱情过程必定是《苹果树下》般毫无波折、顺理成章的。食指的一些新诗，则让男女情感这一话题再次依托亲切苦涩的个人体验回归，如《酒》(1968)：

> 火红的酒浆仿佛是热血酿成，／欢乐的酒杯是盛满疯狂的热情／如今酒杯在我手中颤栗／波动中仍有你一双美丽的眼睛／／我已在欢乐之中沉醉／但是为了心灵的安宁／我还要干了这杯／喝尽你那一片痴情[2]

和食指大部分作品一样，《酒》的美学情感仍是浪漫主义的，可贵的是，它在集体主义文化氛围下表现出了主观感受的浓烈与独特。《相信未来》的开头唯美而又痛苦："当蜘蛛网无情地查封了我的炉台／当灰烬的余烟叹息着贫困的悲哀／我依然固执地铺平失望的灰烬／用美丽的雪花写下：相

---

[1] 食指:《〈四点零八分的北京〉和〈鱼儿三部曲农牧〉写作点滴》，见《诗探索》1994年第2期。
[2] 所选版本收于《食指的诗》，北京：人民文学出版社2000年版，第9页。

信未来//当我的紫葡萄化为深秋的露水/当我的鲜花依偎在别人的情怀/我依然固执地用凝霜的枯藤/在凄凉的大地上写下：相信未来……"这种悠长迟缓又低沉的声音，以其曲折和起伏不定的旋律，拨动了时代苦闷中青年的心弦。北岛回忆读到这首诗时的感受："我被他诗中的那种迷惘与苦闷深深触动了，那正是我和我的朋友们以至一代人的心境。"[1]《相信未来》同时也呼唤着理性的回归，诗人流露出对历史评价的忐忑与期待——"不管人们对于我们腐烂的皮肉/那些迷途的惆怅、失败的苦痛/是寄予感动的热泪、深切的同情/还是给以轻蔑的微笑、辛辣的嘲讽"，显然有别于这一时期主流新诗对当下生活盲目空洞的自信。食指在同代人中赢得更广泛共鸣的作品，是写于1968年底的《这是四点零八分的北京》。红卫兵运动在这一年进入尾声，知识青年"上山下乡"已经是大势所趋。1968年12月20日，作为老红卫兵一员的食指与同学们一起坐火车奔赴下乡所在地山西。

> 这是四点零八分的北京/一片手的海洋翻动/这是四点零八分的北京/一声尖厉的汽笛长鸣//北京车站高大的建筑/突然一阵剧烈的抖动/我吃惊地望着窗外/不知发生了什么事情//我的心骤然一阵疼痛，一定是/妈妈缀扣子的针线穿透了心胸/这时，我的心变成了一只风筝/风筝的线绳就在妈妈手中//线绳绷得太紧了，就要扯断了/我不得不把头探出车厢的窗棂/直到这时，直到这个时候/我才明白发生了什么事情//——一阵阵告别的声浪/就要卷走车站/北京在我的脚下/已经缓缓地移动//我再次向北京挥动手臂/想一把抓住她的衣领，/然后对她大声地叫喊：永远记着我，妈妈啊，北京//终于抓住了什么东西/管他是谁的手，不能松/因

---

[1] 北岛：《中文是我唯一的行李——北岛访谈》，见《书城》2003年第2期。

为这是我的北京/这是我的最后的北京[1]

这首诗将叙事与抒情加以结合，诗的第一节呈现出类似纪实影片的效果，"手的海洋""雄伟的汽笛长鸣"，仿佛都在参与时代的宏大叙事，但"这是四点零八分的北京"以其时间和地点的精确性，暗示着某种不安的开始。第二节，以火车启动时视觉上车站建筑"剧烈的抖动"，表现个体感受从集体主义狂热中的回归："我双眼吃惊地望着窗外，/不知发生了什么事情"——诗人当然知道什么在发生，也清楚自己的目的地——是生活现实与个人感受发生了冲突。第三节"妈妈缀扣子的针线穿透了心胸"让个体感觉以"牵挂"的具体形式出现。第四节"直到这时，直到这时候，/我才明白发生了什么事情"是痛苦后的省悟。第五节"一阵阵告别的声浪，/就要卷走车站"凸显个体在时代浪潮中的无力，他只能以戏剧化动作"挥动手臂"与"抓住衣领"来表达绝望。诗人从个体感受出发，表达了抒情主体"我"对正在发生的事件的陌生感和迷惘感。稳定熟悉的生活与友善安全的世界，在列车开动的瞬间发生动摇，"剧烈的（地）抖动"起来，并渐渐离自己远去。诗人使用了许多富于表现力的修辞，如以"北京在我的脚下，/已经缓缓地移动"一句来写火车渐渐开动时的心理刺激。明明是火车所载的"我"在移动，诗人却坚持自己的错觉——"北京"在移动，他表达的是"离去"的被迫与无奈。当然最重要的是，"也许对心灵来说，能受伤害才能表示它是一颗心"。食指的诗引起了一代饱受社会动荡与精神苦闷折磨的年轻人共鸣。他的诗歌很快传遍全国，不但在陕西和内蒙古自治区广为传抄，还传到遥远的黑龙江和云南的兵团[2]。

1970年代中叶以后，因健康恶化，食指长期住院，没有参与到朦胧诗

---

[1]所选版本收于《食指的诗》，第47页。
[2]一个当时的文学青年回忆初次读到食指诗歌的情景："记得那晚停电，屋里又没有蜡烛，情急中把煤油炉的罩子取下来，点着油捻当火把。第二天天亮一照镜子，满脸的油烟和泪痕。"（据刘禾编：《持灯的使者》）

运动中。他在众声合唱的时代，较早以"独立的人的精神站出来歌唱"，并让后起的朦胧诗人感到了"诗歌是语言的艺术，是直觉，是情感，是经验，是有意味的形式，并首先是人的自由意志与人格的体现"[3]。食指后期新诗写作更加沉稳和富于哲理意味，如他从诗人立场出发对生命意义的反思："诗人的桂冠和我毫无缘分 / 我是为了记下欢乐和痛苦的一瞬 / 即使我已写下那么多诗行 / 不过我看他们不值分文⋯⋯"（《诗人的桂冠》，1986），这种激情消褪后的虚无感，让人们想起穆旦晚年那些严厉拷问自己的诗篇："⋯⋯另一个世界招贴着寻人启事，/ 他的失踪引起了空室的惊讶，/ 那里另有一场梦等他去睡眠，/ 还有多少谣言都等着制造他，/ 这都暗示一本未写成的传记：/ 不知我是否失去了我自己。"（《自己》，1976）

1976年之前的民间新诗写作，还应提及**白洋淀诗歌群落**的创作。从1960年代末开始，芒克、多多、林莽、根子、宋海泉等人先后来到河北白洋淀的知青定居点，此外，未定居于此的北岛、江河、杨炼等与他们来往密切。这些文学青年们在新诗理念方面亦有别于主流诗坛，他们进行的是较之食指更加个人化、思辨化的写作尝试。

根子本名岳重，1951年生于北京。19岁时就写下成名作《三月与末日》，并"一气呵成，又作了八首"，根子的诗显示了惊人的深刻、冷酷与鲜明强烈的现代意味，根子也是白洋淀诗人中在新诗写作形式探索方面走得最远的诗人。相较于温暖感伤的食指，根子在表达对世界的荒芜性认知上更为透彻，"雪不是白色的，它只是没有颜色"（《雪不是白色的》）这样的句子充满感性与理性交织之美。他的《三月与末日》（1971）、《致生活》（1972）等创作，即使和1940年代末最激进的现代主义诗人相比，也更为晦涩难懂："⋯⋯春天的浪做着鬼脸和笑脸 / 把船往夏天推去，我砍断了 / 一直拴在船上的我的心——/ 那钢和铁的锚，心 / 冷静地沉没，第一次 / 没有像被晒干

---

[3] 林莽：《并未被埋葬的诗人——食指》，见《诗探索》1994年第2期。

的蘑菇那样怨缩／第一次没有为失宠而肿胀出血,也没有／挤拥出辛酸的泡沫,血沉思着／如同冬天的海,威武的流动,稍微／有些疲乏……"(《三月与末日》)在这首诗里,同一个抒情主体发出不同声音,在诗中交错发生对话,这既是一种大胆的写作实验,也将诗人对世界的理解从情绪表达上升到存在意义的思考层面。

多多也是一位写作风格独特的诗人,在白洋淀时代的创作现存四十多首。他原名栗世征,1951年生于北京,1969年到白洋淀插队。1972年多多开始写诗,十年后才发表新诗,被认为是那个时代民间诗歌界最重要的诗人之一。多多"拿着一把人性的尺子,去衡量大千世界林林总总,一切扭曲的形象,但就其本质来说,毛头应该属于理性化的诗人"[1]。对"扭曲的形象"的"衡量"是白洋淀诗人观察世界的一个重要出发点,但其衡量和批评的尺度不仅出于人性,还有生活常识和对美的感受。就多多来说,"对于处境的怨恨锐利的突入,对生命痛苦的感知、想象、语言上的激烈、桀骜不驯,这些趋向,构成他的诗的基本素质"[2]。而在新诗语言上,就体现为一种对麻木日常的颠覆修辞,如《夜》(1973):

> 在充满象征的夜里／月亮像病人苍白的脸／像一个错误的移动的时间／而死,像一个医生站在床前:∥一些无情的感情／一些心中可怕的变动／月光在屋前的空场上轻声咳嗽／月光,暗示着楚楚在目的流放……[3]

夜晚是静谧的又是黑暗的;夜晚有月亮,有星空;夜晚是浪漫发生的时刻,也为不可告人的罪恶提供便利。月光之夜的确充满暧昧色彩,古往今来的

---

[1] 宋海泉:《白洋淀琐忆》,见《诗探索》1994年第4期。
[2] 洪子诚、刘登翰:《中国当代新诗史》,第186页。
[3] 所选版本收于《多多的诗》,北京:人民文学出版社2012年版,第13页。

诗里常用月夜渲染背景:"花明月黯笼轻雾,今宵好向郎边去"([南唐]李煜《菩萨蛮》),或者"明月装饰了你的窗子,/你装饰了别人的梦"(卞之琳《断章》),或者"你的影密合在我的影上/月光上渗上月光"(罗大冈《短章为S作》)。《夜》颠覆的是月夜的象征性美学套路——"在充满象征的夜里",这象征可以理解为一切与诗歌发生的此刻无关的"浪漫",也可以理解为下面出现的病态意象:"月亮像病人苍白的脸/像一个错误的移动的时间"。月亮不再是美丽的,"病人"引出"医生"——"而死,像一个医生站在床前",医生的意义被颠覆,不再是治愈者。"无情的感情"既可说是否定感情本身的意义,也可解释成感情变得虚伪麻木、可有可无。通过反复出现而被强化的月亮意象,变得越发恐怖。对月亮意象的颠覆性描写,也可见于19世纪象征主义诗人笔下,如"我这坟地,月亮也鄙夷"([法]波德莱尔:《忧郁·二》,刘楠祺译)。多多的意义颠覆则更加彻底,这反映出白洋淀诗人对发生着异化、扭曲的现实世界的敏感。同时,对词语的陌生化使用,也体现了他们在新诗理念上自觉的陌生化追求,像北岛的诗句"看吧,在那镀金的天空中,/飘满了死者弯曲的倒影。"(《回答》,1976)天空不再是朝向无垠宇宙的方向,不再是光明的象征,经过层层镀金,它已成为虚假的大殿穹顶。

像《夜》这样对盲目、黑暗命运的深度挖掘,以及对青春和语言的双重叛逆,构成了多多早年新诗创作的两翼。多多的写作,较早触及对诗与写诗本质意义的思考。在创作受到各种规制和要求限定的年代里,写作的个人化空间被严重挤压,完全脱离集体"合唱"的诗不受欢迎。其实,即使在创作环境较为宽松的时空环境下,诗歌也未必会得到即时认可,这也是许多优秀作品的宿命。写于1973年的《手艺——和玛琳娜·茨维塔耶娃》就严肃地探讨了写诗的意义和诗的命运问题。这首诗在不无偏激的态度中,也显示出对流俗桀骜的姿态与诗人的骄傲:

> 我写青春沦落的诗/（写不贞的诗）/写在窄长的房间中/被诗人奸污/被咖啡馆辞退街头的诗/我那冷漠的/再无怨恨的诗/（本身就是一个故事）/我那没有人读的诗/正如一个故事的历史/我那失去骄傲/失去爱情的/（我那贵族的诗）/她，终会被农民娶走/她，就是我荒废的时日……[1]

这首诗题献给俄罗斯著名女诗人玛琳娜·茨维塔耶娃（1892—1941），后者是俄国白银时代[2]最重要的诗人之一，也被布罗茨基称为"二十世纪的第一诗人"。她的创作体现出她对诗歌地位的高度推崇："上帝与构思同在！上帝与虚构同在！"写诗是她生命不可或缺的一部分："我的诗行是日记，我的诗是我个人的诗。"（《摘自两本书·序》，1913）诗人1920年代移居捷克期间，生活压力与精神世界极度紧张，使她的创作对于"生活和存在"这一主题不断扩展和深化，这一时期她出版了《手艺集》（1923）。多多曾自制一本手抄诗集《手艺》，题献给茨维塔耶娃。在茨维塔耶娃的组诗《尘世的特征》（汪剑钊译）中，她写道："去为自己寻找可靠的女友，/那并非依仗数量称奇的女友。/我知道，维纳斯是双手的事业，/我是手艺人，——我懂得手艺。"多多的《手艺》被认为是对这几句诗的回应与对话。在对作为"手艺"的诗歌这个话题上，多多有着自己的理解。他的朋友认为："坚持诗的形式美，坚持人性的立场，在这两点上两人是一致的，越过这条线，两人便分道扬镳了。"（宋海泉语）不同于茨维塔耶娃诗句中流露出的对诗歌地位单向的崇高认知，多多基于诗歌在"当下"氛围中的处境，用激愤的反讽语调写诗的沦落、（主流）诗人的庸俗化，以及如茨维塔耶娃一样

---

[1] 所选版本收于《多多诗选》，广州：花城出版社2005年版，第25页。
[2] 在《俄国文学史》（1924）中，俄国学者德·斯·米尔斯基提出，19世纪上半叶以普希金为代表而截止于果戈里的时代为俄罗斯文学"黄金时代"。1930年代，诗人奥佐普参照米尔斯基观点，提出"白银时代"的说法，指出勃洛克、古米廖夫、阿赫玛托娃的创作实践是俄罗斯诗歌的又一高峰。

的诗人对"贵族的诗"的坚守。诗的起句说"我写青春沦落的诗",第二行便以括号形式对"青春沦落"加以注解,所谓"不贞的诗",以性关系隐喻了现实中诗的尴尬处境——诗人和他的朋友们写下的脱离规制、偏离主流的诗,形同不贞的女性。诗人继续展开,"当下"诗歌的两种命运:"被诗人奸污/被咖啡馆辞退街头的诗",这里的"诗人"显然不是指多多他们这种诗人;"咖啡馆"可以理解为已在公共生活中荡然无存的小众空间。"我那冷漠的/再无怨恨的诗",充满反讽语调,个人感情在公共空间中被挤压到了近乎消失。但诗人仿佛心有不甘,以括号再次注解,这样的失去个人情绪的诗仍是"我那贵族的诗"。"她,终会被农民娶走/她,就是我荒废的时日",呼应了前面提到的诗歌"失贞"。高贵的公主被命名为失贞者,也失去了殿堂与嫁给王子的机会,正像"我们"的诗不被认可,默默无闻。这里的"被农民娶走"和"荒废的时日"并非牢骚之语,而是诗人一种坚定的决心,甘于寂寞与平凡,以守护"真正"的诗。

1949 年以来,由于新生民族国家的崛起,迫切需要在经历近百年民族屈辱的基础上建立起新的国家认同,文学艺术是建构想象的国家共同体的基础。因此,新诗写作和其他文艺形式一样,被严格纳入国家文化体制。创作经过筛选与过滤,只有"健康"的、符合国家意志的声音才可以进入公开发表的语境;新诗的个人化抒情被压抑,男女情爱作为个人表达最集中的领域,尤其受到排斥。新诗的表达形式由 1940 年代发展而来的现实主义与现代主义并存的多元局面窄化为单一的"合唱";但新诗问世以来逐渐形成的叙事模式则得到鼓励,叙事诗伴随政治抒情诗并存于主流诗坛。这是新的民族国家在探索自身文化格局与包容性时走过的一段弯路。但与此同时,个人主义的"独唱"诗歌仍然以微弱的、手抄流传的方式传播,像食指的《这是四点零八分的北京》甚至影响了一代知识青年,以感性的力量复苏个体对自身价值与需求的思考,并启发年轻的文艺青年。伴随着对 30 年新诗积累的成果的阅读与对西方现代主义文学的参照,新一代诗人逐渐成长起来并形成群落。随着文化气候的渐渐宽松,他们必然会在下一个阶段的新诗创作中复活并发展中文新诗的传统。

第五章 黑夜给了我黑色的眼睛（1976—1984）

> 鸟儿在疾风中/迅速转向//少年去捡拾/一枚分币//葡萄藤因幻想/而延伸的触丝//海浪因退缩/而耸起的背脊（顾城:《弧线》,1980）[1]

"1978年底,有一批向着今天礼赞的诗人开始聚集,他们唱着新的歌,他们试图改变原有诗歌的凝滞状态。"[2] 这场主要由《今天》诗人推动的新诗运动被命名为"新诗潮"。新诗潮的到来,意味着1949年以来诗坛的"合唱"声音逐渐隐没于历史深处,"独唱"声音渐成主流。一些1949年以后因种种原因减少、停止写作或进入民间写作状态的老诗人重操诗笔,如艾青、郑敏、邵燕祥、蔡其矫以及七月诗人们,大多重新焕发创作动力,他们被称为诗坛的"归来者"。其中有的诗人仍旧沿着1949年以来形成的写作惯性,创作带有集体色彩的作品;有的诗人则追求写作自主性与诗人主体性的回归。中国新诗派诗人郑敏在1950年代停笔,1979年她写下了《如有你在我身边——诗呵,我又找到了你》,诗中说:"呵,我不是埋葬了你?!诗,当秋风萧瑟,/草枯了,叶落了,我的笔被摧折,/我把你抱到荒野,山坡,/那里我把我心爱的人埋葬,/回头,抹泪,我只看见野狗的饥饿。"[3] 这样的诗作,显然是在呼唤某种文人新诗传统的回归。与此同时,白洋淀诗群的部分诗人集聚在北岛等人自办的刊物《今天》周围,形成美学趣味上与1949年以来的集体主义声音迥异的新诗风格,"新诗潮"诗人首先指的是这些朦胧诗人。朦胧诗一说,来自主流诗坛对北岛等诗人的批评,最后却成为对他们的命名。这些诗人的创作也很难用"朦胧"一词简单概括,"和北岛有一个共同的老师食指"的多多就与朦胧诗运动保持距离[4]。不过,

---

[1] 所选版本收于《顾城诗全集》上卷,第489页
[2] 谢冕:《新诗潮的检阅》,收于老木编选:《新诗潮诗集》(上),北大五四文学社1985年版,第Ⅱ页。
[3] 所选版本收于《郑敏文集·诗歌卷》(上),北京:北京师范大学出版社2012年版,第150页。
[4] "多多是朦胧诗中的一个边缘人物,是'不走运'的诗人……多多成为第一拨朦胧诗中的被遗忘者。"(张枣:《关于当代新诗的一段回顾》,见《张枣随笔集》,第141页)

在初始阶段的边缘化、现实参与感与社会责任感、写作风格的现代主义倾向三个方面,这些诗人的确隐然有形成诗派的趋向。事实上,文坛主流并未对他们越出审美常轨的创作采取单一排斥态度,经过几场论争之后,朦胧诗人们逐渐被文学体制部分接纳,先后获得在文学刊物发表作品的权利。朦胧诗人们对诗歌形式与意象表达进行不无浪漫主义色彩的经营,他们的作品富于个人趣味和精英气息,对1949年以来的新诗氛围是一种突破。而朦胧

图 5-1 《今天》1978 年创刊号封面

诗经历短暂的兴盛,1980年代中期以后,很快就有更为年轻的一代诗人发出不同声音。这些诗人中,有的在坚持精英主义前提下继续探索,如海子、骆一禾等诗人;有的主张创作"回到诗歌本身",重视对"日常口语"的运用,并消解朦胧诗中存在的精英倾向,如"他们"诗派的韩东、于坚、丁当等诗人;有的关注城市人的生活与精神处境,带有写作技巧上重视控制的"古典主义"倾向,如出身上海的陆忆敏、陈东东等诗人。与此同时,朦胧诗人们仍处在创作旺盛期,并不存在被"取代"的问题。本讲只介绍七八十年代之交被新诗史划入朦胧诗派的几位代表诗人。为了介绍方便起见,本讲时间截止到1984年[1]。

"新诗潮"的一部分诗人来自此前的民间写作者,**朦胧诗派**中的北岛、

---

[1] 1984年,海子完成代表作《亚洲铜》和《阿尔的太阳》;1983—1985年,"他们"诗派也开始形成。

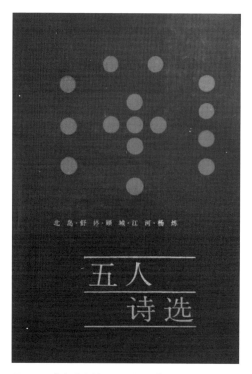

图 5-2　作家出版社 1986 年版《五人诗选》封面

舒婷、顾城等人早在 1970 年代初便开始写诗。创刊于 1978 年，由北岛、芒克主编的《今天》，集结了朦胧诗派最初的诗人。如前所述，"朦胧"是批评者给他们的贬义评价，最后却成为对这些诗人的命名，北岛、芒克、舒婷、顾城、江河、杨炼、梁小斌、王小妮、徐敬亚等被称为朦胧诗人。这种统一命名可能会遮蔽诗人各自的创作个性，朦胧诗人也并非有组织、有纲领的诗派，但在新诗美学精神和思想取向上又确有相通之处。所谓朦胧，只是建立在一种与此前 30 年新诗美学风格比较的基础上。首先，与之前的诗人相比，他们的创作表现为思想和情绪的复杂性。他们的诗里没有弥漫在郭小川、闻捷等诗人作品里的单纯与乐观，而是在感情上带有时代性伤痛和忧伤，在思想上有着反省和探寻的倾向。其次，朦胧诗人的作品并不回避现实，而是不同程度表现出对现实或积极或消极的个人化理解和表达，这天然就会形成对既有集体主义审美观念的挑战。再次，所谓"朦胧"的表达形式，来自现代诗歌技巧的广泛运用，象征、通感、隐喻等写作手段取代了之前主流新诗的平铺直叙。表现的奇诡、诗意的隐晦、诗歌语言与日常语言有意保持距离，让他们的诗作某种意义上回归并发展了 1940 年代新诗的现代主义一脉。最后，虽然朦胧诗中许多作品包含对历史与生活尖锐的反省与批判，但并非是简单的政治诉求——"朦胧诗究其实质是一次艺术的革新运动"[1]。七八十年代之交，朦胧诗人在与当时主流诗坛的冲突中确立了自身地位，一部分诗人被文学体制接纳，成为诗坛主流的一部分；另一部分则游离于主流之外。中文新诗近三十年一体化的严格规制一旦放松后，朦胧诗算是应运而起，其中自然包含艺术上的不完美之处。但一些朦胧诗作经过流传后，已经成为中文新诗中的经典之作，从历史角度看，朦胧诗"很大程度上成为当代诗歌'复兴'的标志"[2]。

1986年，作家出版社推出《五人诗选》，选录五位朦胧诗人作品，扉页的诗人自上至下分别是杨炼、江河、北岛、舒婷、顾城，这几位诗人也成了约定俗成的朦胧诗五诗人。**北岛**本名赵振开，祖籍浙江湖州，1949年出生于北京一个干部家庭，1970年在华中和沿海地区度过了一段时间，从那时开始写诗。他的新诗自创作伊始就呈现出内向而冷峻的倾向，具有强烈的批判意识与担当精神，一般被认为写于1976年的《回答》里充满了悲愤的警句和对现实的是非指认：

> 卑鄙是卑鄙者的通行证，/高尚是高尚者的墓志铭，/看吧，在那镀金的天空中，/飘满了死者弯曲的倒影。//冰川纪过去了，/为什么到处都是冰凌？/好望角发现了，/为什么死海里千帆相竞？//我来到这个世界上，/只带着纸、绳索和身影，/为了在审判之前，/宣读那些被判决的声音：/告诉你吧，世界/我——不——相——信！/纵使你脚下有一千名挑战者，/那就把我算作第一千零一名。//

---

[1]谢冕：《中国新诗史略》，北京：北京大学出版社2018年版，第369页。
[2]洪子诚：《中国当代文学史》（修订版），北京：北京大学出版社2007年版，第238页。同时，在一些诗人看来，朦胧诗甚至被认为是中文新诗自胡适以来一个新的诗歌传统："朦胧诗的开创性是无可比拟的，中国现代意义上的诗歌链条必须从它开始，因为我们根本无法将它与40年代以前的现代汉语诗歌链条自然而亲切地联系起来；从在这个意义上说，中国现代汉语诗歌有两个开端，一个是胡适的《尝试集》开始至《九叶集》结束，另一个就是从朦胧诗开始。"（桑克：《桑克访谈录：最后一个浪漫主义者》，见西渡、王家新编《访谈中国诗歌》，汕头：汕头大学出版社2009年版，第256页。）

> 我不相信天是蓝的;/我不相信雷的回声;/我不相信梦是假的;/我不相信死无报应。// 如果海洋注定要决堤,// 就让所有的苦水都注入我心中,/ 如果陆地注定要上升,/ 就让人类重新选择生存的峰顶。// 新的转机和闪闪星斗,/ 正在缀满没有遮拦的天空,/ 那是五千年的象形文字,/ 那是未来人们凝视的眼睛。[1]

据说本诗几经修改,成为我们现在看到的面貌。从主题上看,北岛乃至朦胧诗人的这类题材作品,都可视为1949年以来政治抒情诗传统在形式风格嬗变后的延续[2]。延续体现在抒情主体其实仍是集体代言者,而非某个个体,诗人诉说的是一代青年心中的不安与悲愤;变化体现在表现方式上直接呼告与高度象征化的"朦胧"手法的结合。"我不相信天是蓝的;/我不相信雷的回声;/我不相信梦是假的;/我不相信死无报应。"这样的句子,是直接的倾诉,又借用了意象来表达。诗中的英雄主义情结也很浓重:"如果海洋注定要决堤,// 就让所有的苦水都注入我心中,/ 如果陆地注定要上升,/ 就让人类重新选择生存的峰顶。"在描绘了一幅末世图景后,诗人以牺牲者和拯救者的形象出现。但有一点很重要,他并未丧失对未来的信心:"新的转机和闪闪星斗,/ 正在缀满没有遮拦的天空,/ 那是五千年的象形文字,/ 那是未来人们凝视的眼睛。"以古(五千年的象形文字)今(未来人们凝视的眼睛)设置了为历史代言的起点与终点,诗中改变当下的决心也有充沛的勇气,正好用较为坚定的口气回应了食指在《相信未来》中流露的历史焦虑:"我焦急地等待着他们的评定。"这种政治抒情诗风格体现在北岛早年很多作品里,如《结局或开始》[3]:"也许有一天 / 太阳变成了萎缩的花环 / 垂放在 / 每一个

---

[1] 所选版本收于《五人诗选》,北京:作家出版社1986年版,第159页。
[2] "北岛开始写诗时,更多受益于浪漫派诗人。""苏联六七十年代的'第四代'诗人,特别是叶甫图申科的政治抒情诗,与北岛70年代中后期的写作有一定联系。"见洪子诚:《中国当代文学史》(修订版),第246页。
[3] 所选版本收于《五人诗选》,第175—179页。

不朽的战士 / 森林般生长的墓碑前 / 乌鸦,这夜的碎片 / 纷纷扬扬",	"太阳"与"不朽的战士"构成不乏悖论色彩的对比性意象,高度形象化的表达,充满悲剧感的画面,借助脉络并不隐晦的抒情骨架,隐含的意思并不难理解[1]。北岛这一时期更多的诗,表达的则是个人的时代感受。另一首注明写作时间为1973年的《日子》,抒写的是在审美一体化时代自己的遗世独立:

> 用抽屉锁住自己的秘密 / 在喜爱的书上留下批语 / 信投进邮箱,默默地站一会儿 / 风中打量着行人,毫无顾忌 / 留意着霓虹灯闪烁的橱窗 / 电话间里投进一枚硬币 / 问桥下钓鱼的老头要支香烟 / 河上的轮船拉响了空旷的汽笛 / 在剧场门口幽暗的穿衣镜前 / 透过烟雾凝视着自己 / 当窗帘隔绝了星海的喧嚣 / 灯下翻开褪色的照片和字迹[2]

诗人很在意的,是在喧嚣的环境里自身的"清醒者"姿态:"在剧场门口幽暗的穿衣镜前 / 透过烟雾凝视自己 / 当窗帘隔绝了星海的喧嚣",写作不仅是表达的手段,也成了一种保持自身独立性的生活方式:"用抽屉锁住自己的秘密 / 在喜爱的书上留下批语 / 信投进邮箱,默默地站一会儿"。抽屉、批注、信件和"褪色的照片和字迹"都带有明显的私人性、边缘感与孤独感。这首诗里也包含着一种属于"现代"生活的观察和体验,废名在1937年发表过一首《街头》:

> 行到街头乃有汽车驶过,/ 乃有邮筒寂寞。/ 邮筒PO/ 乃记不起汽车

---

[1] "那(朦胧诗)是一种个人化的动作,但出来的却是一种集体的声音。"(张枣、颜炼军:《甜——与诗人张枣一席谈》,见《张枣随笔集》,第253页。)
[2] 所选版本收于《五人诗选》,第161页。

号码X,/乃有阿拉伯数字寂寞,/汽车寂寞,/大街寂寞,/人类寂寞。[1]

《街头》"捕捉住现代汉诗的本质",即感性的随机性与即兴感,展示了"一个直接而自发的感受过程"[2]。《日子》对生活陌生感与孤独感的呈现也具有这种逐渐展开的色彩,诗中的锋芒因这种即兴感而变得舒缓,但并未消失。与《街头》很不一样的地方在于,《街头》表现的是个体与外部物质世界的隔膜,北岛诗中则体现出个体与日常世界的分裂。又如《一束》:

在我和世界之间/你是海湾,是帆/是缆绳忠实的两端/你是喷泉,是风/是童年清脆的呼喊//在我和世界之间/你是画框,是窗口/是开满野花的田园/你是呼吸,是床头/是陪伴星星的夜晚//在我和世界之间/你是日历,是罗盘/是暗中滑行的光线/你是履历,是书签/是写在最后的序言//在我和世界之间/你是纱幕,是雾/是映入梦中的灯盏/你是口笛,是无言之歌/是石雕低垂的眼帘//在我和世界之间/你是鸿沟,是池沼/是正在下陷的深渊/你是栅栏,是墙垣/是盾牌上永久的图案[3]

五节诗均以"在我和世界之间"开头,假如没有"你"作为中介,"我"和"世界"之间简直毫无联系。第一节用来描述"你"的词语是海湾、帆、喷泉、风,这些"牙雕般精密的语言"构成的意象群,被总结为"童年清脆的呼喊";第二节的各种意象则是"陪伴星星的夜晚"。每节结束出现的总结分别为"写在最后的序言""无言之歌"等,越来越沉重。诗的最后一节说:"你是鸿沟,是池沼/是正在下陷的深渊/你是栅栏,是墙垣/是盾牌上永久的

---

[1] 所选版本收于《废名集》第3卷,第1591页。
[2] 〔美〕奚密:《现代汉诗——1917年以来的理论与实践》,第2页。
[3] 所选版本收于《五人诗选》,第165页。

图案",盾牌是战斗的象征,英雄主义仍隐含在诗里。诗人在《回答》的集体呼告外,加入了诸多代表美好的、个人化生活的意象,它们横亘在"我"与"世界"之间。这些本属日常生活的事物,很显然不属于"我","我"和"世界"是截然的分裂乃至对抗,分裂感强化了诗中温柔的锋芒。与世界的分裂和对立、英雄主义情结以及带有存在主义色彩的"反抗绝望",给北岛的新诗灌注了强烈的感性色彩,但也限制了诗人对自身的思考——对现实与历史的是非指认,易沦入非黑即白的二元对立。稍晚的时候,北岛的新诗题材有所拓展,历史反省有了新的角度。"对于社会、人生的弱点和缺陷的批判,希望能到达人类历史的普遍本质"[1],视野的拓宽伴随着技巧的逐渐圆熟与语言的愈加冷峻。

> 他活在他的寓言里/他不再是寓言的主人/这寓言已被转卖到/另一只肥胖的手中//他活在肥胖的手中/金丝雀是他的灵魂/他的喉咙在首饰店里/周围是玻璃的牢笼//他活在玻璃的牢笼中/在帽子与皮鞋之间/那四个季节的口袋/装满了十二张面孔//他活在十二张面孔中/他背叛的那条河流/却紧紧地追随着他/使人想起狗的眼睛//他活在狗的眼睛中/看到全世界的饥饿/和一个人的富足/他是他的寓言的主人 (《寓言》)[2]

"他不再是寓言的主人",诗的开头仍是否定性判断。"寓言"是被讲述的,"他"的身份则是讲述者(诗人/作家?)。诗的头两节写的是"他"背弃、"转卖"寓言(被讲述的内容和自身)的过程。"金丝雀是他的灵魂/他的喉咙在首饰店里","他活在玻璃的牢笼中/在帽子与皮鞋之间",这样的情境无疑让人痛心。诗人将"他"所背叛的初心与过去描述为"那条河流",在诗

---

[1] 洪子诚、刘登翰:《中国当代新诗史》(修订版),第187页。
[2] 所选版本收于《五人诗选》,第228页。

图 5-3　上海文艺出版社 1982 年版《双桅船》封面

人更早的作品中,河流与河流代表的一切很少受到嘲弄:"难道连黄河纤夫的绳索/也像崩断的琴弦/不再发出鸣响"(《结局或开始》)。但现在诗人说河流"却紧紧地追随着他/使人想起狗的眼睛",冷嘲取代了英雄主义热情。在这种逐渐加码的嘲讽中,诗人以反讽呼应开头,书写着曾经的"寓言的主人"而今的背弃与麻木:"他活在狗的眼睛中/看到全世界的饥饿/和一个人的富足/他是他的寓言的主人"。我们不禁想起多多《手艺》中的"终会被农民娶走"的"青春沦落的诗",两首诗都是关于创作本身的,多多写的是淡泊的坚守,北岛写的是对背弃者的嘲弄。

舒婷,本名龚佩瑜,1952 年生于龙海市石码镇,福建厦门人。舒婷是朦胧诗人中最早得到主流诗坛"有限度的承认"者,也最早出版了诗集《双桅船》(1982)。除了新诗美学追求上的"朦胧感"外,舒婷对 1949 年以来的新诗传统表示出理解和敬意,她写过献给郭小川的《悼》(1976),诗的开头是这样的:"请你把没走完的路,指给我,/让我从你的终点出发;/请你把刚写完的歌,交给我,/我要一路播种火花。/你已渐次埋葬了破碎的梦、/受伤的心,/和被损害的才华,/但你为自由所充实的声音,决不会/因生命的消亡而喑哑……"[1]

---

[1] 所选版本收于《舒婷的诗》,北京:人民文学出版社 1994 年版,第 20 页。

舒婷早期诗作中能看出俄罗斯浪漫主义的影响，如她 1973 年所作与普希金名作同题的《致大海》。她的诗里也不时闪烁着七月派诗歌中那些温柔细腻、带有人道主义色彩的创作的影子。总体说来，舒婷代表了朦胧诗人里作品较不"晦涩"、容易被人接受的一种风格。与北岛诗中弥漫的怀疑与反思态度不同，舒婷愿意以明朗的语言去书写一些较为主流的话题。如表达爱国主义感情的《祖国呵，我亲爱的祖国》（1979）：

> 我是你河边上破旧的老水车，/ 数百年来纺着疲惫的歌；/ 我是你额上熏黑的矿灯，/ 照你在历史的隧洞里蜗行摸索；/ 我是干瘪的稻穗；是失修的路基；/ 是淤滩上的驳船 / 把纤绳深深 / 勒进你的肩膊；/——祖国呵！// 我是贫困，我是悲哀。我是你祖祖辈辈 / 痛苦的希望呵，/ 是"飞天"袖间 / 千百年未落到地面的花朵；/——祖国呵！// 我是你簇新的理想，/ 刚从神话的蛛网里挣脱；/ 我是你雪被下古莲的胚芽；/ 我是你挂着眼泪的笑涡；/ 我是新刷出的雪白的起跑线；/ 是绯红的黎明 / 正在喷薄；/——祖国呵！// 我是你的十亿分之一，/ 是你九百六十万平方的总和；/ 你以伤痕累累的乳房 / 喂养了 / 迷惘的我、深思的我、沸腾的我；/ 那就从我的血肉之躯上 / 去取得 / 你的富饶、你的荣光、你的自由；/——祖国呵，/ 我亲爱的祖国！[1]

某种意义上，这也是 1949 年以来政治抒情诗传统的延续，诗人以不断加强的呼告语气为新时期青年代言，表达乐观积极的情感。一些精巧意象的构思，则使诗歌的情感表达更有具象色彩，因此也更为动人，如开头的"我是你河边上破旧的老水车，/ 数百年来纺着疲惫的歌；/ 我是你额上熏黑的矿灯，/ 照

---

[1] 所选版本收于《舒婷的诗》，第 41 页。

你在历史的隧洞里蜗行摸索"。舒婷在形式上更为优秀的创作是那些表达个人情感的作品，这些诗写出了青年情感上的挫折与"伤痕"，以及迷惘与觉醒的冲突。舒婷善于从自然意象中提炼情感，如她对明暗交界的黄昏的观察与思考："从红马群似的奔云中升起／你蔚蓝而且宁静／蔚蓝，而且宁静／仿佛为了告别／为了嘱托／短暂的顾盼之间／倾注无限深情……因而我深信你将来临／因而我确信你已来临"（《黄昏星》，1981）；又如"……我和黄昏一定有过什么默契，／她每每期待着停在我的窗前，要我交付什么？带给谁？／这是一个／我再也记不起来的秘密。//她摇摇头，走开去。……"（《黄昏剪辑》，1981）；又如"四月的黄昏里／流曳着一组组绿色的旋律／在峡谷低回／在天空游移／要是灵魂里溢满了回响／又何必苦苦寻觅／要歌唱你就歌唱吧，但请／轻轻，轻轻，温柔地……"（《四月的黄昏》，1978）。舒婷的黄昏系列里最动人的是关于爱情的：

> 我说我听见背后有轻轻的足声／你说是微飓吻着我走过的小径//我说星星像礼花一样缤纷／你说是我的睫毛沾满了花粉//我说小雏菊都闭上了昏昏欲睡的眼睛／你说夜来香又开放了层层迭迭的心//我说这是一个生机勃勃的暮春／你说这是一个诱人沉醉的黄昏
> （《黄昏》，1977）

在这样的诗里，诗人真正摆脱了"代言人"身份，抒写个人爱情。和北岛《一束》一样，诗中设置了"我"和"你"两个角色，但不存在北岛诗里"我"与世界的分裂，"你"也不是"我"要保护的日常生活。诗里的"你""我"之间两种声音交织配合着，倾诉绵绵情话。"微飓""星星""花粉""小雏菊""夜来香"这些精致意象让诗里充满浓郁的温柔。舒婷的诗复苏了中文新诗里中断已久的爱情主题，而且在这一主题上有着自己的探索。著名的《致橡树》（1977）以优美语言表达了爱情中男女平等的思想。

《会唱歌的鸢尾花》(1981)则探讨了爱情中的自我追求与社会责任。整首诗由16首小诗组成,在完整展现女性曲折情感历程的同时,又令个人情感与家国情怀构成激烈的冲突与升华。第一首小诗:

> 在你的胸前/我已变成会唱歌的鸢尾花/你呼吸的轻风吹动我/在一片丁当响的月光下//用你宽宽的手掌/暂时/覆盖我吧[1]

《致橡树》中紧绷的情绪——"我必须是你近旁的一株木棉,/作为树的形象和你站在一起"——得以舒缓,诗人以娇弱的鸢尾花自比,"你呼吸的轻风吹动我""用你宽宽的手掌/暂时/覆盖我吧",这样的句子充满柔情;"在一片丁当响的月光下",通感的使用更使气氛变得柔和。后面五首写的是对爱人的各种情绪、眷恋、信任、激情洋溢与穿越时间的厮守。第三首写的是"伤痕":

> 我那小篮子呢/我的丰产田里长草的秋收啊/我那旧水壶呢/我的脚手架下干渴的午休啊/我的从未打过的蝴蝶结/我的英语练习:I love you, love you/我的街灯下折叠而又拉长的身影啊/我那无数次/流出来又咽进去的泪水啊//还有/还有//不要问我/为什么在梦中微微转侧/往事,像躲在墙角的蛐蛐/小声而固执地呜咽着

1969年,17岁的舒婷和食指一样,到乡村插队;1972年返回厦门后做过各种临时工。她把时代与生活给予自身的"伤痕"体验也写到诗中,"不要问我/为什么在梦中微微转侧/往事,像躲在墙角的蛐蛐/小声而固执地

---

[1] 所选版本收于《舒婷的诗》,第80—89页。

呜咽着","还有/还有"的那些回忆,连爱人也不愿对他提起。诗从第七首开始,情感陡然发生变化:

> ……那是什么?谁的意志/使我肉体和灵魂的眼睛一齐睁开/"你要每天背起十字架/跟我来"

从这里开始,诗中的柔情渐渐为责任感所取代,诗人设置了一种戏剧冲突,自我和使命,爱人与祖国,此生只能选择一个;"你要每天背起十字架/跟我来",明显来自基督教的意象,使选择变得痛苦而不得不为。诗里的过渡,也并不突兀,第八首:"伞状的梦/蒲公英一般飞逝/四周一片环形山",如梦魇般的场景把热恋的人拖回现实。诗人说:"……我天性中的野天鹅啊/你即使负着枪伤/也要横越无遮拦的冬天/不要留恋带栏杆的春色……"在描述了思念、付出与牺牲之后,诗人在第16首小诗中说:

> 你的位置/在那旗帜下/理想使痛苦光辉/这是我嘱托橄榄树/留给你的/最后一句话//和鸽子一起来找我吧/在早晨来找我/你会从人们的爱情里找到我/找到你的/会唱歌的鸢尾花

英雄主义情怀最终取代儿女情长,但又不同于北岛《结局或开始》中高扬的姿态——"没有别的选择/在我倒下的地方/将会有另一个人站起/我的肩上是风/风上是闪烁的星群",舒婷诗的结尾仍是温柔的,牺牲者安慰爱人:"和鸽子一起来找我吧/在早晨来找我……找到你的/会唱歌的鸢尾花。"这种将责任与爱情设置为对立冲突的写法,在七月诗人曾卓的《断弦的琴》中我们已经读到过了。

顾城(1956—1993)原籍上海,生于北京。他的父亲是1950年代已经成名的诗人顾工。童年他随父亲下放山东农村,"在荒凉河滩上过着孤独的生活"。顾工回忆,自己每天和儿子一起拌饲料、烧猪食,还是儿童的顾城背诵父亲的诗,"我深深感动:世界上已经没人再读我的诗了,而他却记得"。父子俩"把每首即兴写的诗,都丢进火里。我俩说:'火焰是我们诗歌唯一的读者'"。[1] 从这动人回忆里,可以看出顾城的早慧。他12岁时便写出这般稚嫩而敏锐的诗句:"树枝想去撕裂天空,/却只戳了几个微小的窟窿,/它透出天外的光亮,/人们把它叫做月亮和星星。"[2]

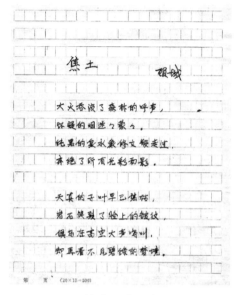

图 5-4 顾城《焦土》手稿,图片取自网络

顾城无论对自身、自然还是人际关系,都有着敏锐的感知力,这使他早期的许多小诗完全超脱时代氛围,体现出对生活世界细微处的观察。如他的名作《远和近》(1980):

你/一会看我/一会看云//我觉得/你看我时很远/你看云时很近[3]

和卞之琳的《断章》一样,这首诗处理的也是"你"和"我"的关系。与《断章》情境的不同之处在于,"我"和"你"之间并非注视者与忽略者的关系。顾城不是缺乏感性的哲理诗人——关于"我"与"你"间微妙的情感连结,

---

[1] 顾工:《寻找自己的梦——顾城和诗》,见《人物》1993年第3期。
[2] 所选版本收于《顾城诗全编》(上卷),第12页。
[3] 同上书,第430页。

他写下过"你还没来 / 我还在等……"(《你和我》，1979) 这样的句子——他感兴趣的显然是亲密关系中微妙的距离感。顾城的小诗非常善于捕捉充满画面感的细节，延展的联想表现的仅是美本身，如本讲开头出现的《弧线》(1980)。质疑历史、审视生活，是朦胧诗人共同的写作主题，顾城也概莫能外。他的小诗《一代人》(1979) 凸显了其对历史的思辨力："黑夜给了我黑色的眼睛 / 我却用它寻找光明"。"朦胧"的语言概括了诗人对历史与现实的感受。与之形成呼应的是舒婷写于次年的《一代人的呼声》，该诗既表示对个人遭遇"伤痕"的谅解，又在结尾以八个"为了……"而"要求真理"，语调的铿锵有致反而不若顾城《一代人》的举重若轻。"黑夜"与"黑眼睛"的意象高度概括了诗人对刚经历过的岁月的感受，他并不否认自己的眼睛也染上黑夜的颜色。深究一下的话，眼睛本该黑白分明，黑夜中生长出的眼睛却只有黑色，大概也只能看见黑色——从黑暗中挣脱，去寻找光明，大概是不容易的。这首诗里既有批判也有微茫的信心，故"受到各界异口同声的赞美"(洪子诚语)。不过，黑夜给予诗人暴力与美的深刻印象，没能仅仅以驯顺方式面对世人，而是在后来以更加复杂的面目出现。

> 我把刀给你们 / 你们这些杀害我的人 / 像花藏好它的刺 / 因为 我爱过 / 芳香的时间 / 矮子 矮子 一队队转弯的队伍 / 侏儒的心 // 因为我在河岸上劳动 / 白杨树一直响到尽头 // 再刻一些花纹再刻一些花纹 / 一直等 // 凶手 / 爱 / 把鲜艳的死亡带来 (《我把刀给你们》，1986)[1]

《一代人》虽然个性十足，事实上仍是以善意为时代代言。《我把刀给你们》对暴力、死亡与爱的关系之表达则更为个人化。"我把刀给你们"的原因很

---

[1] 所选版本收于《顾城诗全集》(下卷)，第284页。

简单，就像北岛所说"一生中／我曾多次撒谎／却始终诚实地遵守着／一个儿时的诺言／因此，那与孩子的心／不能相容的世界／再也没有饶恕过我"（《结局或开始》）。"我"爱过"芳香的时间"；"我""在河岸上劳动"，这多像孩子般单纯的生活世界。而这就是"我"终将被"杀害"的原因。死亡与"爱"如宿命般一齐降临，死亡是对爱的惩罚，但又是不失其"鲜艳"的唯美。看似矛盾又晦涩的表达，源于诗人内心世界的复杂；美与暴力之间或平衡或失衡的主题，始终在他某些诗里若隐若现。顾城是人们公认的"童话诗人"，坚持"诗就是理想之树上，闪耀的雨滴"，诗人"要用心中的纯银，铸一把钥匙，去开启天国的门"[1]。这集中体现在著名的《我是一个任性的孩子》（1981）里，该诗简直是把《一代人》"寻找光明"的理想具体描绘了出来：

也许／我是被妈妈宠坏的孩子／我任性／／我希望／每一个时刻／都像彩色蜡笔那样美丽／我希望／能在心爱的白纸上画画／画出笨拙的自由／画下一只永远不会／流泪的眼睛／一片天空／一片属于天空的羽毛和树叶／一个淡绿的夜晚和苹果／／我想画下早晨／画下露水所能看见的微笑／画下所有最年轻的／没有痛苦的爱情／画下想象中／我的爱人／她没有见过阴云／她的眼睛是晴空的颜色／她永远看着我／永远，看着／绝不会忽然掉过头去……／我在希望／在想／但不知为什么／我没有领到蜡笔／没有得到一个彩色的时刻／我只有我／我的手指和创痛／只有撕碎那一张张／心爱的白纸／让它们去寻找蝴蝶／让它们从今天消失／／我是一个孩子／一个被幻想妈妈宠坏的孩子／我任性[2]

---

[1] 顾城：《学诗笔记》，收于《顾城弃城》，北京：团结出版社1994年版，第22页。
[2] 所选版本收于《顾城诗全集》（上卷），第674—677页。

这首诗仍延续《一代人》治愈"伤痕"的主题。诗人给自己一个身份——"被妈妈宠坏的孩子",但第一节"也许"这个领起全篇的开头,好像又在推敲下面举动究竟是出于"任性"还是认真的。下文的逐渐展开的确如童话般明媚,但也伴随驳杂的阴影,这些阴影不仅属于历史,也属于个人生活:"画下想象中/我的爱人/她没有见过阴云/她的眼睛是晴空的颜色/她永远看着我/永远,看着/绝不会忽然掉过头去"。如果说"画下"本身就是"任性"的理想主义行为,诗人毫不晦涩的表达最后也只能回到真实:"但不知为什么/我没有领到蜡笔/没有得到一个彩色的时刻"。严肃地看,这种对现实的失望与北岛诗里"我"与"世界"的分裂,并不完全是一回事。这里有诗人敏感的生活态度与审美态度的影子。他的对策是毁灭这不完美的"世界":"我只有我/我的手指和创痛/只有撕碎那一张张/心爱的白纸/让它们去寻找蝴蝶/让它们从今天消失。""撕碎"这动作充满暴力色彩,与诗人"任性孩子"自命的身份不符,与这首诗"童话"的性质也不符。舒婷曾有一首写给顾城的诗《童话诗人——给G·C》(1980):

> 你相信了你编写的童话/自己就成了童话中幽蓝的花/你的眼睛省略过/病树、颓墙、锈崩的铁栅/只凭一个简单的信号/集合起星星、紫云英和蝈蝈的队伍/向没有被污染的远方/出发//心也许很小很小/世界却很大很大/于是,人们相信了你/相信了雨后的松塔/有千万颗小太阳悬挂/桑椹、钓鱼竿弯弯绷住河面/云儿缠住风筝的尾巴/无数被摇撼的记忆/抖落岁月的尘沙/以纯银一样的声音/和你的梦对话//世界也许很小很小/心的领域很大很大[1]

作为好友与同代人,舒婷对顾城的观察是到位的,他的"童话"书写其实是

---

[1] 所选版本收于《舒婷的诗》,第221页。

对"病树、颓墙/锈崩的铁栅"代表的现实的"省略",这种"省略"又提醒着对现实的指认:"只凭一个简单的信号/集合起星星、紫云英和蝈蝈的队伍/向没有被污染的远方","没有被污染的"只存在于看不见的"远方",对远方的期待多高,对眼前的失望就多深。《我是一个任性的孩子》对爱人眼睛的描写叫人想起戴望舒早年《我的恋人》中的句子:"她有黑色的大眼睛,/那不敢凝看我的黑色的大眼睛",较之戴望舒,顾城对感情的要求更高,要爱人"永远看着我","绝不会忽然掉过头去"。当诗人认真把生活当成诗来对待时,他没法同时处理现实

图 5-5　福建人民出版社 1982 年版《舒婷、顾城抒情诗选》封面

与理想的不平衡,于是危机不时袭来,在他的诗里表现为较之同代诗人更多的彷徨感。舒婷以"童话"冠名的还有一首《小渔村的童话》:"我的童话是一张白纸。/你小心地折起它,对我说:/我要还给你一首诗。/从此我常常猜想:/在你温柔的注意中/有哪些是我忽略过的暗示?……我们已共同完成了/那首诗。"诗人以一种平和的心态去"猜想"爱人,并耐心地追索"暗示"。舒婷在诗里表现出对爱情更多耐性和温柔,她和爱人"已共同完成"的反而不是"诗",是生活。无论是北岛执着于批判和启蒙,还是舒婷细心地弥合与"放下",都表现出他们在诗人心理上面对现实的成熟与平和态度,顾城则不然,他的世界常是分裂与彷徨的,"没有被污染的远方"并不容易抵达,他始终在"寻找一盏灯"——"……你说/它就在大海旁边/像金桔那么美丽/所有喜欢它的孩子都将在早晨长大//走了那么远/我们去寻找一盏灯"(《我们去寻找一盏灯》,1980),童话般的意象伴随着寻觅者的坚持。又如

《分布》(1983)中的焦虑感：

> 在大路变成小路的地方／草变成了树林／／我的心荒凉得很／舌头下有一个水洼／／影子从他们身体里流出／我是从一盏灯里来的／／我把蟋蟀草伸进窗子／／眼睛放在后面，手放在街上[1]

"和你的梦对话"的诗人不得不面对孤独与茫然，"大路变成小路"，"草变成了树林"，都是童话中的梦魇，视线被挡住，道路分岔纵横，路该如何走呢？"舌头下有一个水洼"，有点"超现实"的意思，这是诗人面对世界独特的姿态——"水洼"是他自造的，可以安慰内心的"荒凉"；且仅仅是"水洼"而已，不是磅礴的汪洋。"影子从他们身体里流出／我是从一盏灯里来的"，"他们"是谁，可以保留各种理解，但"他们"毕竟并非光源，可"我"是——"我是从一盏灯里来的"。"我"以与世界的区别表达了一点骄傲，但与众不同的骄傲是危险的，"我把蟋蟀草伸进窗子／／眼睛放在后面，手放在街上"，眼睛必须"放在后面"，好有所警惕。"我"的精神世界是分裂的。"童话"可以缓解焦虑，爱情也可以，甚至那知道而从未抵达的"外面"的世界也行。顾城1987年才首次出国，他对位于远方的"外面"世界的期待显然曾经很高：

> 也许，我是盲人／我只能用声音触摸你们／我只能把诗像手掌一样张开／伸向你们／我大西洋彼岸的兄弟／红色的、淡色的、蓝色的、黑色的／我大西洋彼岸开始流泪的花朵／／那声音穿越了无限空虚（《也许，我是盲人》，1983）[2]

---

[1] 所选版本收于《顾城诗全集》(下卷)，第82页。
[2] 同上书，第58页。

"也许，我是盲人／我只能用声音触摸你们／我只能把诗像手掌一样张开／伸向你们"，面向更广阔的地理与文化空间，诗人抱以热情的期待。"我大西洋彼岸的兄弟／红色的、淡色的、蓝色的、黑色的／我大西洋彼岸开始流泪的花朵"，中国毗邻太平洋，大西洋两岸分别是新旧大陆。诗人也许并非是暴露地理知识盲点，而是将"穿越无限空虚"的希望寄托于文化的异乡。"拜占庭""维多利亚的丛林"等不时出现在诗里的地名，大概也说明一些问题。1988年1月21日，顾城在经过一年海外辗转后，移居新西兰，并在同月写下《墓床》：

> 我知道永逝降临，并不悲伤／松林中安放着我的愿望／下边有海，远看像水池／一点点跟我的是下午的阳光∥人时已尽，人世很长／我在中间应当休息／走过的人说树枝低了／走过的人说树枝在长[1]

顾城好像早就预见到自己的去国，在《假如……》（1981）里，他说："假如钟声响了／就请用羽毛／把我安葬／我将在冥夜中／编织一对／巨大的翅膀／在我眷恋的祖国上空／继续飞翔"，离别的意象与家国情怀，就这么以表达死亡的方式怪异地组织到一起。而在异国新生活开始之时，诗人又一次以死亡意象书写疲惫。相较于《我是一个任性的孩子》，《墓床》没有用"也许"的虚拟来加以限定，而是以预言口气开头："我知道永逝降临。"以墓为床，并不仅是经验意义上的悲观，更多是逃离后释然的姿态。"人时已尽，人世很长"颇有些放下此前承载诸多重担的意味。"走过的人说树枝低了／走过的人说树枝在长"，观点的歧异与外界的纷扰，都被"我"以"墓床"的休憩隔离掉。在朦胧诗人中，相对而言承担社会主题最少的顾城，

---

[1] 所选版本收于《顾城诗全集》（下卷），第390页。

其实精神重担是最为沉重的，他没法选择一个较为舒适或较为坚决的生存立场，我们只能理解为这更多是由诗人自身个性所决定的，这结局仿佛如童年的"火焰是我们诗歌唯一的读者"那句话般早已注定。

杨炼的父亲是1950年我国派驻西欧的首批红色外交官之一。1955年，杨炼生于瑞士，1956年随卸任回国的父亲和家人回到北京，1974年高中毕业后，在昌平县插队，之后开始写诗，并成为《今天》杂志主要作者。在朦胧诗初始阶段，以新诗表达对时代与生活的个人化感受，在北岛、舒婷、顾城等人的作品里，是一个非常清晰的审美取向。杨炼的创作则与此有别，他同时也致力于表现民族与时代的"史诗"，如长诗《诺日朗》(1983)、《敦煌》(1985)、《自在者说》(1986) 等。这些诗往往取材自宏大文化意象乃至传统经典，其目的在于以个人眼光从对文化根脉探寻中，获得对历史与现实更深刻的全景认知。这些诗大部分结构繁复庞杂，意象密集晦涩，甚至需要诗人自己做出注解，体现了诗人渊博的知识视野与庞大雄心。写于1980年代初的《与死亡对称》，由《地·第一（他：商纣王）》《地·第二（他：秦始皇）》《山·第一》《地·第四》等16首诗组成，诗人在诗前解释道，此诗"为以《易经》作结构的一部大型组诗之第二部分"[1]。整首诗在形式上由分行自由诗、不分行散文诗，以及两者结合体组成，在形式上进行了相当大胆的实验。诗中不时迸发出诗人的历史思考和现实反刍，如《地·第二（他：秦始皇）》的开头：

  蝎子出没的道路与狼嚎的暗绿色
   自我阉割的男人与繁殖狂的风
   依山起伏 墙 列戟
   丛生腹地

---

[1]"第一部分"为前述《自在者说》。

窃窃私语策划黑夜的深度

多年了，他忧心忡忡拨开沙枣和红柳

剑气如虹腰斩大漠，飘飘一顶阳光的伞盖

他梦见高耸箭楼上无常的食肉鸟

棉絮抖动，勤勤恳恳的虱子

那小小刺客一群群疯了毁了英雄的一生

又远又可笑　　：秦王扫六合

　　　　　　　虎视何雄哉

石头是冠冕　而众星为低

连绵的景致　正午太阳杀人的秘密

一条紫红色的河垂直落下使目光一触即溃……[1]

  对历史题材的关注、提炼与重新解读，让人想起吴兴华1940年代中后期创作的"古题新咏"长诗，但与后者不同，杨炼的写作不似吴兴华式的整饬与谨慎，在面对历史时，他的气血更加旺盛，句子散而不乱，以各式的错行、空格及不规整的节奏，试图创造一种重读文明的气魄。历史细节与古典诗文，如"列戟""小小刺客""秦王扫六合""始皇死而地分"等，结合不无现实感的描述，让历史重新焕发阴森而悲壮的生机。与其他朦胧诗人相似的是他对意象更为晦涩的使用与经营，"石头是冠冕　而众星为低／连绵的景致　正午太阳杀人的秘密"，"而水银之月干了碎了／像塌陷的胸骨／影子伛偻的太阴历已绕过毒箭／溜进来　读　病与年轮"，这些摆脱堂皇的正史叙述的遣词造句，使被叙述的历史场景产生了陌生化效果。杨炼"史诗"中生涩而凝练的语言，很容易唤起我们对李金发诗的印象，像"蝎子出没的道路与狼嚎的暗绿色／自我阉割的男人与繁殖狂的风"，或"两只野

---

[1] 所选版本收于《五人诗选》，第42—44页。

兽，以走投无路的血相识/两双长长的手臂使岩石遍萌绿叶/死，降入生者的皮肤/旋转 透明 象耳鼓深处的音乐"（《山·第一》）。再对比一下李金发《弃妇》里的句子："长发披遍我两眼之前，/遂割断了一切羞恶之疾视，/与鲜血之急流，枯骨之沉睡"，或"靠一根草儿，与上帝之灵往返在空谷里。/我的哀戚惟游蜂之脑能深印着……"。这些充满创造力又不无晦涩感的句子，也侧面说明中文新诗传统在以一种自然方式传承。杨炼的诗，往往有着宏大的气魄与野心，但具体细节处也不难理解诗人的用心所在，如《敦煌》组诗中的《菩萨》：

> 完美的裸体/被成千上万不信神的目光/强奸//心中之佛/像一笔所有人都有争夺的遗产/早已残缺不全//手合十/任尘封的夕阳写出/一个受难的典故//然而，你还是你/歌留给嘴唇，舞蹈留给风/荒野的清凉，总一样新[1]

诗中有对人性甚至"信仰"本身的冷嘲，赞扬美好事物的韧性、其对时间强大的抵抗力，对愚昧传说的轻蔑："然而，你还是你/歌留给嘴唇，舞蹈留给风/荒野的清凉，总一样新"，某种意义上，这样的作品仍体现着朦胧诗中不时浮现的英雄主义情结。

江河与杨炼都是最早在"史诗"创作上发力的朦胧诗人。江河原名于友泽，1949年生于北京。"和北岛一同出发的江河，走向了相反的方向。在和自己的同辈一起接受了西方现代主义文学的'世界性的诱惑'之后，他较早地带着自己批判性的历史反思归回东方"[2]。江河写于朦胧诗时代的组诗《土地》《太阳，每天都是新的》等，多少都反映出诗人与杨炼类似的雄心，以

---

[1] 所选版本收于伊沙编：《被遗忘的经典诗歌》（下卷），西安：太白文艺出版社2005年版，第60页。
[2] 任洪渊：《当代诗潮：对西方现代主义与东方古典诗学的双重超越》，见《文学评论》1988年第5期。

自我感受来返观历史、探寻民族文化根脉。这种追求背后是朦胧诗人集体拥有的时代责任感与启蒙意识。《太阳和他的反光》(1985) 完成于朦胧诗已经退潮,"第三代"诗人崛起的年代,其中包含"追日""射日""填海"等诗章,取材自中国古典神话。诗人醉心于对神话的重述、解构与审视,写英雄的失败与光荣,如《追日》:

> 上路的那天,他已经老了/否则他不去追太阳/上路那天他作过祭祀/他在血中重见光辉,他听见/土里血里天上都是鼓声/他默念地站着扭着,一个人/一左 一右 跳了很久/仪式以外无非长年献技/他把蛇盘了挂在耳朵上/把蛇拉直拿在手上/疯疯癫癫地戏耍/太阳不喜欢寂寞//蛇信子尖尖的火苗使他想到童年/蔓延地流窜到心里//传说他渴得喝干了渭水黄河/其实他把自己斟满了递给太阳/其实他和太阳彼此早有醉意/他把自己在阳光中洗过又晒干/他把自己坎坎坷坷地铺在地上/有道路有皱纹有干枯的湖//太阳安顿在他心里的时候/他发觉太阳很软,软得发疼/可以摸一下了,他老了/手指抖得和阳光一样/可以离开了,随意把手杖扔向天边/有人在春天的草上拾到一根柴禾/抬起头来 漫山遍野滚动着桃子[1]

"上路的那天,他已经老了/否则他不去追太阳/青春本身就是太阳",诗的第一句就饱含弹性,这弹性来自对"追日"过程的颠覆性描述。夸父追日的故事,在《山海经》中是神秘的,体现出原始生命的扩张与野性:

> 夸父与日逐走,入日。渴欲得饮,饮于河渭;河渭不足,北饮

---

[1] 所选版本收于《五人诗选》,第 142—143 页。

大泽。未至，道渴而死。弃其杖，化为邓林。[1]

江河诗里的夸父与《山海经》中一样狂热而疲惫，但追日不再是与自然竞争，而是为追赶太阳所象征的青春与生命。诗中夸张地描写夸父对太阳的崇仰和向往，他"疯疯癫癫地戏耍"不过因为"太阳不喜欢寂寞"。《山海经》中"饮于河渭"的气魄被重述为某种类似献祭的行为："其实他把自己斟满了递给太阳。"诗人动情地描写夸父的倒下："他发觉太阳很软，软得发疼/可以摸一下了，他老了/手指抖得和阳光一样/可以离开了，随意把手杖扔向天边。"诗人所颠覆的是神话的神秘面纱，以现代观念去理解祖先的生命意识，并试图在当下唤醒远古的执着。"有人在春天的草上拾到一根柴禾/抬起头来 漫山遍野滚动着桃子"，他死前"扔向天边"的手杖在春天被人拾起，文明以温柔而有力的形式被遗留给后人。

与他的神话史诗创作不同，江河的抒情诗具有朴素的风格，感觉敏锐而个人化，且没有同辈那种为"一代人"代言的口气，如《室内》（1983）：

桌上筐子里苹果不做声/绿得发愣，白霜/留着她自己的手印/很细致/纹路清晰边缘模糊/窗帘垂得整齐/从上到下宽宽窄窄/皱褶整齐地垂着/吊兰弯出盆边弯出盆边/悬空的小扫帚、刷子//床单皱了拉平又皱了/墙上羚羊角对着她/角尖弯回去/开门声/会和昨天一模一样[2]

"语言的静物画和室内乐（题目就先让你有了这两种联想），清晰、精确，客观到连屋子的主人也只是以第三人称在宾语里出现"[3]，由两节提及的

---

[1]［晋］郭璞、［清］郝懿行笺疏：《山海经笺疏》，北京：中国致公出版社2016年版，第321页。
[2] 所选版本收于《五人诗选》，第104页。
[3] 陈东东：《更深的杨炼》，见《收获》2018年第4期。

人称"她",可以看出诗的主角是一位女性,她仿佛是生活的守护者,也是守望者,等待着爱人每日的归来。《室内》以不张扬的暗示使其与理想主义喧闹拉开距离,却不乏对静谧生活的热爱。又如《四月》,捕捉的是琐碎日常中不易为人察觉的浪漫:

> 花朵突然收复了春天 / 一个男人和一个女人 / 眼光,飘到一起 / 过路人没去注意 / 他俩已木然开放 / 和平也来得如此刺激、慌乱 // 脸边没有蜜蜂 / 风尘仆仆的装束 / 粗笨地戳在草地 / 两只晒裂的蜂箱 / 好像有细微孵化声 / 滚落到嘴上 // 春天轰鸣人变得脆弱 / 什么能比家令人心碎 / 酒盅、盆和碟子 / 墙角新买来金黄的扫帚 / 儿子弄脏玻璃,又擦 // 四月难于开口 / 四月,别作声 / 四月花开得那样静穆 / 这似乎是以后的事儿 / 等风吹过去 / 树枝把春天稳住[1]

诗的主角是"一个男人和一个女人","儿子"的存在标志着这是一个完整的家庭。现实中的家庭生活充满各种暗流与波折:"春天轰鸣人变得脆弱 / 什么能比家令人心碎 / 酒盅、盆和碟子 / 墙角新买来金黄的扫帚 / 儿子弄脏玻璃,又擦","和平也来得如此刺激、慌乱",意味着此前及此际发生在两个人之间的"战争"。然而"花朵突然收复了春天",他们的"眼光,飘到一起",春天隐喻激情的再次悄悄归来,这一切发生得那么自然而隐秘,以至于"过路人没有去注意 / 他俩已木然开放"。诗人把激情暗示为花朵"开放","木然开放",甚至蜜蜂也未被这开放吸引,而"两只晒裂的蜂箱"也孕育新的激情——"好像有细微孵化声 / 滚落到嘴上"。像一曲纯净而生活化的小品,代表春天的四月"难于开口",也"别做声",不过,"等风吹过去 / 树枝把春天稳住",生活波折过后爱情仍会回来。"从江河的写作里,沁出了一股后

---

[1] 所选版本收于《五人诗选》,第93页。

来几成时潮的'生活流'诗歌……不仅发那一路诗歌之先声,而且是那一路诗歌里小小的杰作。"(陈东东语)

芒克,本名姜世伟,1950年生于沈阳,1956年全家迁到北京。1969年到河北省白洋淀插队。1978年底与北岛共同创办文学刊物《今天》。在白洋淀诗人群和朦胧诗人中,芒克都是重要成员。芒克最早的诗多少看得出1949年后诗歌传统影响的痕迹:

> 你们好!渔家兄弟/一别已经到了冬天/但和你们一起度过的那个波涛的夜晚/却使我时常想起//记得河湾里灯火聚集/记得渔船上话语亲密/记得你们款待我的老酒/还记得你们讲起的风暴与遭遇……(《致渔家兄弟》,1971)[1]

流畅的回忆色彩,整饬而押韵的诗行,以叙事为根基去抒情,都让人想起郭小川、李瑛那些朴素的抒情诗。区别在于,芒克抒发的是个体间的感情,并未试图将之升华为集体性颂歌。在朦胧诗集体抒情的时代,芒克也有从个人角度为群体代言的作品:"我想把我放进每一个沉睡的家园/我愿去做人们的眼睛和耳朵//我想让我走进每一处劳动的人群/我愿成为他们的力量和手//我想把我变成每一种语言/我去做所有人的声音//我想我若能深入到人民的心里/我就去做你们的歌。"(《大地的农夫》,1976)这样更具普世色彩的、表达对人民热爱的诗,可能比舒婷稍显吃力地去承担重大主题的那些作品,更为自然质朴。而当芒克以这种质朴诗风涉及类似北岛某些诗的现实题材时,也有着简练与紧张的锋芒:

> 太阳把它的血液/输给了垂危的大地/它使大地的躯体里/开

---

[1] 所选版本收于《芒克集1971—2010》,北京:作家出版社2017年版,第6页。

> 始流动阳光/也使那些死者的骨头里/长出绿色的枝叶/你听，你听到了吗/那些从死者骨头里伸出的枝叶/在把花的酒杯碰得丁当响/这是春天（《春天》，1983）[1]

如果说《春天》的前四句写的是"希望"与复苏，随之而来的三句写的则是令人不安的回望。的确，太阳可以复苏大地，春天可以再回来，但这"光明"也是以牺牲者的生命为代价和来滋养的。"你听，你听到了吗/那些从死者骨头里伸出的枝叶/在把花的酒杯碰得丁当响"，有一种怪异而真实的美感。结句"这是春天"至少并非单纯的讽刺，它在提醒人们"光明"的沉重，以及不要只记住"黎明的曙光"而忘记过去的不堪。对此，芒克还有更激烈的作品，包含希望与绝望、光明和恐怖交织的梦魇：

> 这是在蓝色的雪地上/这是在一片闪着光/犹如火焰般的雪地上//你终于触摸到了黎明/它那乱蓬蓬的头发/和它那冰冷的手//这是在蓝色的雪地上/这是在一片奔跑着/象狼群一样狂风的雪地上//你猛地发现/你所寻找的太阳/它那血肉模糊的头/已被拧断在风雪中（《这是在蓝色的雪地上》，1983）[2]

芒克的诗风有着超现实的一面，善于以夸张、变形表现对生活和历史的荒诞感受。"蓝色的雪地""火焰般的雪地"都故意悖谬于常识，让"寻找黎明"这件事有了令人不安的品质。被触摸到的"黎明"不再代表希望与温暖，而是"狼群般"有着"乱蓬蓬的头发"和"冰冷的手"。与《春天》里"太阳"至少还能以输血来唤回残破的春天不同，这里的太阳被施加以暴力，仿佛是

---

[1]所选版本收于《芒克集1971—2010》，第93页。
[2]同上书，第121页。

一场噩梦的终点。其中蕴含的野性和暴力叫人想起另一位朦胧诗人黄翔的《野兽》(1968)："……我的年代扑倒我 / 斜乜着眼睛 / 把脚踏在我的鼻梁架上 / 撕着 / 咬着 / 啃着 / 直啃到仅仅剩下我的骨头 // 即使我只仅仅剩下一根骨头 / 我也要哽住我的可憎年代的咽喉"，比较两首诗还是可以看出对时代感受的差异，在芒克的诗里，感受主体是"你"，《野兽》的感受主体是"我"。同为孤独者的梦魇，《野兽》中最鲜明的是倔强的个人英雄主义色彩，芒克的诗则是对历史局部做出的富于概括力的形象描述。

芒克的另一面则是感性与温暖。这种感性可以从他对生活随和的态度中看出。"芒克"，据说就是他的朋友北岛取自英文"猴子"(Monkey)，被他认作笔名。在另一位白洋淀诗人林莽的回忆中，1974年，知青们都忙于回城，可是"芒克正准备与一位农村的姑娘结婚，根本不想回北京。芒克在我印象中一开始就是这样一个人，一个任性地生活与写作的人。他不受他人的影响，更不为功利所惑，生活、爱似乎就是生命中的一切"(林莽:《芒克印象》，1995)。芒克在白洋淀时代的大部分写作就体现出这一点。不像根子的诗那么晦涩，芒克的早期创作往往表现的是对自然、对日常生活的美好想象。他的爱情诗明晰而温柔："难道就不能让我们亲近点儿 / 难道就不能让我看见你绯红的笑脸 // 瞧，那里落满了晚霞 / 那里遍地都是花瓣"[1]；有时又焕发着大胆的乃至触犯时代禁忌的"野性"："当然了 / 爱你的人 / 对你一定有所要求 / 即使你穿上天的衣裳 / 我也要解开那些星星的纽扣"(《心事·11》)。他的感性与爱也可以用一种朴素的语言和感受，表达更具普泛意义的感情与省思：

> 看着你们可爱的长满一地 / 并对着我张开花瓣似的小手 / 我简直羞愧得无地自容 / 因为，我的确给不了你们什么 / 我既不是太阳，做你们的母亲 / 把你们抱在怀里，让你们喝我的奶 / 也不是大地，

---

[1] 林莽:《芒克印象》，见《诗探索》1995年第3期。

能够手托着/白天与黑夜的盘子/把一个个美好的日子给你们端来/我只不过是一个普普通通的人/但虽然是这样，我还是想/就把我给你们吧！就让我/做你们脚下的土壤，我宁愿/让你们成长在我身上，我宁愿/让你们用有力的根茎掏空我的心（《给孩子们》）

这首诗没有任何讽刺与批判，也许其中更多包含的是对"自我"的反省。诗人直面童真与未来，褪去了也许从五四以来就在中国文人身上存在的"我启你蒙"的导师意识，诗人意识到自己的无力，"太阳""母亲"这类已成滥调的修辞被抛弃。他用朴实的语言承认自己的无知无力，可他仍有着自我牺牲的英雄主义，假如无所奉献时，他仍愿将自身化作土壤去献祭。芒克有着清醒的自我担当，保留着同辈人共有的精英情结却自认并非启蒙者。"就让我/做你们脚下的土壤"叫人想起七月诗人鲁藜写于1949年的《我是蚯蚓》："直到我和泥土埋在一起/我又肥沃了泥土"，"化作春泥更护花"的古典意象在不同时代诗人笔下回荡。

梁小斌，安徽合肥人，1954年出生，被认为是可以和五位主要的朦胧诗人并列的"最具魅力的六位先锋诗人"[1]。在朦胧诗人中，梁小斌的作品《中国，我的钥匙丢了》《雪白的墙》《我曾经向蓝色的天空开枪》等诗篇，与北岛的《回答》、顾城的《一代人》和舒婷的《致橡树》一起，被视为展示了一代人的精神伤痕和理想主义探索。与其他同代诗人一样，梁小斌早期诗作表现的也是个人在社会历史变革中复杂的个人意绪。不同于北岛的冷峻，他的风格偏于温暖，在细微日常而更具私人性的意象间展示对历史伤痕的反思，如著名的《中国，我的钥匙丢了》（1979—1980）：

中国，我的钥匙丢了。//那是十多年前，/我沿着红色大街疯狂

---

[1] 徐敬亚：《圭臬之死——朦胧诗后》（上），见《鸭绿江》1988年第7期。

地奔跑,/我跑到了郊外的荒野上欢叫,/后来,/我的钥匙丢了。//心灵,/苦难的心灵,/不愿再流浪了,/我想回家/打开抽屉、翻一翻我儿童时代的画片,/还看一看那夹在书页里的/翠绿的三叶草。//而且,/我还想打开书橱,/取出一本《海涅歌谣》,/我要去约会,/我向她举起这本书,/作为我向蓝天发出的/爱情的信号。//这一切,/这美好的一切都无法办到,/中国,我的钥匙丢了。//天,又开始下雨,/我的钥匙啊,/你躺在哪里?/我想风雨腐蚀了你,/你已经锈迹斑斑了。/不,我不那样认为,/我要顽强地寻找,/希望能把你重新找到。//太阳啊,/你看见了我的钥匙了吗?/愿你的光芒,/为它热烈地照耀。//我在这广大的田野上行走,/我沿着心灵的足迹寻找,/那一切丢失了的,/我都在认真思考。[1]

诗的开头,"中国,我的钥匙丢了"以一行单列一节,强调了诗人所书写的是朦胧诗里常见的社会剧变带来的历史伤痕。"钥匙"这个含义饱满的日常意象贯穿始终,这把钥匙可以打开抽屉,打开书橱,打开"爱情的信号",但它"丢了"。值得琢磨的是,诗人绝不追究钥匙丢了的责任在谁,他只是以温和的口气关心钥匙本身,以钥匙的丢失比喻理想的失落,隐喻社会波动给一代人留下的精神创伤。但与顾城的《一代人》相似,这首诗也是主张希望的:"我要顽强地寻找,/希望能把你重新找到"。除了"钥匙""红色大街""郊外的荒野""抽屉""三叶草"等富于美感的意象的使用,这首诗的散文化和口语化色彩很明显,它的抒情并不像北岛、舒婷、顾城的作品那么跳跃,从中能看出自郭沫若到艾青发展而来的自由体新诗的影响。梁小斌朦胧诗时代的作品喜用流畅的口语,借助具体的生活场景去表达思想或感情。《中国,我的钥匙丢了》就来自于他的真实经历,一天,他在工厂更衣室换

---

[1] 所选版本收于阎月君等编:《朦胧诗选》,沈阳:春风文艺出版社 1985 年版,第 148—149 页。

衣服时喃喃自语:"我的钥匙丢了。"他一直沉浸在这个意象中,回家路上"甚至觉得车子上的西瓜太沉,妨碍了他思维的运转,顺手就把西瓜扔到了路边的水塘子里"[1]。对此,梁小斌曾说过:"一块蓝手绢,从晒台上落下来,同样也是意义重大的。给普通的玻璃器皿以绚烂的光彩。从内心平静的波浪中觅求层次复杂的蔚蓝色精神世界。"[2]不同于其他诗人作品中典雅精致的措辞和跳动的诗句,梁小斌的诗总是散发着口语的流畅与日常性,如《节奏感》(1979)中:"……我干的是粗活,开着汽锤,/一只悠闲的腿在摆动/而那响亮的汽锤声一直富有弹性和力度/连我的师傅也很羡慕……",这种以口语去表现日常生活场景的作品,一以贯之地体现在梁小斌的写作中,让他的诗和其他朦胧诗人在美学趣味上拉开了距离。

梁小斌的一些作品善于以儿童纯真的视角和语气去书写"伤痕"、介入现实,"在文学荒原上,中国有两个天真的孩子,一个是顾城,一个就是梁小斌"(徐敬亚语)。如《雪白的墙》(1980):

妈妈,/我看见了雪白的墙。//早晨,/我上街去买蜡笔,/看见一位工人/费了很大的力气,/在为长长的围墙粉刷。//他回头向我微笑,/他叫我/去告诉所有的小朋友:/以后不要在这墙上乱画。//妈妈,/我看见了雪白的墙。//这上面曾经那么肮脏,/写有很多粗暴的字。//妈妈,你也哭过,/就为那些辱骂的缘故,/爸爸不在了,/永远地不在了。//比我喝的牛奶还要洁白,/还要洁白的墙,/一直闪现在我的梦中,/它还站在地平线上,/在白天里闪烁着迷人的光芒,/我爱洁白的墙。//永远地不会在这墙上乱画,/不会的,/象妈妈一样温和的晴空啊,/你听到了吗?//

---

[1]见冉茂金、张志勇:《梁小斌:新向度的思考与生活》,《中国艺术报》2008年12月18日。
[2]梁小斌:《我的看法》,收于老木编:《青年诗人谈诗》,北大五四文学社1985年版,第94页。

妈妈，/ 我看见了雪白的墙。[1]

对于1966—1976年以来中国社会发生的波动及对普通人的伤害，诗人以儿童的眼光和感受去理解。根据诗歌提供的情节性线索，我们很容易知道发生了什么，诗里有对语言暴力的揭露："这上面曾经那么肮脏，/ 写有很多粗暴的字"；也有沉重的伤痕："就为那些辱骂的缘故，/ 爸爸不在了，/ 永远地不在了。"孩子纯真的感知和表达与日常化的口语，取代了姿态上不无居高临下的宏大叙事，让朦胧诗的"启蒙"和反思主题有了更多世俗生活气息。在朦胧诗人中，梁小斌最为致力于新诗口语化与日常化，越到后来，他的创作越发舍弃了敞亮的歌咏语调与意象雕琢，日常场景更加频繁和随意地被用到诗里。

打家具的人 / 隔着窗户扔给我一句话 / 快把斧头拿过来吧 // 刚才我还躺在沙发上长时间不动 / 我的身躯只是诗歌一样 / 木匠师傅给了我一个指令 / 令我改变姿态的那么一种力量 / 我应该握住铁 / 斧柄朝上 / 像递礼品一样把斧头递给他 / 那锋利的斧锋向我扫了一眼 / 木匠师傅慌忙用手挡住它细细的 / 光芒 / 我听到背后传来劈木头的声音 / 木头像诗歌 / 顷刻间被劈成 / 两行（《一种力量》，1991）[2]

与多多的《手艺》相似，这首诗表达了诗人对诗歌本质的理解。写诗这件事，在这首诗中与日常劳动互相隐喻。诗歌本质上不该是一种姿态——"刚才我还躺在沙发上长时间不动 / 我的身躯只是诗歌一样"，而是一种行动——"我听到背后传来劈木头的声音 / 木头像诗歌 / 顷刻间被劈成 / 两行"，而写作过

---

[1] 所选版本收于《朦胧诗选》，第146—147页。
[2] 所选版本见《诗刊》1991年第9期。

程如劳动一样会焕发出震动人心的光彩，正是在"锋利的斧锋""细细的光芒"映照下，斧子劈开木头的声音才显出绵密的力量，恰如写出一首好诗。每句诗从用词到结构都是口语化的，能够将这一情景表现得细致入微。梁小斌诗中日常细节和口语的大量使用所形成的现场感，多少消解了北岛、舒婷等人作品里的那种凝重和纯正，这使他的创作与后起的"第三代"诗人口语化写作产生了某种共鸣。

第六章
可是还有一个我（1984年以后）

我不骗你，我不是什么诗人／纵然我爱的是白石的坚贞，／青松和大海，鸦背驮着夕阳，／黄昏里织满了蝙蝠的翅膀。／你知道我爱英雄，还爱高山，／我爱一幅国旗在风中招展，／自从鹅黄到古铜色的菊花。／记着我的粮食是一壶苦茶！//可是还有一个我，你怕不怕？——／苍蝇似的思想，垃圾桶里爬。（闻一多：《口供》，1927）[1]

随着舒婷、顾城、北岛等人诗作渐次发表，影响扩大，特别是《朦胧诗选》（阎月君等编，1985）、《五人诗选》（1986）等选集问世，以及学术界对朦胧诗的认可，朦胧诗开始其经典化过程，迄今已成为中文新诗美学原则嬗变过程中不可或缺的标志性存在。不过，即使朦胧诗尚处在"进行时"，新的质疑声浪也出现了，后朦胧诗或曰第三代诗人应运而生。"Pass 北岛"作为一句挑衅的话，后来却成为时髦口号。就社会环境本身，1980 年代以来对朦胧诗人的追随与仰慕几乎是全民性的；后起诗人的创作也并非仅针对朦胧诗人。事实上，恰恰是朦胧诗运动启动了中文新诗"回到自身"的进程。朦胧诗兴盛一时带来的审美潮流，让形式上更具实验性的诗人和新诗的面世获得可能。芒克这位《今天》的创办者之一，与杨炼、林莽、唐晓渡等人在 1988 年组成了"幸存者"诗人俱乐部，就吸纳了海子、西川等"第三代"诗人。后朦胧诗和第三代诗人的称谓是对朦胧诗退潮后登上诗坛的诗人的泛称[2]。第三代诗人作品大多重视对口语、直觉和日常生活的表达，试图在朦胧诗的美学形式和时代代言人角色之外另开多元新路。而海子、骆一禾、戈麦、西川、张枣这样的诗人其实是在朦胧诗追求个人化表达的道路上继续探

---

[1] 所选版本收于闻一多：《死水》，上海：新月书店 1928 年版，第 1—2 页。
[2] "诗人西川的说法是，北岛之前的诗人为'第一代'，以北岛、顾城为代表的'朦胧诗人'为'第二代'，'朦胧诗人'之后出现的为第三代。"（刘春：《生如蚁，美如神——我的顾城与海子》，南京：译林出版社 2013 年版，第 168 页。）

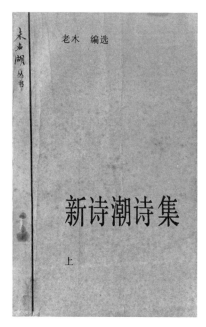

图 6-1　1985 年老木编选《新诗潮诗集·上》封面

索。1990 年代至今，由于社会变革的深化，在更加开放的市场环境与创作条件下，中文新诗写作反而呈现式微之势。很多知名诗人如西川、王家新、韩东、于坚、翟永明、陆忆敏、陈东东、孙文波等延续他们 1980 年代开始的写作，也有新的诗人出现，如郑小琼这样的"打工诗人"、马雁这样出身学院的诗人以及余秀华这样成为新世纪诸多"网红"现象之一的诗人，等等。可以说，读者减少，中文新诗不复成为人们视野的焦点，但新诗的存在与发展仍有其自身规律与意义："在当今的时代，诗这种超越性的、整合性的力量，刚好在大众文化领域里表现为它的边缘化。当意义体系和价值标准极不稳定，它并没有被新兴的媒介排挤到一个平面的边缘，而是变成了金字塔的底座。没有诗，情况会更糟。"[1]

台湾诗人洛夫说过："从某种意义上讲，台湾诗人往往趋于'晚成'，而大陆诗人往往'早慧'。"(《镜中之象的背后》，2008) 此言用于评价海子，可说是非常准确的。**海子**（1964—1989），本名查海生，安徽怀宁人。15 岁考入北大法律系，1982 年开始写诗[2]，到 1989 年去世时，完成了三百多首抒情诗和十部长诗，其中七部被"归入《太阳》，全书没有写完，而七

---

[1] 王敖：《读诗的艺术·译者序》，收于〔美〕哈罗德·布鲁姆等著、王敖译《读诗的艺术》，南京：南京大学出版社 2010 年版，第 2 页。
[2] "海子大概是在大学三年级时开始诗歌创作的。"（西川：《怀念》，收于西川编：《海子诗全集》，北京：作家出版社 2009 年版，第 10 页。）

部作品有主干性，可称为《太阳·七部书》[1]（1989）[2]。按照海子的说法，"诗有两种：纯诗（小诗）和唯一的真诗（大诗），还有一些诗意状态"[3]。他的写作越往后越追求完成"大诗"——写作"大诗"，被他认为是"一个死里求生的过程"。他的朋友、诗人骆一禾对海子未完成的《太阳·七部书》评价甚高，称这部史诗"不惟是海子生与死的关键，也是他诗歌的独创、成就和贡献"。但让海子在身后获得广泛名声的，的确是他的抒情诗，海子"以他脱离于一个时代群体诗歌方式之外的卓越的抒情短诗，活在一个时代的诗歌记忆中"[4]。海子则对抒情诗这个表达形式并不满意："写诗并不是简单的喝水，望月亮，谈情说爱，寻死觅活"，所以，他大部分抒情诗创作是为完成"大诗"所做的准备；而另一部分抒情诗则可视作他在"把自己从自我中救出来"过程里的精神反刍。作为第三代诗人，海子诗歌的情感形态与表达形式都与朦胧诗人们差异很大。譬如"星星"意象，在朦胧诗人笔下广泛用作黑暗中的光明象征，在海子笔下，星星依然是光明的，但呈现方式却更加个人化："虽说一个断臂的人／不能用手／却可以用牙齿／和嘴唇打开我的诗集——／那是在大火中／那就是星"（《星》，1988）。又如写得较早的《秋天》（1984）：

> 秋天红色的膝盖／跪在地上／小花死在回家的路上／泪水打湿／鸽子的后脑勺／／一位少年去摘苹果树上的灯／／植物没有眼睛／挂着冬天的身份牌／一条干涸的河／是动物的最后情感／／一位少年人去摘苹果树上的灯／／我的眼睛／黑玻璃，白玻璃／证明不了什么／秋

---

[1] 骆一禾：《海子生涯（1964—1989）》，收于《海子诗全集》，第2页。
[2] 在2009年版《海子诗全集》中，编纂者西川将海子作品分为六编，第一编和第三编分别为1983—1986年和1987—1989年的短诗，第二编为写于1984—1985的长诗《河流》《传说》和《但是水、水》，第四编为长诗《太阳·七部书》，第五、第六编为文论和补遗。
[3] 海子：《动作（〈太阳断·头篇〉代后记）》，收于《海子诗全集》，第1037页。
[4] 燎原：《海子评传》，海口：南海出版公司2001年版，第277页。

> 天一定在努力地忘记着 / 嘴唇吹灭很少的云朵 // 一位少年去摘苹果树上的灯[1]

《秋天》有着鲜明而洗练的意象运用，这一点很像朦胧诗人。但与后者不同，海子诗的表达更具思维跳跃性，诗意不易即时领会。诗的第一节，"秋天红色的膝盖 / 跪在地上"把秋天拟人化，"小花"的死写的是秋天的萧杀，打湿"鸽子的后脑勺"的"泪水"，则属于第二节出现的"少年"。第三节"植物没有眼睛"，让人联想到第一节死在"回家的路上"的小花，它的凋落本身就是凛冬将至的信号——"挂着冬天的身份牌"；"一条干涸的河"承接第一节中少年的泪水，而"动物"其实也指向少年。第五节，"我"拥有眼睛，似乎和"小花""植物"不同，但"眼睛"意象被描述为失去了《一代人》里那种使命感的"黑玻璃，白玻璃"，所以"证明不了什么"。拟人化的秋天再次出现，"我"猜测秋天仿佛自欺地"在努力地忘记着 / 嘴唇吹灭很少的云朵"。这首诗的象征手法使用比较圆熟，秋天、小花（植物）、鸽子和少年（动物）意象有机地贯穿全诗。我们可将《秋天》背景理解为，季节更替下的凋零死亡是生存不可避免的残酷轮替的表征。在古典诗歌里，类似写法并不鲜见——"常恐秋节至，焜黄华叶衰"（汉乐府

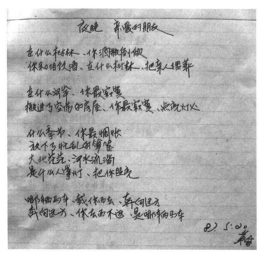

图 6-2　海子手稿《夜晚 亲爱的朋友》，图片取自网络

---

[1] 所选版本收入《海子诗全集》，第 16—17 页。

《长歌行》)。但诗人以"一位少年去摘苹果树上的灯"这样的微弱姿态寻求着某种希望。能够救赎"现实"的唯有脆弱又倔强的对美的寻求。海子本身并不很讲究雕琢语言和意象,"必须克服诗歌的世纪病——对于表象和修辞的热爱,必须克服诗歌中对于修辞的追求,对于视觉和官能感觉的刺激,对于细节的琐碎的描绘——这样一些疾病的爱好"[1]。

海子是从乡村迈入都市的,"村庄"及与其相关的麦子、粮食、土地等抒情主题在海子诗中反复出现。在海子描绘的自画像里,诗人说:"镜子是摆在桌上的/一只碗/我的脸/是碗中的土豆/嘿,从地里长出了/这些温暖的骨头"(《自画像》,1984),他以土豆和骨头自比,骨头是对死亡的隐喻。芒克的《春天》中,"那些从死者骨头里伸出的枝叶/在把花的酒杯碰得丁当响",骨头只是喻指牺牲者,并非直指自身。而《亚洲铜》(1984)里,海子说:"祖父死在这里,父亲死在这里,我也将死在这里/你是唯一的一块埋人的地方"[2],祖祖辈辈在"埋人的"土地里继续滋养土地,长出土豆——粮食,所以海子是以土地及骨头的传人自居的。他忍不住去赞美土地与土地上生长出的爱与死亡:

> 埋着猎人的山冈/是猎人生前唯一的粮食//粮食/是图画中的妻子//西边山上/九只母狼/东边山上/一轮月亮//反复抱过的妻子是枪/枪是沉睡爱情的村庄(《粮食》)[3]

在诗的主体意象"猎人"两边,分别是"世界"与"妻子"代表的世界图景。"西边山上/九只母狼"代表这一侧世界,猎人需要去荒蛮世界打猎;"东边

---

[1]海子:《我热爱的诗人——荷尔德林》,收于《海子诗全集》,第1071页。
[2]据海子在《亚洲铜》一个发表版本上的自注,亚洲铜指的是像铜一样的黄土地,"而海子的老家盛产铜矿,由此我们知道,'亚洲铜'指的是对故乡黄土地的赞美和依恋。"(刘春:《生如蚁,美如神——我的顾城与海子》,第109页)
[3]所选版本收于《海子诗全集》,第77页。

山上／一轮月亮"代表世界那一侧——打猎不仅是为了生存，更是为了爱情。猎人的埋葬地"山冈"是他"生前唯一的粮食"，而"粮食／是图画中的妻子"，一系列纷繁的隐喻转换中，我们大致捋清了发生过什么。猎人为妻子去打猎，死在蛮荒中——也许就是死在母狼的獠牙和利爪下，留在身边图画中的妻子肖像给他以安慰。但海子不是讲一个悲惨故事，他说的是生活的平衡及其代价。猎人为对妻子的爱而战斗，为爱而牺牲。"反复抱过的妻子是枪／枪是沉睡爱情的村庄"，这首诗里，妻子（爱）和枪（守护）成为维系生命意义的两极。"猎人"在海子此后诗中不止一次出现，如在1988年一组诗里："英雄的猎人／拥着一家酒店／坐在白雪中／心中的黑夜寒冷"，猎人如此孤独，可他仍要"在黑夜里为火写诗／在草原上为羊写诗／在北风中为南风写诗／在思念中为你写诗"[1]。

　　海子一再歌唱村庄与普通人，"某种通俗的、朴素的'为民间的生存作证'的语言，成为海子突出的语言风格"[2]，说到村庄时，他的语言平实朴素，近乎民谣："村庄里住着／母亲和儿子／儿子静静地长大／母亲静静地注视／／芦花丛中／村庄是一只白色的船／我妹妹叫芦花／我妹妹很美丽"（《村庄》，1984）但那毕竟是他回不去的乡村，在海子的诗里，静谧的美总伴随生命更替，即使童话世界也没法避免："我的木床上有一对幸福天鹅／一只匆匆下蛋，一只匆匆死亡"（《给安徒生》，1986）。而在另一首同题小诗里，这种平静有了更复杂的象征意味：

　　　　村庄，在五谷丰盛的村庄，我安顿下来／我顺手摸到的东西越少越好！／珍惜黄昏的村庄，珍惜雨水的村庄／万里无云如同我永恒的悲伤（《村庄》，1986）[3]

---

[1] 命名为《冬天》的这组诗由五首短诗组成，此处引用的两首注明了时间地点，分别为"1988.2.10 故乡"和"1988.8.15 日喀则"。
[2] 秦晓宇：《海子：胡汉合流的民族诗学》，收于《新评评论》2009年第2辑，第173页。
[3] 所选版本收于《海子诗全集》，第114页。

用散文式的流畅语言感恩"我"安顿在"五谷丰盛"的村庄的同时，诗人仿佛是希腊神话里会预知不幸的卡珊德拉[1]——"我顺手摸到的东西越少越好"。诗人的"摸到"如果可以理解为"感知"并"写下"的话，我们就不难明白，海子所珍惜的是万物本来就有的样子，"黄昏的村庄""雨水的村庄""万里无云如同我永恒的悲伤"都远比华丽的辞藻与意象更美好。这种对意象和修辞的厌弃，在《日记》（1988）里表现得更为明显：

> 姐姐，今夜我在德令哈，夜色笼罩/姐姐，我今夜只有戈壁//草原尽头我两手空空/悲痛时握不住一颗泪滴/姐姐，今夜我在德令哈/这是雨水中一座荒凉的城//除了那些路过的和居住的/德令哈……今夜/这是唯一的，最后的，抒情。/这是唯一的，最后的，草原。//我把石头还给石头/让胜利的胜利/今夜青稞只属于她自己/一切都在生长/今夜我只有美丽的戈壁　空空/姐姐，今夜我不关心人类，我只想你（1988.7.25.火车经德令哈）[2]

海子分别于1986年和1988年两次赴藏区。"姐姐"是谁并不重要，她是身处远方的无声倾听者。前辈诗人已经宣示了诗人的特权——"我喜欢你，这与你何干？"[3]《日记》完全是直接抒写感情，有着海子的特有风格。德令哈位于柴达木盆地东北边缘，火车继续西行，就进入真正荒凉的戈壁。故德令哈——戈壁——草原尽头的视线描述，既是抒情，也是写实。它暗示了诗人心中的荒芜与无力——"悲痛时握不住一颗泪滴"。"这是唯一的，最后的"句式重复两次，事实上，在诗人心中，此时抒情＝草原——过了德令

---

[1] 卡珊德拉（Cassandra）是希腊神话中特洛伊国王的女儿，遭受"能预示灾难却会被世人漠然置之"的诅咒。
[2] 所选版本收于《海子诗全集》，第487页。
[3] 诗句出自德国女诗人卡森喀·策茨（Kathinka Zitz）的诗《与你何干》（Was geht es dich an）。在中文语境中随歌德小说《威廉·迈斯特的学习时代》的引用为人熟知。

哈草原，就进入诗人隐喻中告别"抒情"的心灵荒漠。但他如此不舍，他说"我把石头还给石头／让胜利的胜利／今夜青稞只属于她自己"，石头和青稞不再是意象，不是任何隐喻，诗人放弃了"言在此而意在彼"的比兴特权，"让胜利的胜利"，让一切都顺其自然生长。至少今晚，诗人不去关心世上的是非与对错，"姐姐，今夜我不关心人类，我只想你"。不得不说，海子虽然在新诗观念和雄心上与朦胧诗人大相径庭，但在以诗歌干预生活的精英主义使命感上，他还在延续前辈们的追求。而这一切，被迅速改变的社会生活所裹挟，无论在生活世界还是精神世界，都对诗人构成着巨大心理压力。也许《面朝大海，春暖花开》（1989）中真的有回归日常的渴望——"从明天起，做一个幸福的人／喂马，劈柴，周游世界／从明天起，关心粮食和蔬菜"，也有着诗人对"陌生人"真心的祝福——"陌生人，我也为你祝福／愿你有一个灿烂的前程／愿你有情人终成眷属／愿你在尘世获得幸福"，但我们首先要知道，对海子来说，"幸福"这个词曾意味着什么："在夜色中／我有三次受难：流浪、爱情、生存／我有三种幸福：诗歌、王位、太阳。"（《夜色》，1988）"流浪、爱情、生存"分别与"诗歌、王位、太阳"对位，再清楚不过地说明诗人精神世界的追求早已蔓延到他的现实生活里。一年以后，海子心里的"幸福"并未改变：喂马，劈柴，周游世界≈流浪、爱情、生存，其实他一直何止"关心"简直热爱着"粮食和蔬菜"——那平凡的日常，他甚至不忍把它们化为意象和隐喻。但海子毕竟说出"我只愿面朝大海"，海子的大海是抽象的，没有如郑愁予《如雾起时》自大海归来，而是选择背对着"春暖花开"的红尘。当海子选择大海时，并非骄傲地觉得"陆上太贫瘠，陆地上收获的尽是些苍白的回忆"而去"海上去搜集风雨的语言，云雾的形象"[1]。他热爱而非厌恶着人民，"中国器乐用泪水寻找中国老百姓"（《中国

---

[1] 出自洛夫《向海洋——送张默出发海上》，收于《洛夫诗全集》，南京：江苏文艺出版社2013年版，第31—33页。

器乐》，1984），海子温暖的诗句是对世界和人民质朴又温暖的祝福——"如今我长得比雷锋还大/村庄中痛苦女神安然入睡/春天的一生痛苦/他一生幸福"（《秋日想起春天的痛苦 也想起雷锋》，1985；1987）。如西川所说："每一个接近他的人，每一个诵读过他的诗篇的人，都能从他身上嗅到四季的轮转、风吹的方向和麦子的成长。"

西川是"80年代中期以来中国最认真、最执着的写诗者中的一个"[1]，西川本名刘军，1963年生于江苏徐州，1985年毕业于北京大学英语系。1982年，西川加入北大五四文学社，结识诗人骆一禾，并接触到北岛等人主编的《今天》杂志。1985年，诗人老木编选的《新诗潮诗集》选录他的《秋声》和《烛光》两首诗，他的作品和朦胧诗人们以及他的朋友骆一禾、海子出现在同一套诗集里[2]。《秋声》能看出比较明显的抒情气质和艾青式的散文化咏叹长短句，而《烛光》则显示了他此后延续的诗歌气质中"拒绝青春的抒情"的一面：

> 这是你的习惯/将短短的蜡烛凝视//烛光笼罩着一切/你目力所及的地方//你不用点燃香烟/对着岁月说长道短//（隔壁的傻姑娘在半夜里哭泣）//你那当过水兵的父亲/恐怕又梦见出海巡航//他起伏的梦里没有你/和你憨厚的母亲//你出生在这世上/本不是什么奇迹//（隔壁的傻姑娘在半夜里哭泣）[3]

---

[1] 刘纳：《西川诗存在的意义》，见《诗探索》1994年第2期。
[2] 《新诗潮诗集》出版者为"北京大学五四文学社未名湖丛书编委会"，并非正式出版物。此书在1980年代以来的新诗史上有重要意义，是"当时最具实力的年轻诗人作品的汇展"（崔卫平：《文明的女儿》，收于胡亮编《出梅入夏：陆忆敏诗集1981—2010》，太原：北岳文艺出版社2015年版，第122页。），较早将朦胧诗人与第三代诗人作品收录于同一套诗选，且选录了李金发、戴望舒等人作品为附录，事实上将1970年代末以来的新诗与1949年之前的诗歌传统以及1949年之后台湾地区的诗歌传统接续了起来。九叶诗人唐湜对此表示认可和惊喜："现代诗的开创也并不从今日开始，也还有先行者存在，《新诗潮诗集》就承认了二十个。"（《关于诗歌问题的随感》，见《文学评论》1989年第6期）
[3] 所选版本收于《新诗潮诗集》（下），第659页。

《烛光》采用了中文新诗中相对少见的第二人称视角"你"。在古典文学中,第二人称使用很常见,《诗经》中便有"逝将去女,适彼乐土"之句,唐诗里更多了,如白居易《别州民》:"唯留一湖水,与汝救凶年"——古代诗歌本就有酬唱社交的功能。新诗人里,闻一多《也许》(1926)、孙大雨《招魂》(1931),以及西川自己的《为海子而作》,都是写给"你"的悼亡诗,闻诗和孙诗分别悼念亡女和亡友徐志摩,某种意义上,这类作品仍是一种社交需求的延续。海子诗里的"你"也不罕见,如《给你》(1986)、《给托尔斯泰》(1985)和《七月的大海》等。但海子诗里的"你"与其他新诗人的悼亡诗类似,都有明确的身份,爱人、老乡或托尔斯泰。诗人浓烈的激情盖过了"你","你"是无声的,只有诗人的声音:"我相信有人正慢慢地艰难地爱上我/别的人不会,除非是你/我俩一见钟情"(《给你》)。我们在西川《烛光》里看到的,是诗人滤去主观情绪的冷静口吻,旁观者观察着"你"。凝视烛光是一个沉思的动作,"你不用点燃香烟/对着岁月说长道短",抒情诗的常见套路被诗人喝止。因此,烛光下凝视这个动作本身的意义也可疑起来。"你那当过水兵的父亲/恐怕又梦见出海巡航",父亲也许也是"你"思绪中流过的情感要素之一,但诗人有些恶作剧地告诉"你":"他(父亲)起伏的梦里没有你/和你憨厚的母亲//你出生在这世上/本不是什么奇迹",凝视和烛光中包含的温情色彩就这么被消除了。诗人的匠心还体现在两处括号中全知视角的句子:"隔壁的傻姑娘在半夜里哭泣",它们构成一种杂音,也在消解着"抒情"的意义。这首带有"元诗"色彩的少作,反映了西川一直在意的美学思索之一:"我不满于中国人在日常经验中的满足感。"[1]为了对付已经定型的、成为套路的审美情感,消除追求诗歌趣味性导致的诗歌美学退化,西川进行着严肃的新诗语言探索。

不仅是西川,每一位1980年代诗人都面对着这样的难题,中文新诗经

---

[1] 西川、张旭东:《语言·诗歌·时代》,见《中华读书报》2003年1月22日。

历了半个多世纪的发展,横亘在诗人面前的是"无数条被前人足迹踏熟了的道路。每一条熟路上都陈布着与固定的情感圈相对应的意象圈,一个个一经出现便迅速定型化的意象圈足以有力量销熔一切原本可能属于'新'的意识和感受"(刘纳语)。作为一名知识分子气质浓厚的诗人,西川并不致力于打破既有的语言规范,但他又努力建立起属于自己的词语系列和词语秩序。他的诗里充满箴言式的悖论[1]:"在陆地上书写生命的太阳/也书写下万物的死期"(《方舟》);"我把烟点上,我在风中长时间站立/就像上帝需要肉体的爱情/我想人类最终需要永恒的休息"(《海边的玉米地》)。又如"寻找"这个动作,代表了个体迷惘和求真的精神,朦胧诗人笔下的"寻找"是诗意的,也有着明显的价值诉求:"我寻找着你/在一次次梦中/一个个多雾的夜里或早晨/我寻找春天和苹果树/蜜蜂牵动的一缕缕微风"(北岛:《结局或开始》),在西川笔下,"寻找"返回它本该具有的迷惘与艰难的姿态:

……什么声音千年不化/像海洋上的风暴千年不息/角力的猛犸象在哪一条河流边安卧/睡成煤?呵,不存在的矿工/我要你不曾有过的矿灯……(《寻找海洋》)[2]

对于写作这件事本身,诗人亦以独特的、日常化又不乏思辨的语言发出自己的声音:

听着窗外的大雨/我写下高山、峡谷/我占有它们//我写下高地上的麦田/——不能没有乌鸦/我驱逐稻草人//但我手无寸铁/我用语言工作/我必须把字迹写得清晰//窗外的大雨模糊了一切/我

---

[1]"对箴言语体的迷恋,在西川的写作中是一以贯之的,这与他早年对《圣经》等经典性作品的阅读偏好有关。"(姜涛:《"混杂"的语言:诗歌批评的社会学可能》,见《上海文学》2004年第9期。)
[2]所选版本收于《西川诗选》,北京:人民文学出版社1997年版,第44页。

还没有写到/劳动的真相//一条狗被冲出城市/冲下动荡的河流/我的小平房开始摇晃//我写下"再见"/一种惜别之情/便油然而生//更有我来不及的告别/比如一首民歌/此刻正从大地上永远消逝(《雨中写作》)[1]

在语言学意义上,"隐喻可以创造新的意义、新的相似性,并因此定义一个新的现实"[2],诗人是书写者,是新的隐喻的创造者,自然也是"新的现实"的定义者,西川坦承对自己笔下一切的主权:"我占有它们",并且为笔下世界立法:因为"我写下高地上的麦田/——不能没有乌鸦",于是,"我驱逐稻草人"。可在强势现实面前,诗人也自嘲:"但我手无寸铁/我用语言工作/我必须把字迹写得清晰。"当写下"再见"时,当停笔时,诗人"来不及的告别"的,是在动荡的世界中"还没有写到"的一切,包括种种惜别以及"一首民歌"所代表的诗意"此刻正从大地上永远消逝"。这样的诗,突破旧的套路化抒情语言,不仅赋予新诗语言以陌生化的新鲜感,也赋予现实以不同的理解视野。

不要说她们是在秘密集会/不要迫害她们//不要说她们从不洗脸:脸/只会越洗越黑//黑的水塘,浓缩整个乡村/粗野的生活//是赤裸的精灵高举起荷花/蔽身于团团荷叶//日光。月光。古老的教育。/荷花没有课本//要把孩子生在野地里——/她们有自己的伦理学//从牧猪女郎到省城太太/多好的文明史!//可雨夜的老疯子却一再梦见/一片残枝败荷//啊,野地里的荷花被长风/吹得嘴唇干裂//清香似荷花的云朵更助长/大地的孤独//我若连声呼唤:

---

[1] 所选版本收于《西川诗选》,第17页。
[2] 〔美〕乔治·莱考夫、马克·约翰逊:《我们赖以生存的隐喻》,何文忠译,第186页,浙江大学出版社2015年版。

"荷花，荷花"/会有什么事情发生？//连鬼魂也会弄出声响/当他们愉快地走过。(《野地里的荷花》)[1]

这首诗处理的是中国文学中常见的"风景"题材。五四作家笔下的"风景"一般呈现某种抒情性的柔化诗意。如朱自清脍炙人口的散文《荷塘月色》中，荷塘这一风景成为他波荡不息心情的一种安慰，作者融汇古今，引用六朝乐府《西洲曲》和梁元帝《采莲赋》中咏莲名句以抒发"乐得暂忘记"之心情。徐志摩《再别康桥》中更是以康河柔波之美寄托思念。西川笔下，荷花并非完全摆脱古典意味，"不要说她们从不洗脸；脸/只会越洗越黑"便是以犀利口语将《爱莲说》中的"出淤泥而不染"之意转化为现代情境。如海子一样，西川拒斥套路化隐喻和抒情："日光。月光。古老的教育/荷花没有课本//要把孩子生在野地里——/她们有自己的伦理学"，他试图将荷花从文人趣味中解脱出来，让这一意象更具野性的生存意味。海子"把石头还给石头"，西川则把荷花还给荷花，结果发现"优美"下被掩盖的悖论："啊，野地里的荷花被长风/吹得嘴唇干裂//清香似荷花的云朵更助长/大地的孤独"。对套路化审美的破坏，将个体狭窄的审美感受自物象里剥离开，诗人在诗的结尾直呼"荷花"之名，得到的是沉默无声："连鬼魂也会弄出声响/当他们愉快地走过"——幽魂都会嘲笑或无视人的多情。在西川看来，多愁伤感的古典文人趣味包含对现代人真实生存困境的遮蔽，他冷峻地指出："中国当代诗歌已经与'雅兴'无关。"[2]这也代表了很多当代诗人对"古典"的看法，不是"抛弃"而是以自己的写作行为"重新发明"传统与古典审美，或如张枣所说："古典汉语的古意性是有待发明的，而不是被移植的。也就是说，传统在未来，而不在过去，其核心应该是诗意的发明。"

---

[1] 所选版本收于《西川诗选》，第25页。
[2] 西川：《我们的处境》，收于《中国诗歌年鉴（1996卷）》，见《诗神》1996年1月号。

张枣（1962—2010）同样是一位学者气质颇重的诗人。他是湖南长沙人，1982年毕业于湖南师范大学英语系，在四川外语学院（今四川外国语大学）完成硕士学业。1986年出国后获德国特里尔大学博士学位，1995年开始任教于图宾根大学。1990年担任复刊后的《今天》诗歌编辑。与北岛、顾城等1980年代诗人一样，张枣的海外经历对他的写作有一定影响[1]；同时，他也是对1917年以来中文新诗发展有着充分研究与深刻认识的学者。张枣存世的新诗有一百余首，越到后来越体现出他对自己主张的"元诗歌"观念的追求。他认为自己"第一次运用调式找到了自己的声音"之作是1984年秋完成的《镜中》，这也成为他流传最广、获得好评最多的作品，但此前张枣进行了"六年的正式练笔"。

> 我走了／你在这儿／听我微温的声音／／要去多久／它不会说／语言怎能说？／／你等吧／把我的诗读完／它们在书桌上／灯——我没有关（《留言条之一》）[2]

这首小诗有着区别于朦胧诗的气质，体现出诗人对诗歌语言而非诗歌内容特别的在意。"我"和"你"不是以见面的方式接触，而是以"留言"为中介。"留言"中未必没有温情，"我走了／你在这儿／听我微温的声音"。"留言条"在这里不是简单去传递信息，诗人点出语言的局限："要去多久／它不会说／语言怎能说？""把我的诗读完"可能只是为对方提供"等我"消磨时光的方式，也可理解为，通过"我的诗"或曰语言的暗示作用，"你"会比现实接触更容易抵达"我"。这首小诗体现出张枣新诗较为典型的特色，以"我"对"你"的单向对话建立带有生活片段色彩的抒情结构，以及对语言本身特

---

[1]"我在海外的漂流简直就是我早期追踪'陌生化'的必然后果。"（《黄灿然访张枣》，收于《张枣随笔集》，第223页。）

[2]所选版本收于《张枣的诗》，北京：人民文学出版社2010年版，第5页。

质的关注。张枣的诗取材往往比较细微，他不直接承担现实题材，也不暗示某个完整事件。也许，这和他的现实观有关："现实中人们之间的真实取暖却是片段的、短暂的、难以逗留也不可多得的。"[1]

> 只要想起一生中后悔的事／梅花便落了下来／比如看她游泳到河的另一岸／比如登上一株松木梯子／危险的事固然美丽／不如看她骑马归来／面颊温暖，／羞惭。低下头，回答着皇帝／一面镜子永远等候她／让她坐到镜中常坐的地方／望着窗外，只要想起一生中后悔的事／梅花便落满了南山（《镜中》，1984）[2]

《镜中》的核心词组当然是"后悔的事"，假如只有"后悔"，那便仅是情绪；"后悔的事"则属于"片段的、短暂的"事件。首尾近乎一致的各两行，造成了环形结构，将回忆镶嵌起来，这意味着情绪的轻盈持重而非强烈夸张。诗里的"后悔"与"她"有关，也一定与爱情有关。理解这首诗的关键在于"危险的事固然美丽"这句，"危险的事"之前两句是"她"的两个动作——用"比如"一词来领起，这说明类似"瞬间"还有很多。而这些事都是"她"独自去做，偏偏与诗中没出现的"我"是无关的。那么，"危险的事"与"后悔的事"，会不会是"我"与"她"有了现实关系，比如，发生真实的爱情？爱情是两人灵与肉的接触交融——"固然美丽"，落实到现实却未必有童话般的完美结局。爱情的美好恰恰在于，它属于"难以逗留也不可多得的"的"真实取暖"，所以真实发生的爱情又是"危险"的，因"我们真实的日常是一个无词讲述的艰辛故事"[3]。从"不如看她骑马归来"往后的句子，"我"都处在注视与等待动作中。"皇帝"这个词叫很多读者觉得费解，

---

[1] 张枣：《庆典》，收于《张枣随笔集》，第15页。
[2] 所选版本收于《张枣的诗》，第45页。
[3] 张枣：《庆典》，收于《张枣随笔集》，第15页。

其实，在"她""面颊温暖，/ 羞惭。低下头，回答着皇帝"两行里，诗人无非在讲述那只会发生在想象中而非现实中的故事——"一面镜子永远等候她 / 让她坐到镜中常坐的地方"，"她"总是在镜子和故事里，活在"我"的记忆和思绪里，而"我"和"她"以镜子和等待相隔离。"梅"虽与"悔"谐音，但"只要想起一生中后悔的事 / 梅花便落了下来"写的恰非情绪的"悔"，而是情绪沉淀已久后如梅花飘落的轻盈与记忆之美。

在《镜中》这样的诗里，张枣不仅"运用调式找到了自己的声音"，而且也呼应和实践着一种在新诗发展早期便萌芽的**元诗歌**[1]意识。在本讲开头所引闻一多《口供》(1927)里，我们就听到过这样的声音。在这首被视作爱国主题的诗里，很容易听出不协和音。"我不骗你，我不是什么诗人"与其说是否认自己诗人身份，不如说是开展了一场自我对话，"我"对我笔下的一切并不怀疑，但也不否认自身的分裂："可是还有一个我，你怕不怕？——/ 苍蝇似的思想，垃圾桶里爬。""闻一多告诉我们，他的多重人格及冲突，即兰波所言的'我是我的另一个'"[2]。回头去看《镜中》，语言创造的环形结构造成了"我"和"记忆"间的隔离，"镜子"意象则构成"我"与"她"间的隔离。换句话说，"她"活在"我"用语言构建的讲述中，而诗人对这种构建完全是自觉的。再回溯海子《日记》，"姐姐"无论被诗人赋予怎样的形象，都与现实中的"姐姐"无关，"姐姐"形象完全是诗人以语言完成的情绪造物。写《日记》的海子并非出于自觉，而在卞之琳、罗大冈等一部分现代派诗人笔下，这种元诗意识则是自觉的。在《短章为S作》(1937)中，罗大冈以幽暗的、充满象征性暗示的语言倾诉对"你"的深情后，结尾却冷静地说："我在这儿给你写这些字 / 仿佛你并不存在 // 我在这儿

---

[1] 元诗歌（metapoetry）即"对写作本身的觉悟，会导向将抒情动作本身当作主题，而这就会最直接展示诗的诗意性"，"诗是关于诗本身的，诗的过程可以被读作是显露写作者姿态，他的写作焦虑和他的方法论反思与辩解的过程。因而元诗常常首先追问如何能发明一种言说，并用它来打破萦绕人类的宇宙沉寂。"（张枣：《朝向语言风景的危险旅行》，收于《张枣随笔集》，第68页。）

[2] 张枣：《文学史……现代性……秋夜》，收于《张枣随笔集》，第146页。

给你写这些字 / 人家许说我并没有写 // 人家说就让人家说",他将诗的潜在对话者"S"之存在模糊化,也承认了这些诉说毫无现实意义——一封不会寄出的信,注定不会得到回应。"人家说就让人家说"用一种强硬态度表明,以语言造成的抒情,其关注的仅是自身孤独而焦虑的情感而非意在两相交流,这反映了诗人不仅具备感性的能力,也应具备"反思感性的能力"。在张枣另一首《何人斯》(1984)中,他改写了《诗经》的这一名篇[1]。且看诗的第三节:

> 这是我钟情的第十个月 / 我的光阴嫁给了一个影子 / 我咬一口自己摘来的鲜桃,让你 / 清洁的牙齿也尝一口,甜润的 / 让你也全身膨胀如感激 / 为何只有你说话的声音 / 不见你遗留的晚餐皮果 / 空空的外衣留着灰垢 / 不见你的脸,香烟袅袅上升——/ 你没有脸对人,对我?[2]

诗人重塑了思妇形象,一个充满爱意的女性,这并未脱离《诗经》的"温柔敦厚"本意,但又注入更为具体的感性。张枣用轻盈的具象书写思妇的失落与失望,"为何只有你说话的声音 / 不见你遗留的晚餐皮果 / 空空的外衣留着灰垢 / 不见你的脸,香烟袅袅上升",写出了因那人不在场而造成的心理落差,比原句"我闻其声,不见其身"更有张力。而"你没有脸对人,对我?"一句,则是直述"有靦面目,视人罔极"般的疑虑与痛心。最具元诗意味的是结尾两节:

> 你要是正缓缓向前行进 / 马匹悠懒,六根辔绳积满阴天 / 你要

---

[1]《诗经·小雅·何人斯》,依《毛诗序》说,是"苏公刺暴公"的绝交诗。朱熹《诗集传》指出,此诗为"妇人以其君子从役在外而思念之……且冀其早毕事而还归也",则为思妇之诗。张枣诗取后一说。
[2] 所选版本收于《张枣的诗》,第46—48页。

是正匆匆向前行进／马匹婉转，长鞭飞扬／／二月开白花，你逃也逃不脱，你在哪儿休息／哪儿就被我守望着。你若告诉我／你的双臂怎样垂落，我就会告诉你／你将怎样再一次招手；你若告诉我／你看见什么东西正在消逝／我就会告诉你，你是哪一个

前一节是改写自《诗经》原诗第五节："尔之安行，亦不遑舍。尔之亟行，遑脂尔车。壹者之来，云何其盱"[1]，同样是第二人称想象，但原诗中思妇满腹担忧与不安隐去了，尾节完全是诗人独创出的。我们固然可以将尾节"你逃也逃不脱"理解为思妇深情不改，不过，更引人注目的，恐怕还是诗人对《诗经》原诗以现实恩仇为情感基础进行表达反馈的改写。"你""我"关系彻底逆转——不再是"你"冷落"我"、背叛"我"、伤害"我"；"我"也不再因"及尔如贯，谅不我知"的不知心而发出绝望的诅咒："出此三物，以诅尔斯"[2]。张枣笔下的思妇发出超脱现实的带有永恒意味的对话／独语，穿越两人之间的物理阻隔和情感背弃："你若告诉我／你看见什么东西正在消逝／我就会告诉你，你是哪一个。"柏桦《表达》（1981）写出了言说的困境："我知道这种情绪很难表达／比如夜，为什么在这时降临？／我和她为什么在这时相爱？／你为什么在这时死去？"张枣指出："对这一切都不会存在正确的回答，却可以有正确的，或者说最富于诗意和完美效果的追问姿态。"《诗经》的现实主义情感基调解脱不了思妇痛苦，张枣《何人斯》则将之转化为对爱的存在之思。"传统从来就不会流传到某人手里。如何进入传统，是对每个人的考验。"[3]《何人斯》不单是用元诗形式与一种古典美学形式对话，也是在尝试穿过语言隔膜去再现和重塑古典人性。

---

[1] 今译如下："你的车儿慢慢行，也没功夫停一停。现在你说要快走，偏又添油把车停。前次你到我家来，使我苦闷心头冷！"（程俊英：《诗经译注》，上海古籍出版社，1985年版，第398页）
[2] 两句今译："你我本是一线穿，却不理解我的心！""捧出三牲鸡猪狗，求神降祸于你身。"（程俊英：《诗经译注》，第399页）
[3] 张枣：《一则诗观》，收于《张枣随笔集》，第193页。

张枣提出"元诗歌"概念,即"诗是关于诗本身的",写诗要敞开语言自身,而不是沦为抒情言志的工具,这与韩东的"诗到语言为止"(《自传与诗见》,1988)和于坚的"拒绝隐喻"(《拒绝隐喻》,2004)观点类似,即重视作为形式艺术的新诗语言。但在艺术风格和题材上,后者更加看重日常口语和书写私人生活。

韩东是《他们》杂志的主编和"灵魂"人物,1961年生于南京,1982年毕业于山东大学哲学系,是第三代诗人代表人物之一。海子"这类天才诗人,对自己的主观想象过于自信,奇诡的意象,澎湃的激情,声音高亢"[1],而韩东即使1980年代前期的写作也"表现出某种超出年龄的成熟和沉稳",这也许和他早就成型的写作态度有关:"我们不想、也不可能用这些观念去代替我们和世界(包括诗歌)的关系。世界就在我们的面前,伸手可及。"[2]他的代表作《有关大雁塔》"反写了朦胧诗歌,尤其是杨炼的《大雁塔》(1980),并且解构了杨炼诗中的传统观念"[3]。这种"解构"的写作在同一时期的《水手》中也可以看到:

> 顺流而下的水手,告诉你 / 大河上的见闻 / 上游和下游的见闻 / 贫穷的水手 / 卖给你无穷无尽的故事 / 两片嘴唇 / 满是爱情的痕迹 / 连同明亮的眼睛 / 一闪而过[4]

这首诗曾有过一个更具姿态感的标题《告别你》。联系韩东早年所受朦胧诗的影响,"发表过一些北岛式的具有沉重历史感的作品"[5],不难明白这是与朦胧诗的抒情方式及主题的告别,亦是开启自身新诗风的宣言。韩东另一首

---

[1] 谭克修:《张枣究竟是多大的诗人》,见《诗歌月刊》2018年第6期。
[2] 韩东:《〈他们〉略说》,见《诗探索》1994年第1期。
[3] 〔荷〕柯雷:《真实的怀疑:韩东》,张晓红译,见《北方论丛》2014年第1期。
[4] 所选版本收于《韩东的诗》,南京:江苏凤凰文艺出版社2019年版,第11页。
[5] 洪子诚、刘登翰:《中国当代新诗史》(修订版),第217页。

晚些时候写的《你见过大海》就用嘲弄口气暗示某些"崇高感"的虚张声势："你见过大海 / 你想象过 / 大海 / 你想象过大海 / 然后见到它 / 就是这样 / 你见过了大海 / 并想象过它 / 可你不是 / 一个水手 / 就是这样。"[1] 而在《水手》里，"水手"自身就是可疑的——包括他的见闻、他讲述的内容和他的口气。"顺流而下"的经历，既强调"水手"的到来不过也是浪潮推动下的自然而然，"水手"并非浪潮的制造者，也暗示"上游"发生的一切都是"水手"的"两片嘴唇"讲述的——不大可信。"卖给你"这个词组有些扎眼，倒也显示了韩东批判既有新诗格局的激烈程度[2]。事实上，韩东并非一味反传统或反崇高，在1985年的《逝去的诗人》里，他就表达了对传统的些许敬意：

> 逝去时代的诗人 / 我亲爱的大师 / 脱鞋进了他的门 / 一把木剑高悬 / 手指悠闲 / 布衫整洁 / 阳光也照不见尘埃 / 话语平和 / 梦境安详 / 我们站立一边 / 大路朝天 / 白云静止 / 风倒挂其上 / 也已多年[3]

敬意之外，还有送别的意味，"现在"与"逝去"的时间区隔虽被"脱鞋进了他的门"这一动作打破，但"大师"显然已沉睡——"风倒挂其上 / 也已多年"。"话语平和"和"梦境安详"并置，暗示"话语"是"过去的"属于梦境的声音。位于"现在"的"我们"和"逝去的诗人"形成对应。"大路朝天 / 白云静止"与"倒挂"的风，意味着历历在眼前的现实——"它们"（即风景和物象）位于现在，并不属于"逝去"——等待着"我们"新的书写。这首颇具寓言色彩的诗，印证了韩东后来的说法："我们除了来路还有需要面对的蛮荒。从某种意义上说，北岛就是我们的来路，从对面相向

---

[1] 所选版本收于《韩东的诗》，第13页。
[2] 虽然"批判性地回应朦胧诗，并与之断绝关系，是早期韩东部分动机所在"，但在近些年的访谈中，韩东在承认自己这一代人挣脱束缚的尝试可说是一种对朦胧诗人的"弑父"行为的同时，也回忆道，在北岛的力荐下，正式出版物《中国》才刊发了《有关大雁塔》。（出处见柯雷文章）
[3] 所选版本收于《韩东的诗》，第20页。

转向共同面对也许是必然的。"[1]站在今天来看，韩东选择的新诗语言策略，有意回避朦胧诗的宏大叙事和意象泛滥，但不代表他的"冷静""客观""中立"的诗风真的完全滤去个人感情因素，只是这种感情因素被施加了更多哲思意味。

> 多么冷静/我有时也为之悲伤不已/一个人的远离/另一个的死/离开我们的两种方式/破坏我们感情生活的圆满性/一些相对而言的歧途/是他们理解的归宿/只是他们的名字遗落在我们中间/像这个春天必然的降临（《多么冷静》，1996）[2]

诗的第一句像是对"多么冷静"这个评语的辩解——"我"并不冷静，"我有时也为之悲伤不已"。不过，诗人还是用理性语言解释"远离"与"死"的意义："破坏我们感情生活的圆满性。"诗人还表示了自己的态度："他们"的远离和死，对"我们"来说是"相对而言的歧途"——"我"接受"他们"的选择但不愿盲目给予热情[3]。这首诗以克制的方式表达了对滤除情绪因素的私人感情的自我认知，这种经过反思的人生态度也许会让我们想起冯至《十四行集》中关于对自我的类似态度："不要觉得一切都已熟悉，/到死时抚摸自己的发肤/生了疑问：这是谁的身体？"（《我们天天走着一条小路》）"韩东的怀疑是存在主义式的怀疑"（柯雷语），这种写作态度越到后来越表现为一种日常语言对生活"意义"的反思，如1996年的《对话》：

> "你不会出家当和尚吧？/未来的一天我会去找你/你不会拒

---

[1] 韩东、马铃薯兄弟：《答编者的十个问题》，收于《韩东的诗》，第438页。
[2] 所选版本收于《韩东的诗》，第243页。
[3] "生活的圆满性"在后文诗人犀利的分析解构下，本身就包含了感伤与反讽的双重意味。

绝相认吧？"／女郎戏言挽留我："还是别去吧！"／／"我从没想过此去的前途／可我希望你来找我／如果这是我们相认的条件／那就在行走的路上建一座庙宇吧！"／／白云的山腰，青青的野草／山下走来了我的女郎／寺院以拒绝的姿势等待着／孤立的塔身也为之弯垂／／"你知道在哪里能够找到我／那高耸的电视塔之东／与追求不朽的永生相比／实际上我只想要你。"[1]

《对话》的口语运用十分娴熟，诗的一、二、四节是"女郎"和"我"的戏剧性对话，"出家"是对"我"超脱红尘生活姿态的隐喻，对俗世好像颇有眷恋又决然远行。虽然诗人拒绝将这种"远行"命名为"出家"，而面对"女郎"的不理解，诗人妥协道："如果这是我们相认的条件／那就在行走的路上建一座庙宇吧！"于是，庙宇在语言暗示中建成于荒野之间。舒婷《会唱歌的鸢尾花》结尾有一句给"爱人"的话："这是我嘱托橄榄树／留给你的／最后一句话／和鸽子一起来找我吧"。《对话》最后一节很像对舒婷诗的戏拟[2]："你知道在哪里能够找到我"，诗人并未将之联系到橄榄树、鸽子等优美意象，而是用了一个非常日常的意象"那高耸的电视塔之东"，最后"我"老实地承认："与追求不朽的永生相比／实际上我只想要你。"诗人将出尘脱世的精神生活冷嘲为虚弱的姿态——抵不住情爱的诱惑，但他用意并非否定"不朽的永生"本身，而是质疑以诗的语言构建的本质主义[3]"崇高"错觉。在一般的中文新诗里，诗里的"我"即为抒情主体，而《对话》中则未必。韩东有着自觉的"诗到语言为止"的元诗意识，戏剧性的对话设计，将诗人与"我"剥离开，"我"实际沦为诗人嘲讽的对象。诗人声音

---

[1] 所选版本收于《韩东的诗》，第246页。
[2] 戏拟（parody）是一种讽刺批评或滑稽嘲弄的文学形式，它模仿某个特定作家或流派的文体和手法，以突出该作家的瑕疵，或该流派所滥用的俗套。
[3] 本质主义（essentialism）是一种信仰本质存在并致力于本质追求与表达的知识观和认识论路线，朦胧诗人对"真理""正义"的追求，乃至海子创作"大诗"的理想，多少都带有本质主义色彩。

仅出现于第三节,"寺院以拒绝的姿势等待着/孤立的塔身也为之弯垂",活画出"我"的灵肉纠结、自我矛盾与自我表演。《对话》的戏剧架构设计显然不仅在反思某些"崇高"话语[1]的色厉内荏,同时也在反思"反崇高"话语的虚张声势。

《他们》诗群[2]另一重要诗人于坚,有着和韩东相似的诗歌理念。"韩东和于坚诗作的相同处之一在于他们的艺术共有的不虔敬的,也会有人说是不恭的性质"[3]。于坚1954年生于云南昆明,1984年毕业于云南大学中文系。他的创作开始于1980年代初,诗风迥异于朦胧诗,"我的诗当时是被视为非诗的,因为不是诗歌行话,而是对读者的诗歌习惯来说比较陌生的日常语言"[4]。这种"日常语言"最初表现为形式的日常化,朦胧诗惯用的诗歌意象陌生化方法被于坚抛弃,山谷、山冈、河流等云南山区景物等以寻常所见的形式被写入诗中。

> 这是我不熟悉的山谷/第一次我看到这些树/这些草 这些石头/我第一次遇到这只鸟/它从我的左边飞到我的右边/这儿是我不熟悉的山谷/阴暗 没有阳光/我听见流水淙淙 在谷底淌过/于是我沿着这声音前行(《山谷》,1987)[5]

---

[1] 话语(discourse)是法国哲学家福柯提出的概念。"话语"意味着一个社会团体依据某些成规将其意义传播于社会之中,以此确立其社会地位,并为其他团体所认识的过程。人类的一切知识都是通过"话语"而获得的,任何脱离"话语"的东西都是不存在的,我们与世界的关系只是一种"话语"关系,历史文化由各种各样的"话语"组构而成。

[2] 1985年,由韩东、于坚、丁当等人主办的《他们》杂志在南京创刊,"韩东对诗歌的理解和个人趣味对这份刊物有很大影响"(小海:《〈他们〉后记》,收于《〈他们〉十年诗歌》,桂林:漓江出版社1998年版,第246页)。"他们"诗群是松散的诗人群落,其同人也并不承认其诗歌流派性质。"回到诗歌本身""回到个人"、将个人与现实生活所建立的"真实"联系作为写作的前提、语言上对于"日常口语"的重视,被视作"他们"的诗学基础和实践路向。(洪子诚、刘登翰:《中国当代新诗史》,第217页。)

[3] 〔荷〕柯雷:《实验的范围:海子、于坚的诗及其他》,见《东南学术》1998年第3期。

[4] 于坚、谢有顺:《诗歌是不知道的,在路上的》,见《南方文坛》2003年第5期。

[5] 所选版本收于《于坚的诗》,北京:人民文学出版社2000年版,第42页。

诗的开头"这是我不熟悉的山谷 / 第一次我看到这些树",让人想到冯至《十四行集》中的类似情景:"……但是在这林里面还隐藏 / 许多小路,又深邃、又生疏 // 走一条生的,便有些心慌,/ 怕越走越远,走入迷途"(《我们天天走着一条小路》)。但在冯至笔下,经历过"歧路"的探险,最终仍是返回家园,对"歧路"的描写是为了揭示某种哲理:"我们的身边有多少事物 / 向我们要求新的发现。"而到于坚笔下,哲思性声音没有出现,诗行始终沿着沿途所见而前行,"我听见流水淙淙 在谷底淌过 / 于是我沿着这声音前行",和冯至诗里的"走上歧路——取得新视角——选择回归"的思路不同,于坚的诗思是"走上歧路——惊讶——继续前行"。于坚的写法,首先和冯至一样,冲破了对日常风景的一般认知,将其引入某种深入思考;其次与冯至不同,诗歌不再是揭示生命答案的语言形式,景物也不单是"隐喻"。于坚承认"隐喻从根本上说是诗性的,诗必然是隐喻的",但隐喻使用的泛化导致"隐喻的诗性沉沦"[1],而日益沦为一种日常表述工具。《山谷》思考了这样的问题,即诗歌里的景物和物象除了其内在隐喻性外,本身也构成我们生活世界的一部分,因此很难将之视为抽离日常的语言造物。于坚的"拒绝隐喻"显然拒绝的并非作为文学修辞的隐喻本身,而是试图用自己的创造将其重新定义。

> 我梦想着看到一头老虎 / 一头真正的老虎 / 从一只麋鹿的位置看它 / 让我远离文化中心 远离图书馆 越过恒河 进入古代的大地 / 直到第一个关于老虎的神话之前 / 我的梦想是回到梦想之前 / 与一头老虎遭遇 (《我梦想着看到一只老虎》,1994)[2]

---

[1] 于坚:《传统、隐喻与其他》,见《诗探索》1995年第2期。
[2] 所选版本收于《于坚的诗》,第121页。

"我的梦想是回到梦想之前 / 与一头老虎遭遇"中两个"梦想"的意思显然不同,第二个"梦想"与"关于老虎的神话"意义相近,代表的是"文化中心""图书馆"甚至是"古代的大地",也即以语言解释并判断世界的文明。在这样的文明视野中,"老虎"是被定义好的,是在语言神话中渐渐失去野性和光彩的"无效的死去的'老虎'"。第一个"梦想"则可以理解为"要重新回到事物本身"[1],不是站在文明的角度而是"从一只麋鹿的位置 看它"。这首诗主题上与

图6-3　云南人民出版社2001年版《于坚诗歌·便条集》封面

阿根廷诗人博尔赫斯《另一只老虎》(陈东飚译)近似,博尔赫斯诗里提到三只老虎。第一只是"象征中"的老虎:"我在诗中呼唤的老虎 / 是象征和阴影的老虎, / 是一连串的文学转喻, / 是百科全书的记忆";第二只是"那真实的热血的老虎, / 一群水牛的十分之一被它屠戮";第三只是"不在这诗中"的老虎:"……它将由我的梦幻 / 赋形,成为言词一组 / 而不会由脊骨支承 / 超越一切神话之外, / 漫步世界……"博尔赫斯批评了"象征"和"文学转喻"造成的后果:"在命名它的过程中 / 在猜测它的世界时 / 它变成虚构,变成艺术,不再是 / 漫游在大地上的野兽中的一只。"两位诗人都痛切地发现老虎(物象)本身在语言的隐喻中失色。于坚梦想中的老虎与博尔赫斯笔下的第三只老虎近似,它既不单纯是"漫游在大地上的野兽",也绝非束缚在"图书馆"里的纸老虎,而是对老虎(物象)新的语言表达,是那"超越一切神话之外"的老虎。写出这只老虎并不重要,在博尔赫斯诗

---

[1] 霍俊明:《于坚论》,北京:作家出版社2019年版。

里，这种寻找是"模糊、疯狂与古老的冒险"，在于坚诗里，"梦想"仅仅是遭遇"梦想之前"的老虎。显然，"拒绝隐喻"仅是作为一种写作姿态而存在，诗人野望所及，是独创的、"有感觉的诗歌"，也即新的隐喻系统[1]。

> 一只鸟在我的阳台上避雨/青鸟 小小地跳着/一朵温柔的火焰/我打开窗子/希望它会飞进我的房间/说不清是什么念头/我洒些饭粒 还模仿着一种叫声/青鸟 看看我 又看看暴雨/雨越下越大 闪电湿淋淋地垂下/青鸟 突然飞去 朝着暴风雨消失/一阵寒颤 似乎熄灭的不是那朵火焰/而是我的心灵（《避雨的鸟》，1990）[2]

相对于朦胧诗出现以来那种倾向于暗示性、隐喻性的诗歌语言，于坚的写作是更直接的口语化表达，意欲"返回诗歌古老而常新……的来路甚至源头，返回人与自然和诗歌的素朴而亲昵的关系"[3]。《避雨的鸟》以坦白朴素的口气讲了个生活小"插曲"，诗人详细描写"我"对青鸟的善意招徕，以及鸟儿的犹豫和选择，一切均以描写完成，看似口语化，其实用词非常精炼。鸟儿宁愿选择"雨越下越大"的天空，也拒绝"我"并无恶意的温暖，"火焰"意象就显得非常重要，诗人诚恳总结这次失败给"我"的心理打击："一阵寒颤 似乎熄灭的不是那朵火焰/而是我的心灵"。小鸟对"我"的拒绝引发诗人自省：自以为可以垂怜于小鸟的"我"被拒绝，恰说明相对于选择危险而自由的天空的鸟儿，"我"温暖安全的生活是可悲的。诗人骄傲地说过："我像上帝一样思考像市民一样生活"（《我的歌》，1984），这朴素的诗句的确说明了这一点。

---

[1]"拒绝隐喻"还包含"回到隐喻之前"的意思，希望通过诗歌语言使万事万物回到最原始的无象征色彩的最朴素的语言状态里，即未经文明驯化命名的最初状态。（蔡森硕士论文：《80年代以来现代汉语诗歌的隐喻性特征研究》，广西大学，2013年）
[2] 所选版本收于《于坚的诗》，第80页。
[3] 陈超：《"反诗"与"返诗"》，见《南方文坛》2007年第3期。

同为第三代诗人的**陆忆敏**也属《他们》杂志的作者,她 1962 出生于上海,1980 年考入"位于漕河泾镇、桂林公园、康健园和一片农田之间的"上海师范学院(现上海师范大学)中文系。身为女性诗人,陆忆敏的创作没法完全摆脱"女性诗歌"这个标签[1],女性身份也的确是她书写生活与生命的维度之一。但我们也应看到,陆忆敏与任何话题,无论主流的还是边缘的,社会的还是艺术的,都保持着距离感。她曾在自己的"简历"里说:"未出过诗集。未参加过任何社会性与诗歌创作有关的活动。发表的作品极为有限的少。"[2]这段话应该讲得较早,因为现在市面上至少有两种她的诗选,两本诗选均由她作品的研究者或爱好者纂辑而成,诗人的参与度极低[3],事实上,她的写作虽广受诗坛推崇,却很早就淡出了公众视野:"陆忆敏的主要作品,大都完成于 1981 年至 1993 年期间,在此期间,她仅仅写出 40 多首诗,就已经翀临那隐秘而完美的孤峰。"[4]许多普通读者知道她的名字都是通过歌手朱哲琴著名的专辑《阿姐鼓》(1995 年发行)中陆忆敏填词的一首《羚羊过山岗》:[5]

> 那一天羚羊过山岗 / 回头望 / 回头望 / 清晰的身影很苍凉 / 很苍凉 / 天那么低 / 草那么亮 / 亚克摇摇藏红花 / 想留住羚羊 // 那一天羚羊过山岗 / 回头望 / 回头望 / 清晰的身影 / 很苍凉 / 天那么低 / 草那么亮 / 低头远去的羚羊 / 过了那山岗

---

[1]"……陆忆敏的《美国妇女杂志》,常被看做中国当代'女性诗歌'开端的'标志性'作品。"(洪子诚、刘登翰:《中国当代新诗史》,第 229 页。)
[2]崔卫平:《文明的女儿》,收于《出梅入夏》,第 121 页。
[3]两本诗集是 2015 年由胡亮编辑的《出梅入夏:陆忆敏诗选(1981—2010)》(北岳文艺出版社版),以及 2011 年由柏桦等人编选的《陆忆敏诗选》(自印)。由第二本中柏桦的《编后说明》可见此书选几乎没有作者参与:"一、陆波(我的学生)从网络上收集了陆忆敏诗歌共 43 首。二、我根据《后朦胧诗全集·上卷》(四川教育出版社,1993)中所发表的陆忆敏诗歌(40 首)对其网路版进行了逐一校对、纠错。"
[4]胡亮:《谁能理解陆忆敏》,收于《出梅入夏》,第 5 页。
[5]朱哲琴专辑《阿姐鼓》1995 年由飞碟唱片公司发行,专辑作词:何训有、朱哲琴、陆忆敏、何训田。

除了听者感受到的"牧歌式的情境"和"音乐的诗化"外，也不难读出与整本专辑气氛相吻合的疏离感。羚羊远去时回望，"亚克"手里的藏红花（而非鲜嫩的青草）却留不住那属于荒野的羚羊。诗人在描述羚羊的感情时，没用任何描写心情的词汇，反复的"回头望"却"低头远去"就写出其不舍与不得不舍。抒情语言的洗练节制，体现出陆忆敏诗歌很早就流露的气质："轻飔的，而又抑制的，幽婉的，并且迅捷的，诱导的。"[1]

> 从此窗望出去 / 你知道，应有尽有 / 无花的树下，你看看 / 那群生动的人 // 把发辫绕上右鬓的 / 把头发披覆脸颊的 / 目光板直的，或讥诮的女士 / 你认认那群人，一个一个 // 谁曾经是我 / 谁是我的一天，一个秋天的日子 / 谁是我的一个春天和几个春天 / 谁？曾经是我 // 我们不时地倒向尘埃或奔来奔去 / 挟着词典，翻到死亡这一页 / 我们剪贴这个词，刺绣这个字眼 / 拆开它的九个笔划又装上 // 人们看着这场忙碌 / 看了几个世纪了 / 他们夸我们干得好，勇敢，镇定 / 他们就这样描述 // 你认认那群人 / 谁曾经是我 / 我站在你跟前 / 已洗手不干（《美国妇女杂志》）[2]

这首备受推崇的诗作完成于 1980 年代初。大约此际前后，舒婷写出《致橡树》（1977）、《神女峰》（1981），以及《会唱歌的鸢尾花》（1981）等思索女性命运与地位的作品。舒婷笔下的理想女性是自立自主并和男性平等的："我必须是你近旁的一株木棉，/ 作为树的形象和你站在一起。"陆忆敏此诗则颇为不同，她思考的是"女性"这个大词对女性个体的遮蔽。"从此窗望出去"顺势将标题"杂志"隐喻为窗口，诗人借此打破杂志这一物理隔阂，也消弭

---

[1] 陈东东：《对了，陆忆敏》，见《收获》2019 年第 2 期。
[2] 所选版本收于《出梅入夏》，第 3—4 页。

掉中西文化距离，直视带有普世色彩的妇女解放运动本身。在杂志上的诸多女性形象中，诗人发问："你认认那群人，一个一个 // 谁曾经是我 / 谁是我的一天，一个秋天的日子 / 谁是我的一个春天和几个春天 / 谁？曾经是我"，几个世纪在进步主义浪潮中的"运动"改变了女性形象，又在重新定义女性，使"我"的形象反而泯灭于"我们"中——"我们不时地倒向尘埃或奔来奔去"。女性解放运动被诗人称为"忙碌"："人们看着这场忙碌 / 看了几个世纪了。"而几个世纪的"忙碌"，女性仍脱离不了被"描述"的命运："他们夸我们干得好，勇敢、镇定 / 他们就这样描述"，这个句子充满刺痛感，即使几个世纪的妇女解放真让女性获得了地位提升，即使在1980年代初国人眼中代表更为进步、开明的西方世界，女性仍是被规定好的某种或某几种刻板印象。诗人曾灰心地说："可悲的是女性作者也全盘接受了自己传统的附属地位，没有对此感到委屈和疑虑，争议更无从谈起。在这一点上，从女人开始写诗到现在，确实并没有什么进步可言。"[1]值得注意的是，诗人对个体消失在"命名"中这件事的理解，不是直接否定妇女解放运动，而是选择存在主义式的离场："你认认那群人 / 谁曾经是我 / 我站在你跟前 / 已洗手不干"。

陆忆敏曾评价自己"心细如发，但细而不腻，心敏如菌，但敏而不锐"，"细而不腻"是个拒绝抒情的姿态，"敏而不锐"则体现为有节制的锋芒，如陈东东所言，她的诗是"不乏谐趣的，经由人称转换呈现的自我对象化，或以节奏变化暗示的灵魂戏剧化"（陈东东语）。

> 走过山岗的 / 鱼 / 怎么度过一生呢 / 长出手，长出脚和思想 / 不死的灵魂 / 仍无处问津 // 做官就是荣誉 / 就能骑在马上 / 就能找到水源 // 为什么沙粒纤尘不染呢 / 也闪烁发光 / 也坚固像星星 / 卡在心头 / 最接近答案是在井旁 / 但我们已退化 / 暗感水的寒冷

---

[1] 陆忆敏：《谁能理解弗吉尼亚·伍尔芙》，见《诗刊》1989年第6期。

(《沙堡》)[1]

《沙堡》开头的问句，叫人想起罗大冈《夜》（1934）的第一节："梦在无梦的梦中／知道跋涉的重量吗"，句子的悖论感和流露的禅意也颇为相似，两首诗都是关于"寻找"与"破灭"的寓言。罗诗里的"鱼"也是在句子间闪烁的意象："当我们怀归的时候／我们是鱼"，经历了"夜"的微茫无边，"寂灭的渴慕者与鱼／仍以大海作最后的家乡"，将"寂灭的渴慕者"和"鱼"并置，不无"寻找"家园（大海）而不得的怅惘。这种个体的精神孤独和对生存悖论的表达，在《沙堡》中则写得更加立体、有穿透力。诗人开篇就展示了精神困境的存在："走过山岗的／鱼"犹如遗世独立者，出于主动或被动原因脱离其本来生存环境，而"长出手，长出脚和思想"，也"长出"了"不死的灵魂"，走进没有尽头的沙粒中，可仍不能摆脱对水的本能需要。"无处问津"并非无人问津，并非在乎世界对自身的冷落，"津"的双关意既指"渡口"也指"水"。诗人在第二节点出了现世生存的一种："做官就是荣誉／就能骑在马上／就能找到水源"，她对遵从世俗生活的"做官"隐喻没有简单否定。她只是迟滞着犹疑着，因纤尘不染、闪烁发光的沙粒"也坚固像星星／卡在心头"，但是，饶是鱼有手有脚有思想，仍是不能在沙粒里生存。这"退化"的鱼是没法回头了，回头也没有家。索性把答案交给处境本身，"最接近答案是在井旁"——诗人对生命的随遇而安态度在其他诗中也可看出："……汽车开来不必躲闪／煤气未关不必起床／游向深海不必回头／／可以死去就死去，一如／可以成功就成功。"（《可以死去就死去》）"但我们已退化／暗感水的寒冷"，在这里，诗人以"人称转换呈现出自我对象化"，"我们"便是鱼，"退化"这里并非贬义，只是指出"我们"的精神困境，走过山岗和沙粒的鱼，已无法适应亦无法接受"水的寒冷"了。

---

[1] 所选版本收于《出梅入夏》，第8—9页。

第七章 然而这并非黄昏（台湾地区：1949年以后）

……然而这并非黄昏。转身向骚动的大海，/ 我振臂朝升起的第十个太阳狂呼："孤独的神啊，我留你照亮这世界，/ 我是神的叛徒，我是屠日士，我是后羿！"（余光中：《羿射九日》，1957）[1]

1917年以来文学革命的成果对台湾现代文学的产生本就有深刻影响，白话文与白话新诗在五四以后逐渐发展起来。1949年以来，台湾地区的中文新诗，是大陆地区五四以来文学传统发展出的支脉。纪弦（路易士）、覃子豪、余光中、洛夫等来自大陆的诗人，塑造了台湾地区新诗的最初版图，现代派、蓝星诗社与创世纪诗社的先后成立，体现了中文新诗传统在台湾地区的赓续与传承。这些诗人创作技巧上继续取法西方，文学资源上则回望传统，形成了与同时期大陆地区新诗既存在联系又差异颇大的诗坛面貌。自陆赴台的诗人诗作往往体现出较强原乡意识，对祖国大陆或隐或现的思念是他们作品相通的主题。

现代派诗人路易士1948年赴台后，以**纪弦**之名闻名于世。1953年创办《现代诗》[2]，1956年又正式发起成立现代派。台湾现代派新诗在文学精神上承接戴望舒所办《现代》杂志，《现代诗》及现代派"确曾为1950年代的中国新诗开创了一个新局面，对日后中国新诗的发展具有决定性的影响"。[3]"向世界诗坛看齐，学习新的表现方法"，从而使通过"横的移植"实现"新诗到达现代化"成为纪弦发起现代派的文学目标。这个诗派囊括郑愁予、羊令野、林泠等人在内近百名诗人。作为台湾地区1950年代三大新诗流派中最早的一个，现代派其实是个松散的诗派，诗人间仅为"精神的结合"，并无严密组织。大家各自按照个性去写诗。

---

[1] 所选版本收于《余光中集》第1卷，第208—209页。
[2]《现代诗》1953年2月创刊，初为月刊，后改为季刊，这个杂志不仅是纪弦独资承办，编辑、发行等也几乎是他"一手包办"。纪弦于1962年宣布解散"现代派"，杂志亦于1964年终刊。1982年复刊。
[3] 洛夫：《诗坛春秋三十年》国，见《中外文学》1982年第12期。

纪弦来台以后的诗作，每若干年自选编成一部，总计有十一部一千多首。台湾时期他最为满意的诗有《雕刻家》(1950)、《火葬》(1955)、《狼之独步》(1964) 等七首[1]。

> 烦忧是一个不可见的／天才的雕刻家。／每个黄昏，他来了。／他用一柄无形的凿子／把我的额纹凿得更深一些；／又给添上了许多新的。／于是我日渐老去，／而他的艺术品日渐完成。(《雕刻家》，1950)[2]

延续了大陆时代的不事雕琢，纪弦继续走在口语化与散文化新诗的路上。从《雕刻家》可以看出，他早年创作中"时代的病态"逐渐深沉内敛。这首诗从"烦忧"写起，可说是诗人的一幅自画像。对于"我日渐老去"这件事，诗人显然并不介意，因为这意味着自身的成长与完善——"艺术品日渐完成"。五年后的《火葬》构思上更为巧妙：

> 如一张写满了的信笺，／躺在一只牛皮纸的信封里，／人们把他钉入一具薄皮棺材；／／复如一封信的投入邮筒，人们把他塞进火葬场的炉门。／／……总之，像一封信，／贴了邮票，／盖了邮戳，／寄到很远的国度去了。(《火葬》，1955)[3]

《火葬》是一首朴素的死亡之歌。以"写满了的信笺"比喻人的一生，以"牛皮纸的信封"比喻棺材，以"一封信的投入邮筒"比喻躯体的终结。省略号里似乎有许多一言难尽，而死亡被比喻成一封信"贴了邮票"，"寄到

---

[1] 纪弦：《答痖弦十二问》，收于《纪弦诗选集》，南京：江苏凤凰文艺出版社 2018 年版，第 2 页。
[2] 所选版本收于《纪弦诗选集》，第 102 页。
[3] 同上书，第 131 页。

很远的国度去了"。诗人对死亡的表达是轻灵的，死亡被赋予旅行色彩，变得既不沉重也不可怕。但我们深思一下纪弦此时处境，人到中年，漂泊异乡，这首诗也有对某种无可归依的漂泊感的隐喻。他稍早写的《十一月的怀乡病》(1952)则交织着对故园与初恋的怀思：

> 十一月是我的诗之月，/是一年中最诗最美好的金与蓝的季节。/世界上再没有一个蓝天比那覆盖着生长我的古城的/更蓝，更深，更蓝得悦目，更深得好看的了，/当十一月莅临的时候；而家园秀挺的梧桐树/则撒下来她的金色的果瓢，如一叶叶小小的舟。/在那里，我昔日的初恋女，有其蓝色的大眼睛，/常给我以秋空般的沉醉；而我们款步过的扬子江边，/那夕照里摇曳着的芦滩也是镀了一层薄金的。/啊啊！又是金色与蓝色的诗之月来了，/我却流亡在这海岛上，唱着无限伤情的怀乡歌。[1]

诗人以深情吟唱昨日之梦——"生长我的古城"，"家园秀挺的梧桐树"，"昔日的初恋女"，"我们款步过的扬子江边"，都属于那回不去的家乡，而诗人把"最诗最美好的金与蓝的季节"献给故乡与旧梦，属于他的只有"流亡"与"无限伤情的怀乡歌"。怀念原乡从此成为回荡在一代台湾诗人作品中的母题。诗人纪弦还有一首《你的名字》(1952)，可以说体现了张爱玲评价他的《窗下吟》时所说的音韵"极尽娉婷之致"：

> 用了世界上最轻最轻的声音，/轻轻地唤你的名字每夜每夜。//写你的名字。/画你的名字。/而梦见的是你的发光的名字：//如日，如星，你的名字。/如灯，如钻石，你的名字。/如缤纷的火花，如

---

[1] 所选版本收于《纪弦诗选集》，第121页。

闪电,你的名字。/如原始森林的燃烧,你的名字。//刻你的名字!/刻你的名字在树上。/刻你的名字在不凋的生命树上。/当这植物长成了参天的古木时,/啊啊,多好,多好,/你的名字也大起来。//大起来了,你的名字。/亮起来了,你的名字。/于是,轻轻轻轻轻轻地唤你的名字。[1]

作为爱情诗,这首诗形式上很像纪弦老友戴望舒的《我的恋人》(1931):"我将对你说我的恋人,/我的恋人是一个羞涩的人……但是我永远不能对你说她的名字,/因为她是一个羞涩的恋人。"两首诗都拿恋人"名字"做文章,而这名字最后都没出现。不同于戴诗的略显散漫造作,纪弦这首《你的名字》则寓深情于洒脱流畅。词汇重复是这首诗的一个重要特色:"最轻最轻""每夜每夜",结尾的三个"轻轻"连用,以及最醒目的连续十五个"你的名字",声音的复沓让感情不断升温,又并未止于简单的情绪表达。"原始森林"的燃烧隐喻火热的爱,由此引出"刻你的名字在树上",树会长大,"当这植物长成了参天的古木时……你的名字也大起来",最后又复归柔情:"于是,轻轻轻轻轻轻地唤你的名字。"《你的名字》把爱情写得欢乐缠绵又回肠荡气,且不失其形式考究。

现代派中另一诗人**郑愁予**与纪弦不是同代人,却一样承受着漂泊的命运。他本名郑文韬,祖籍河北宁河县,1933年生于山东济南。抗战与内战期间随军人父亲奔走于江南塞北,"因此我自小便习惯流浪,而且懂得在流浪中寻找生活的乐趣和意义"。[2]他1947年上初中二年级时就在北京写下处女作《矿工》,1949年抵台湾,1952年与纪弦结成好友,共同创立现代派。郑愁予这个笔名叫人想起《楚辞·九歌·湘夫人》中描写湘夫人出场的名

---

[1] 所选版本收于《纪弦诗选集》,第120页。
[2] 转引自章亚昕:《二十世纪台湾诗歌史》,北京:人民文学出版社2010年版,第110页。

句:"帝子降兮北渚,目眇眇兮愁予"[1],余光中亦称他为现代诗派中的"婉约派"。郑愁予早年新诗能看到何其芳和辛迪的影子,那种类似古典诗词的蕴藉含蓄与浪漫婉约,以及对意象的巧妙营构。如写于1954年的《错误》:

> 我打江南走过/那等在季节里的容颜如莲花的开落//东风不来,三月的柳絮不飞/你底心如小小的寂寞的城/恰若青石的街道向晚/跫音不响,三月的春帷不揭/你底心是小小的窗扉紧掩//我达达的马蹄是美丽的错误/我不是归人,是个过客……[2]

在总结自己一生创作时,郑愁予说:"诗中的人物都是我移情的替身,带有我对生命的一种无可奈何的怜悯。"[3]思妇主题在中国古典诗词中是悠久不去的旋律,从《古诗十九首》中的"行行重行行,与君生别离",到曹植《七哀诗》中的"君行逾十年,孤妾常独栖",再到温庭筠《望江南》中的"过尽千帆皆不是,斜晖脉脉水悠悠",古代诗人在抒情时常用男性想象中的女性视角,而郑愁予这首《错误》的抒情主体是男性自身。一切都从春天开始,"东风不来,三月的柳絮不飞"。诗人想象中,孤独的等待者,她的思念与寂寞被以"小小的寂寞的城"这个意象承载,"青石的街道向晚","跫音"却没留在门前,"三月的春帷"掩藏了思妇的愁容思心,恰如"小小的窗扉紧掩"。诗中有怜惜女性的青春空度:"等在季节里的容颜如莲花的开落",亦有歉意:"我达达的马蹄是美丽的错误"。这首诗最富现代感的写法就是过客想象中思妇的"听",这区别于古典思妇诗中着力描摹"看"与"思"的写法,马蹄声始终未化作门前"跫音",于是思妇的失落之情也被潜移默化地以心

---

[1] 这个笔名也可能与辛弃疾《菩萨蛮·书江西造口壁》中"江晚正愁予,山深闻鹧鸪"句有关。(见章亚昕:《二十世纪台湾诗歌史》,第110页。)
[2] 所选版本收于《郑愁予的诗》,南京:江苏凤凰文艺出版社2016年版,第5页。
[3] 郑愁予:《〈郑愁予的诗〉序言》,收于《郑愁予的诗》,第3页。

理侧写完成。郑愁予曾忆及该诗缘起，抗战时期他曾随父亲部队开拔赴襄阳，沿途听到的马蹄声给他留下深刻印象，诗里"错误"是真的，"我"的确是过客而非思妇所思念者，这种情节化构思更加重了对思妇的歉意。《错误》让人想起戴望舒的《雨巷》，一个画面感强烈的世界，包裹着自造的、封闭的心相。《雨巷》采用环形结构隔离开心相与外部世界，郑愁予则将思妇的精神世界镶嵌在男性视角之中，结构类似，而《错

图7-1　台北志文出版社1974年版《郑愁予诗选集》封面

误》无论在意象使用还是语言上都更自然成熟。我们再深一步去思索的话，"过客"本身亦是无奈的，他何尝不想成为"归人"，但他终归成为被时代或命运裹挟的漂泊者，无法停留、无法休憩，在这一点上，过客和思妇产生了某种共情，而其深处则是诗人"自幼就怀有的一种'流逝感'"。

杨牧评价"郑愁予是中国的中国诗人，用良好的中国文字写作，形象准确，声籁华美，而且是绝对地现代的"[1]。但郑愁予的现代主义不是卞之琳式的理智克制，而是借助形象浓郁地抒情，"他的诗，长于形象的描绘，其表现手法十足的现代化"[2]（纪弦语）。

　　我从海上来，带回航海的二十二颗星。/你问我航海的事儿，我

---

[1] 杨牧：《传统与现代的》，台北：洪范书店1982年版，第172页。
[2] 见流沙河：《台湾诗人十二家》，重庆：重庆出版社1983年版，第269页。

仰天笑了……/如雾起时，/敲叮叮的耳环在浓密的发丛找航路；/用最细最细的嘘息，吹开睫毛引灯塔的光//赤道是一痕润红的线，你笑时不见。/子午线是一串暗蓝的珍珠/当你思念时即为时间的分隔而滴落。//我从海上来，你有海上的珍奇太多了……/迎人的编贝，嗔人的晚云，/和使我不敢轻易近航的珊瑚的礁区。(《如雾起时》，1954)[1]

这首诗亮点在于通过象征手法达到虚实互生、以实喻虚的效果。从雾起时的航海开始追溯，航路、灯塔、赤道、子午线、编贝和晚云是实；"叮叮的耳环""睫毛"以及思念是虚。但诗人开篇就道出语言的虚拟性——"如"雾起时，后面又说"你有海上的珍奇太多了"，则虚实关系一下子逆转过来，原来大海的一切美景都是对"你"的赞美与象征。《如雾起时》对象征手法的圆熟使用，很像冯至的《蛇》(1926)——以蛇喻单恋中的寂寞，"你头上的、浓郁的乌丝"化作蛇所思念的草原家乡，"你的梦境"中蛇化作"月影"，"你的梦境"本身化作"一只绯红的花朵"，联想如行云流水般翩然。而在郑愁予诗里，"航海"如爱情般浪漫而充满危险，虚实间的象征性在这里连结起来。句子并不晦涩，既然"航海的事"从"敲叮叮的耳环在浓密的发丛找航路"开始，那么"如雾起时"自然成了对爱情氛围的隐喻。余光中曾指出："诗中人表面是水手，实际上是情人，但是一路写来，海上的景色与陆上女友的面容艳态却互为虚实，相映成趣，其中意象的交射互补，灵活而且生动。"[2]

与郑愁予一样，现代派女诗人**林泠**也经历了在大陆的漂泊人生，她的童年在西安和南京度过，1949年随家人来台湾。林泠本名胡云裳，祖籍广东开平，1938年生于四川江津。和许多诗人不同，林泠并非职业文人，她1958年毕业于台湾大学化学系，最终在美国获得博士学位，从事药物合成

---

[1] 所选版本收于《郑愁予的诗》，第43页。
[2] 余光中：《被诱于那一泓魔幻的蓝》，见《华中科技大学学报》(人文社科版) 2002年第2期。

研究。她早年的诗,恰如覃子豪的评价:"纯任自然,毫无造作的痕迹,诗句像提炼过了的口语,内容深刻,情感凝铸,甚至带一点儿冷峻。"如《不系之舟》(1955):

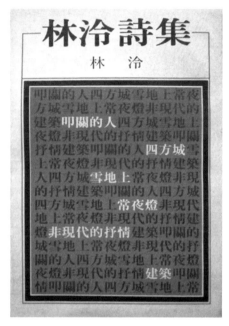

图 7-2　台北洪范书店 1982 年版《林泠诗集》封面

没有什么使我停留/——除了目的/纵然岸旁有玫瑰,有绿阴,有宁静的港湾/我是不系之舟//也许有一天/太空的遨游使我疲倦/在一个五月燃着火焰的黄昏/我醒了/海也醒了/人间与我又重新有了关联/我将悄悄自无涯返回有涯,然后/再悄悄离去//啊,也许有一天/意志是我,不系之舟是我/纵然没有智慧/没有绳索和帆桅[1]

"不系之舟"意象让诗人的自我造像有了强烈傲岸之感,青春一往无前,无视"岸旁有玫瑰,有绿阴,有宁静的港湾"。理智的她,预想了疲倦降临,于是"在一个五月燃着火焰的黄昏","我将悄悄自无涯返回有涯",但下面的一句"然后/再悄悄离去"让这诗人与世界的关联成为暂憩。年轻的诗人怀想未来,自由巡弋于感性与理性之间,"纵然没有智慧/没有绳索和帆桅"。不是饱经忧患的纪弦诗里那种无所归依的漂泊,作为"不系之舟"的诗人早熟般地渴望人生的自由远航,"岸"注定只是"舟"的暂泊港湾。与舒

---

[1] 所选版本收于《与顽石铸情:林泠诗选》,北京:生活·读书·新知三联书店 2005 年版,第 3 页。

婷同样以舟自喻的《双桅船》(1979) 对比:"雾打湿了我的双翼,/可风却不容我再迟疑。/岸啊,心爱的岸,/昨天刚刚和你告别,/今天你又在这里。/明天我们将在,/另一个纬度相遇……"两首诗的感情是类似的,都觉悟到舟的命运必是远行。不同于舒婷诗人个性中的浪漫,林泠的诗里有冷峻的理性。也不同于舒婷的乐观:"你在我的航程上,/我在你的视线里",林泠另一首《未竟之渡》(1956) 中对"岸"与同伴付诸冷静凝望:"你是忧戚这未竟之渡么?/你是张望未来的风暴么?/我们远离的浅水码头,那儿正灯火辉煌。/我们已远离了的——航程里的一切啊/而我不懂你的忧戚。"少女的温柔与伤感在她早年诗里不时也以冷峻的形象浮现:

> 你是横的,我是纵的/你我平分了天体的四个方位//我们从来的地方来,打这儿经过/相遇。我们毕竟相遇/在这儿,四周是注满了水的田垄//有一只鹭鸶停落,悄悄小立/而我们宁静地寒暄,道着再见/以沉默相约,攀过那远远的两个山头遥望/(——一片纯白的羽毛轻轻落下来——)//当一片羽毛落下,啊,那时/我们都希望——假如幸福也像一只白鸟——/它曾悄悄下落。是的,我们希望/纵然它是长着翅膀……(《阡陌》,1956)[1]

杨牧说,林泠的诗有"传统抒情诗最成熟的矜持",这首《阡陌》便是。她的"矜持"常表现为欲言又止,如《夜谭》(1956) 里:"轮到我的故事了,恋的故事/(恋是谢幕的歌者,隐去/在悠悠地结束那支即兴曲后)/这时,我只扯下灯罩的柳苏,打着/一个奇怪的结……"可《阡陌》的表达如此明晰,以"阡"和"陌"暗喻双方,"你是横的,我是纵的","我们"是平等的:"你我平分了天体的四个方位",又如阡陌般"我们毕竟相遇"。"我们"寒暄、"道

---

[1] 所选版本收于《与顽石铸情:林泠诗选》,北京:生活·读书·新知三联书店2005年版,第21页。

着再见"并"以沉默相约",可又"攀过那远远的两个山头/遥望"。到这里诗人都算是矜持的。感情的发作是在结尾:"啊,那时/我们都希望——假如幸福也像一只白鸟——",无尽的失落、失望与缅想,却绝不落入感伤俗套。阡陌之外,鹭鸶的意象也贯穿起全诗情感线索,它是幸福的象征,但它必然飞走。纵然分离是必然的,可那白鸟"它曾悄悄下落"也被铭记于心。就像徐志摩的《偶然》:"你我相逢在黑夜的海上,/你有你的,我有我的,方向",这首诗写的也是相遇和离别——那种分别的必然,也可在"我们从来的地方来,打这儿经过/相遇"一句中看到。《阡陌》比起《偶然》中的纠结,多了些温暖:"是的,我们希望/纵然它是长着翅膀……"这温暖恰是诀别的释然,真正的释然。

在纪弦创办《现代诗》杂志的第二年,另一个诗歌社团**蓝星诗社**由覃子豪、余光中、夏菁、蓉子等人发起于台北。"蓝星"之名,据说受到了法国16世纪主张摹古复古的七星诗社[1]启发。这些诗人一方面坚持中文新诗的现代主义取向,另一方面又不赞同"现代派"过于单一地强调"现代",主张"自由创作"。总体说,"'蓝星'的作风介于稳重与保守之间……诗风侧重抒情,作品比较易被接受",可以称之为"温和的现代主义"[2]。

蓝星诗人重镇**余光中**(1928—2017),福建永春人,生于南京,抗战爆发后随母流离于苏皖之间,几经辗转到重庆与父亲团聚。抗战胜利后入金陵大学外文系,后转入厦门大学,1950年又随父母去台湾,毕业于台湾大学。虽然1957年开始主编《蓝星》周刊,成为蓝星诗人后期领袖,但他在创作上转益多师,诗风多变,一如他辗转的人生,在新诗写作上余光中也走了一条从容缓步于西化与传统间的道路。他深为赞同这样的说法:"所谓现代,

---

[1] 16世纪初,法国文坛以龙沙和杜贝莱为首的七星诗社,主张实行语言改革和实现法兰西语言的统一,从而推动从事法语民族诗歌创作。另据余光中回忆:"至于'蓝星'这个名字,倒是(覃)子豪想出来的。"(见《余光中集》第5卷,第143页)
[2] 张健:《蓝星诗人的成就》,《明道文艺》第274期。

就是没有派别。"（王仁璐语）[1] 余光中自承接触新诗，是由臧克家《烙印》开始，读了汉园诗人李广田《诗的艺术》（1943）后，又从卞之琳和冯至那里摸索到写新诗的门径。他早年创作有明显的新月痕迹，逐渐加以改进，走上一条半自由、半格律的道路。

> 四周的人在做梦，/我颤抖地起来了。/阵阵寒冷的北风/在梧桐树顶怒号！//扫去昨夜的污浊，/留下今朝的脚印；/开一条新的道路，/向前去迎接黎明。[2]

这首1949年写于香港的《清道夫》，能看出很明显的新月派风格，整饬的两节八行，每行七字，视觉上也是豆腐块一样的"楼房体"。主题是写实的，让人想起五四早期的某些诗作，如胡适的《人力车夫》（1918）；抒情主体是清道夫，精神指向不乏"光明"，又很像七月派风格——五四以来的中文新诗传统显然对余光中早期创作影响很大。类似风格在他初期几本诗集中常见，但也有变化，如口语色彩的加强："有人说：/爱情是糖屑，/深沉药碗里；/谁想尝糖屑，/苦药喝到底！//姑娘呦！/你这药碗里，/有糖没有糖？/一碗酸苦汤，/浑沌不见底！"（《初恋之谜》，1951）余光中有着丰富的生活经历，接触过多元的文化。除了在台湾的工作外，1957年和1964年两度赴美，1974年至1985年在香港任教。多元文化的碰撞带来他文化意识的整合，空间和时间的距离感都成了他诗思的来源。"在台北时，他怀念江南；在香港时，他眷恋台湾；在高雄时，他回望香港。这已经成为余光中倚重的情感。距离可以产生美感，这无疑是相当传统的创作方式。他的诗之所以读来稳重，并且耐人寻味，毋宁是他利用时空的落差所造成的错愕。"[3] 这种稳

---

[1] 余光中：《喂，你是哪一派？》，收于《余光中集》第4卷，第502页。
[2] 所选版本收于《余光中集》第1卷，第5页。
[3] 陈芳明：《余光中曾是我的乡愁》，见《联合文学》1996年7月号。

重且耐人寻味的诗篇,常见于他的原乡之思:

> 当我死时,葬我,在长江与黄河/之间,枕我的头颅,白发盖着黑土/在中国,最美最母亲的国度/我便坦然睡去,睡整张大陆/听两侧,安魂曲起自长江,黄河/两管永生的音乐,滔滔,朝东/这是最纵容最宽阔的床/让一颗心满足地睡去,满足地想/从前,一个中国的青年曾经/在冰冻的密西根向西瞭望/想望透黑夜看中国的黎明/用十七年未餍中国的眼睛/饕餮地图,从西湖到太湖/到多鹧鸪的重庆,代替回乡(《当我死时》,1967)[1]

和他另一首家喻户晓的《乡愁》不同,这首诗完全用散文化笔法一气呵成。如果说《乡愁》还有些为一代漂泊海峡对岸者代言的味道,这首诗则完全是余光中个人体验的结晶,西湖、太湖、重庆,原本就是他漂泊旅途暂居之所。"时空的落差"除了体现在身处美国怀念故土的空间落差外,也体现在对未来魂归故土的想象,"当我死时",诗的第一句就把对祖国的眷念寄托到遥远未来。散文笔法、形象化语言和长短句式的起伏,让人想起艾青创作力最旺盛时期的诗句。虽以散文笔法出之,但具体细节可见诗人用心细腻,如"我便坦然睡去,睡整张大陆"及"让一颗心满足地睡去,满足地想",两个"睡"的重复,如余光中分析新诗中的重复用词"可以催眠,可以加张气氛"又不落痕迹(《简介四位诗人》,1958)。时空距离的想象在余光中诗里有时表现为对永恒与短暂、无涯和死亡的思考,但诗人通达乐观的精神内核又让这种思考具有一种哲思意味:

> 当我年老,高峻的额头/就响起星斗/将我蛀穿的声音/那样

---

[1] 所选版本收于《余光中集》第2卷,第115页。

> 恐怖的清醒／此外整个世界都十分沉寂／咳一声嗽／满城都空洞有回音／震落纷纷的灰尘和蜘蛛／和一只太阳，满结蛛网／等月亮也落下来／我便捧住／和着凉凉的潮水吞下／一丸安眠药那样仁慈／然后睡去（《当我年老》，1971）[1]

与《当我死时》一样，诗人把思绪投向遥远未来。星斗、太阳和月亮三个代表光明的意象十分醒目。太阳暗喻自身青春辉煌的岁月，终会"结满蛛网"。星斗暗喻永恒的敲打，个体面对永恒时那么孤独："……星斗／将我蛀穿的声音／那样恐怖的清醒／此外整个世界都十分沉寂。"但诗人第一句就是骄傲而自信的："当我年老，高峻的额头"；月亮暗喻短暂人生中的坚守与美丽，当它落下时，"我便捧住／和着凉凉的潮水吞下／一丸安眠药那样仁慈／然后睡去"。安眠药是"仁慈"的，则人世和岁月除了喧腾也有疲惫，死便像睡眠一样安静而坦然了。一生顺遂洒脱的余光中，对商业社会也有他的无奈，他认为商业在文化上的过度繁殖是"一件危险的事"，"现代作家的孤绝感一部分因此形成"[2]。但作为一名个性偏于平和理性的诗人，不同于"面朝大海"、背向红尘的海子，余光中笔下的死亡既不乏沉重又体现了诗人与人生的和解姿态[3]。余光中作品贯穿着对中国古典诗词神韵技巧和西方文学传统的的化用与吸收，如《招魂的短笛》（1958）：

> 魂兮归来，母亲啊，东方不可以久留，／诞生台风的热带海，／七月的北太平洋气压很低。／魂兮归来，母亲啊，南方不可以久留，／太阳火车的单行道／七月的赤道炙行人的脚心。／魂兮归来，母亲

---

[1] 所选版本收于《余光中集》第2卷，第260页。
[2] 余光中：《盖棺不定论》，收于《余光中集》第4卷，第498页。
[3] 余光中对加缪的看法颇能体现他的乐观主义与古典精神。他认为加缪的"荒谬哲学"并非"唾弃一切价值"，而是以行动反抗荒谬本身。（见《在中国的土壤上》，1967）

啊，北方不可以久留，/驯鹿的白色王国，/七月里没有安息夜，只有白昼。/魂兮归来，母亲啊，异国不可以久留。//小小的骨灰匣寐在落地窗畔，/伴着你手栽的小植物们。/归来啊，母亲，来守你火后的小城。/春天来时，我将踏湿冷的清明路，/葬你于故乡的一个小坟。/葬你于江南，江南的一个小镇。/垂柳的垂发直垂到你的坟上，/等春天来时，你要做一个女孩子的梦，/梦见你的母亲。//而清明的路上，母亲啊，我的足印将深深，/柳树的长发上滴着雨，母亲啊，滴着我的回忆，/魂兮归来，母亲啊，来守这四方的空城。[1]

这首诗包含了余光中作品的几个常见话题，古典、原乡与死亡。作为悼亡之作，诗人在第一节化用《楚辞·招魂》的语言和结构[2]，这种化用又是创造性的，将古典与今人感情糅合在一起，并不生硬。招魂这一古典仪式的引入，增强了诗的凝重感。从第二节开始，诗自招魂返回现实中的具体抒情。诗意的联想中，死亡不是终结而是回归，既是对故土的回归："春天来时，我将踏湿冷的清明路，/葬你于故乡的一个小坟。/葬你于江南，江南的一个小镇。"也是对青春的回归："垂柳的垂发直垂到你的坟上，/等春天来时，你要做一个女孩子的梦，/梦见你的母亲。"这种充满感情的诗句，体现了余光中以及大多数蓝星诗人温柔敦厚的抒情风格。

蓝星诗人多是文化名流，学院派人士也不少，是一个精英们沙龙式的松散新诗社团。出身摊贩的**周梦蝶**（1920—2014）是其中的异数，他本名周起述，河南淅川人，读过乡村师范，做过图书管理员和小学教员。1948年随军去台，1956年退役后，在台北市武昌街摆书摊21年。周梦蝶是遗腹

---

[1] 所选版本收于《余光中集》第1卷，第240页。
[2] 《楚辞》中的《招魂》和《大招》分别采用诸如"魂兮归来，南方不可以止些"和"魂乎无（东/南/西/北）"这样的句式，宣示四方天地之环境恶劣，以此召唤亡魂归来。

子，出生前四个月父亲就过世，成年后颠沛流离；早年丧母，中年丧妻，老年丧子，"若果前世今生，一端是诗，一端是佛，那支撑点就是植根残缺现实，颇具悲剧性格的周梦蝶了"[1]，所以他的诗也"交融着火的凄哀与雪的凄寒"[2]。在摆书摊的21年中，他专卖冷僻的哲学、诗集、诗刊等文学读物。1959年，诗集《孤独国》出版后，他得到一个雅号"孤独国主"。1962年后他每日静坐街头，在红尘闹市里礼佛习禅，人们亦以"苦僧诗人"目之，但宗教并不能解脱他的悲苦：

> 一只萤火虫，将世界／从黑海里捞起——／／只要眼前有萤火虫半只，我你／就没有痛哭和自缢的权利（《四句偈》，1965）[3]

《四句偈》构思上有点像美国诗人艾米莉·狄金森的《如果我能让一颗心不再疼痛》（张祈译）："如果我能让一颗心不再疼痛，／我就没有白活这一生；／如果我能把一个生命的忧烦减轻，／或让悲哀者变镇静，／或者帮助一只昏迷的知更鸟／重新返回它的巢中，／我就没有白活这一生。"两诗都探究生命意义，且将其系于极微小的生物，艾米莉的诗是"知更鸟"，周梦蝶的诗是"萤火虫"。仔细看，区别还是很大的。艾米莉的诗是自我独语，周梦蝶的诗是对话，是劝人也是劝己。"痛哭和自缢"都是太激烈的动作，至少能看出诗人对那些难以解脱的生存之苦深有体会。再拿这首诗和另一首禅意颇重的诗对比下："对着镜子／忽然起杀像之意，——／我还是听人生之呼唤／让他是一个空镜子。"（废名：《无题》，1931）废名《无题》表面平静，其实是以"不看"的动作逃避生命"不堪"之重。周梦蝶的偈语看似超脱，实在比废名《无题》更悲苦难耐。从《庄子》里撷取"梦蝶"的笔名，多

---

[1] 曾进丰：《周梦蝶诗导论》，收于《鸟道：周梦蝶世纪诗选》，中央编译出版社2018年版，第1页。
[2] 叶嘉莹：《序周梦蝶先生的〈还魂草〉》，收于《还魂草》，香港：文艺书屋1969年版，第2页。
[3] 所选版本收于周梦蝶：《刹那》，北京：海豚出版社2010年，第76页。

少看得出一点人生如梦的意思，以诗意方式解脱人生沉重，恰说明人生实是悲苦[1]，"他又是这娑婆世界最不自由的人。因为生活不难解决，生命却难安排"[2]。不同于古代诗僧，周梦蝶的诗一直萦绕在"不得解脱"与"不得不解脱"之间，他"心灵既孤，精神亦独。孤独中生郁闷，文学成为苦闷之象征"（曾进丰语），则他诗里的精神对话与思索的姿态，自然多于欢喜悟道和以诗释法的禅意。

图7-3　香港文艺书屋1969年版《还魂草》叶嘉莹序

谁是心里藏着镜子的人呢？/谁肯赤着脚踏过他底一生呢？/所有的眼都给眼蒙住了/谁能于雪中取火，且铸火为雪？/在菩提树下。一个只有半个面孔的人/抬眼向天，以叹息回答/那欲自高处沉沉俯向他的蔚蓝。//是的，这儿已经有人坐过！/草色凝碧。纵使在冬季/纵使结跏者底跫音已远逝/你依然有枕着万籁/与风月底背面相对密谈的欣喜//坐断几个春天？又坐熟多少夏日？/当你来时，雪是雪，你是你/一宿之后，雪既非雪，你亦非你/直到零下十度的今夜/当第一颗流星骤然重明//你乃惊见：雪还是雪，你还是你/虽然

---

[1]"……不自由的灵魂要绝对的自由。　梦/一半的自由只是，另一半，是诗/梦是未实现，未实现/就死去，而诗，梦的标本/睁眼，在现实的催眠下奇异地完成/可抚摸的，一种凝定的翩跹……"（余光中：《蝴蝶——赠周梦蝶》，1967）

[2]余光中：《周梦蝶诗境初窥》，收于《余光中集》第8卷，第85页。

> 结跏者底跫音已远逝／唯草色凝碧。(《菩提树》)[1]

从诗中佛教典故和庄学字汇[2]来看，此诗是以暗示手法表现观照式宗教感悟，蕴含周梦蝶诗作特有之佛道气质。"菩提"即梵文中觉悟、智慧之意，佛祖也是在菩提树下"成道"。开首两个问句已明示，"心里藏着镜子"和"赤着脚踏过他底一生"并非仅指古代圣贤，也指向自身。"是的，这儿已经有人坐过"，表明诗人追随古贤，结跏趺坐于人世。"雪中取火，且铸火为雪"这锤炼精致的句子写出修行目标，"火"是此刻之心，铸之为"雪"则是目的。诗人以跳跃诗思去想象修行艰辛，"坐断几个春天？／又坐熟多少夏日？"想象波折："当你来时，雪是雪，你是你／一宿之后，雪既非雪，你亦非你"。最后是"证悟"："直到零下十年的今夜／当第一颗流星訇然重明／／你乃惊见：／雪还是雪，你还是你"。从"雪是雪，你是你"到"雪既非雪，你亦非你"，再到"雪还是雪，你还是你"，显然出自禅宗见山见水的典故[3]。"无上甚深微妙法，百千万劫难遭遇"，与其说这首诗写的是证悟法门，不如说是诗人"外冷内热"心灵磨炼的一次展示，是借禅学与庄学入诗而将内心斗争加以外化。诗人也在另一首基督教背景的《绝响》中说过："说火是为雪而冷的／那无尽的草色是为谁而冷的？／何处是家？何处非家？"宗教只是诗人的证道手段，诗人是在精神矛盾中吟唱，用诗性空灵与宗教典故为"我"代言，探索人生意义。周梦蝶早期收录在《还魂草》中的诗，并不回避在追求宗教圆融境界时自身精神的强烈挣扎与求索，恰

---

[1] 所选版本收于《刹那》，第38—39页。
[2] (唐) 法海本《坛经》中，禅宗五祖弘忍上首弟子神秀作偈云："身是菩提树，心如明镜台。时时勤拂拭，莫使有尘埃。""结跏趺坐"亦是佛教修行坐姿。"騞然"意为刀解物之声，出自《庄子·养生主》："謋然向然，奏刀騞然，莫不中音。"
[3] (南宋) 普济编：《五灯会元》卷十七，青原惟信禅师说："老僧三十年前未参禅时，见山是山，见水是水。及至后来，亲见知识，有个入处，见山不是山，见水不是水。而今得个休歇处，依前见山只是山，见水只是水。大众，这三般见解，是同是别？有人缁素得出，许汝亲见老僧。"(见《五灯会元》卷十七，北京：中华书局1984年版，第1135页)

如他说过的："我是沙漠与骆驼底化身"（周梦蝶《行者日记》）。诗人感受安贫乐道的外在生活，而如大漠孤驼般探求人生之梦的真谛。他毕生也没有放弃"向每一寸虚空／问惊鸿的归处"（《虚空的拥抱》），有时也会困惑和迷惘："静默：我擎持着的，该不是个漏卮吧！／我私忖着——拂落满眼洋溢的忧愁／看白云向东流／星星向西流……"（《枕石》，1959），有时亦有轻盈的释然：

> 一片枯叶如扇复如掌，轻轻／打在一匹孤飞的／名字叫梅花的／麋鹿的肩上。说：／高处太冷了。不如结伴，及早／回故乡过冬吧！／还有什么好犹豫的？／才说到故乡，故乡的梅花就开了！／还有什么好犹豫的？
>
> 想再回到尚未出生以前／怕是不可能了。不如／不如将错就错，向／至深至黑的井底，或／松尾芭蕉的句下／觅个悟处与小歇处吧！／／话说到天亮也说不完／我偏爱句号。更爱／凄迷摇曳，蝌蚪也似的逗点。（《九行——读鹿苹诗集扉页有所思》，2006）[1]

落叶本自轻飘，诗人偏赋予其分量，"轻轻／打在……名字叫梅花的／麋鹿的肩上"。叶子飘落就无复归来，它却非要唤"叫梅花的麋鹿"结伴还乡。落叶可有乡可归吗？"落叶不更息，断蓬无复归。飘飖终自异，邂逅暂相依。"（[唐]韩愈《落叶送陈羽》）在唐人眼里，落叶如逝川、飘蓬般断续不息，邂逅相依只是暂时。则对"来日绮窗前"的著花寒梅之思念恐怕也会落空。所以诗人在第二首里说"想再回到尚未出生以前／怕是不可能了"，他没给出对生命意义的解释，无论"至深至黑的井底"还是"松尾芭蕉的句下"，都仅是"悟处与小歇处"，而非终点。他"偏爱"句号，更爱逗点，因逗点

---

[1] 所选版本收于《刹那》，第119—120页。

"凄迷摇曳，蝌蚪也似的"，充满动感。假如说句号代表生命的结论，逗点则隐喻寻觅过程。这首诗以充满禅味的散文化语言，讲的是一个生命由"归"到"觅"的过程，恰好诠释了这句话："我们栖居，并不是因为我们已经筑造了；相反地，我们筑造并且已经筑造了，是因为我们栖居，也即作为栖居者而存在。"[1]

以诗觅禅或以禅作诗的台湾诗人，除了周梦蝶，还有一位**洛夫**。两人虽新诗理念不尽相同，却是相交甚笃的诗友，洛夫曾化用《庄子·齐物论》中"以指喻指之非指，不若以非指喻指之非指也"一句作《截指记——戏赠周梦蝶》与周唱和。洛夫属于创世纪诗人。在 1950 年代早期现代派和蓝星诗人最活跃的时代，**创世纪诗派**尚在酝酿中，未提出鲜明成熟的新诗观点。1954 年，洛夫、张默、痖弦等人创办《创世纪》诗刊，经过五年探索后，创世纪诗派吸收了商禽、叶维廉、管管等更多诗人加盟，其中还包括属于现代派的郑愁予。由主张"横的移植"的现代派和作为"温和的现代主义"的蓝星诗人所推动的台湾现代诗运动，被提出"超现实主义"主张的创世纪诗人推向另一个高潮，他们更广泛地与中国的禅道观念相沟通，更加强调直觉、感性和潜意识以及意象经营在中文新诗中的应用。这也导致了他们新诗语言的进一步晦涩化，余光中对其有"放逐理性，切断联想，扼杀文法"[2]之讥。不过，创世纪诗派的出现，其实并未割裂中文新诗，他们对闻一多、卞之琳、冯至、何其芳、辛迪、艾青等老诗人的创作多有取法乃至反思，他们所追求的"世界性""超现实性""独创性"和"纯粹性"其实也是中文新诗的正常发展流向，与 1980 年代以后大陆诗坛对比，就不难发现两岸在中文新诗发展道路上的殊途同归。

创世纪诗派的领军人物**洛夫**（1928—2018），本名莫运端，又名莫洛夫，

---

[1]〔德〕海德格尔:《筑·居·思》，孙周兴译，收于《演讲与论文集》，北京：生活·读书·新知三联书店 2005 年版。
[2] 余光中:《第 17 个诞辰》，收于《余光中集》第 5 卷，第 153 页。

湖南衡阳人。1948年入湖南大学外文系，次年随军来到台湾。1946年尚在中学就读时洛夫就开始写诗，1952年正式发表诗作。他早年作品受到艾青和卞之琳影响，有着明净疏朗的抒情气息，如《石榴树》（1954）：

> 假若把你的诺言刻在石榴树上／枝桠上悬垂着的就显得更沉重了／／我仰卧在树下，星子仰卧在叶丛中／每一株树属于我，我在每一株树中／它们存在，爱便不会把我遗弃／／哦！石榴已成熟，这动人的炸裂／每一颗都闪烁着光，闪烁着你的名字[1]

石榴树因其果实多籽，被我国民间当作多子多福的象征，也是坚贞爱情的信物。《石榴树》的用意之一应该就在于此。诗的第一句让人想起纪弦《你的名字》："刻你的名字在不凋的生命树上"，不同于纪诗的急迫表达和强烈激情，《石榴树》以柔情取胜。"石榴已成熟，这动人的炸裂"，以石榴成熟喻爱情圆满，这样的写法，倒是与闻捷几乎写于同期的《苹果树下》以苹果成熟喻爱情瓜熟蒂落如出一辙。几年后，洛夫的诗风便有了变化，超现实主义色彩加重，追求打破日常审美与反常识性的意象使用，力图以此接近对生命本真的认知，他提出："对生命本性的体认，生命真谛的探索，这种本性与真谛唯有在残败的生命情境中发现。"[2]与余光中等诗人向古典追索抒情传统不同，洛夫的这类诗显示了对现代人灵魂苦难和生命深层的悲剧意识。1959年，他历时五年完成了六百多行长诗《石室之死亡》，"就结构的庞大，气势的恢宏，与主题的严肃有力，它都可以算是一部突出的作品；而其意象的复杂与摄入，在中国现代诗坛上更是独树一帜"[3]。艰深晦涩的超现实主义手法

---

[1] 所选版本收于《洛夫诗全集》上卷，南京：江苏文艺出版社2013年版，第3页。
[2] 洛夫：《中国现代文学大系·诗序》，收于洛夫、白荻编：《中国现代文学大系·诗第一辑、第二辑》，台北：巨人出版社1972年版。
[3] 《中国当代十大诗人选集》，台北：源成文化图书供应社1979年版。

使用体现了洛夫"不落言诠"的新诗理念,即探索新诗语言的内在逻辑与韵外之致,通过"不落言诠"让"言外之意"自动呈现。超现实主义诗中所谓"联想的切断",抵达"想象的真实"和意象的"飞翔性"。如写于1970年代后期的《石头妻子》,就与其抒情时代的《石榴树》大异其趣:

> 你一直未曾哭过/妻子,我真不相信/用刀子/在你身上刻不出一滴泪来//更不要说血了/甚至也没有伤痕/我哀伤地离去/顺手从你额上刮走一撮青苔[1]

在洛夫看来,诗是生命唯其残败才需要更生的表征,因此他的诗追求的不是表达圆融完善的美,而是通过"破坏"既有审美定势实现对生活新的解读。"石头妻子"意象让人联系到中国文化里无数的望夫石[2]故事,诗人给历史传说以全新阐释。诗人在这首诗里赋予妻子石头的质地,是写妻子的坚忍顽强。"我"对妻子的爱被以"刀子"刮刻这一新鲜而超出常识的动作加以形容,刮刻不出"一滴泪"、"更不要说血了/甚至也没有伤痕";"我"能带走的,仅是"你额上"的"一撮青苔",新奇的意象和表达给古老传说以新生命。同为咏望夫石的诗作,舒婷《神女峰》(1981)着眼点在现代人对古典故事的批判性质疑:"美丽的梦留下美丽的忧伤/人间天上,代代相传/但是,心/真能变成石头吗/为眺望远天的杳鸿/而错过无数次春江月明。"与朦胧诗人以明朗意象呼唤的"背叛"不同,洛夫诗则以特异的意象沉浸于个体对命运的坚忍。洛夫对新诗语言的思考,在《与君谈诗》中可见端倪:

---

[1] 所选版本收于《洛夫诗全集》上卷,第315页。
[2] 望夫石故事可追溯到《山海经·海内经》中涂山氏化石传说:"禹治洪水,通轩辕山,化为熊。……涂山氏往,见禹方作熊,惭而去。至嵩高山下,化为石,方生启。"亦见于(传)[南朝·宋]刘义庆《幽明录》:"武昌北山有望夫石,状若人立。古传云:昔有贞妇,其夫从役,远赴国难,携弱饯送北山,立望夫而化为立石,因以为名焉。"

> 你们问什么是诗／我把桃花说成了夕阳／／如果你们再问／到底诗是何物？／我突然感到一阵寒颤／居然有人把我呕出的血／说成了桃花[1]

这首诗用平实的语言，表达了对新诗意象运用和新诗本质的深层思考。中文新诗发展到这个时候（1970年代中期），一些传统诗歌审美中的思维定势仍主导常人思路，人们不大容易接受对意象的新理解。诗的第一节，诗人好像敷衍地回答提问者"什么是诗"——"我把桃花说成了夕阳"，桃花与夕阳的联系，取其颜色近似，这是通常理解，元人白珽《湖居杂兴》中有"桃花含笑夕阳中"句。徐志摩《残春》（1927）说"昨天我瓶子里斜插着的桃花／是朵朵媚笑在美人的腮边挂；／……'你那生命的瓶子里的鲜花也／变了样：艳丽的尸体，谁给收殓？'"以"艳丽的尸体"形容落花，在对意象的解读和使用上已经有所创新。洛夫则将对桃花意象的理解进一步阐发，通过情节化思绪，激烈反抗寻常人们在诗句里寻找那熟悉"诗意"的审美态度。诗人说："我突然感到一阵寒颤／居然有人把我呕出的血／说成了桃花"，这涉及他对诗之本质的认识，诗不该是供人玩赏的文字游戏，而是对生命意志与生命之真的表达，"所谓意象化，就是诗人把情感深深地渗入事物之中，再透过具体而鲜活的意象表达出来"[2]。洛夫晚年还有另一首《看云》，也是说审美态度：

> 船在河上行走／桅樯上／云在晒着衣裳／／我在船头看云／请问为何一动不动／云冷冷答曰：／你不是也没有动吗？／蠢／我端起酒杯一饮而尽[3]

---

[1] 所选版本收于《洛夫诗全集》上卷，第314页。
[2] 洛夫、马铃薯兄弟：《与大河的对话——诗人洛夫访谈录》，见《扬子江评论》2012年第4期。
[3] 所选版本收于《洛夫诗全集》下卷，第462页。

你看那云时，怪那云不动，云若有嘴，会笑你不动。其立意颇似废名的《海》。个体不去看（审美行动），无法体会到美；而存了"必须如此"的经验去看，也体会不到更深层次的无言之美。有时恰恰是"我执"的先见，阻碍了审美的畅通。同为看云，和顾城《远和近》不一样，《看云》充满浓郁禅意。与周梦蝶相似，洛夫也爱写禅。但周梦蝶写的是"放不下"之苦。洛夫晚年有些诗，却比坐禅的周梦蝶写得更像禅悟："水深得很哩 // 提起双脚 / 热水盆里冒出一朵小小的泡沫 / 对着犯困的我 / 莲一般笑着"（《寒夜洗脚》）。

作为一名少小离家的诗人，洛夫的诗里也萦绕着挥之不去的原乡之思。1977 年的《如果山那边降雪》中，诗人"在板门店山头眺望，透过远方重重的嶂峦，我们似乎看到了长白山的大雪纷飞，听到了黑龙江愤怒的咆哮"[1]，于是这样深情的诗句奔涌而出："我们久久冰立山顶 / 无非是想证实 / 山是否仍是白山 / 水是否仍是黑水 / 高中地理课本上的河川 / 仍在我的体内蜿蜒"。洛夫的乡愁诗往往与对亲人的思念结合在一起，如写于 1980 年代末的《赠大哥》，诗人回忆起童年，写下这样奇瑰绚丽而童心未泯的诗句："昨夜梦见钓上一条好大 / 好大的鱼 / 我坐在床边拼命地拖 / 拖得腰酸背痛，脸色发青 / 举竿细看 / 嘿嘿，竟是一尾鳞片脱落的童年。"同一时期完成的《河畔墓园——为亡母上坟小记》[2]，以超现实手法表达了苦涩的遗憾与思念：

> 膝盖有些些 / 不像痛的 / 痛 / 在黄土上跪下时 / 我试着伸腕 / 握你蓟草般的手 / 刚下过一场小雨 / 我为你 / 运来一整条河的水 / 流自 / 我积雪初融的眼睛 // 我跪着。偷觑 / 一株狗尾草绕过坟地 / 跑了一大圈 / 又回到我搁置额头的土堆 / 我一把连根拔起 / 须须上还

---

[1] 洛夫：《〈如果山那边降雪〉后记》，收于《洛夫诗全集》上卷，第 235 页。
[2] 1981 年得知母亲去世时，诗人回忆自己"没有眼泪，只有近乎麻木的怔忡，独自在书房中静坐沉思了很久"。随后他写下长诗《血的再版——悼亡母诗》，诗的"序"中说："读过 / 一再默诵过的 / 你那闪光的 / 脸 / 用黄金薄片打造的封面 / 昨日 / 你被风翻到七十七页 / 便停住了 / 且成为海内外的孤本 / 而你的血 / 又在我血中铸成新字 / 在我的肉中 / 再版"。

留有／你微温的鼻息[1]

《河畔墓园》的诗思流畅贯通，诗人从下跪膝盖之"痛"写起，明写腿痛，实为心痛。由墓边蓟草，诗人展开超现实联想，仿佛那草是母亲来自坟墓深处的枯瘦的手。由"刚下过一场小雨"洛夫写痛哭："我为你／运来一整条河的水／流自／我积雪初融的眼睛。"那个乐观豁达的诗人此时绝不回避自己思念亡母的执拗，草的意象在第二节再次出现，被风吹得倒伏的狗尾草，也成了此岸与彼岸的联系，"我一把连根拔起／须须上还留有／你微温的鼻息"。这最切近的生死体验，被诗人写得陌生又深情。洛夫新诗的魅力，的确在于以超现实方法对现实情感与感受的再现。诗人对生活的要求反而那么简单："活在诗中，度过那美丽而荒凉的一生"[2]。

创世纪诗派另一位重要诗人**痖弦**，本名王庆麟，1932年生于河南南阳。1949年随军辗转到台湾，毕业于军队的政工干校，曾服务于海军，后受邀参加美国爱荷华大学国际创作中心，留学威斯康辛大学，获硕士学位。1954年他与洛夫等人创办《创世纪》诗刊。痖弦青年时代喜爱何其芳的诗，"何其芳曾是我年轻时候的诗神，他《预言》诗集的重要作品至今仍能背诵"[3]（《痖弦诗集·自序》，1988），早年的他也像何其芳一样"成天梦着一些美丽的温柔的东西"，诗风柔美：

落叶完成了最后的颤抖／荻花在湖沼的蓝睛里消失／七月的砧声远了／暖暖／／雁子们也不在辽夐的秋空／写它们美丽的十四行诗了／暖暖／／马蹄留下踏残的落花／在南国小小的山径／歌人留下破碎的琴韵／在北方幽幽的寺院／／秋天，秋天什么也没留下／只留下

---

[1] 所选版本均收于《洛夫诗全集》下卷，第6页。
[2] 洛夫：《镜中之象的背后》，收于《洛夫诗全集》上卷，第12页。
[3] 痖弦：《痖弦诗集·自序》，收于《痖弦诗集》，台北：洪范书店1981年版，第4页。

> 一个暖暖／只留下一个暖暖／一切便都留下了（《秋歌——给暖暖》，1957）[1]

诗的主线是以一串轻灵纯美的意象描写深秋，诗里的秋是静谧的，绝没有萧瑟，前两节结尾都呼唤着"暖暖"，诗的副题也是"给暖暖"。就像何其芳《预言》集里的许多诗写给无名的"你"一样，诗人把最热烈的感情给予神秘的暖暖，且世界因她而温暖、因她而有其意义——"秋天，秋天什么也没留下／只留下一个暖暖／只留下一个暖暖／一切便都留下了"。诗的第三节由"马蹄"引起的一系列意象，叫人想起何其芳《秋天（一）》（1932）里类似的句子："一径马蹄踏破深山的寂默，／或者一湾小溪流着透明的忧愁"。

1957年以后，痖弦的创作也走向超现实主义诗风。他不像洛夫那样长期专注于内心世界探寻，而是认为面对现实为新诗应具备的重要品质之一，主张用"约制的超现实主义技巧"抒写人生。"诗人的全部工作似乎就在于'搜集不幸'的努力上。"[2]

> 十六岁她的名字便流落在城里／一种凄然的旋律／／那杏仁色的双臂应由宦官来守卫／小小的髻儿啊清朝人为她心碎／／是玉堂春吧／（夜夜满园子嗑瓜子儿的脸）／／"苦啊……"／双手放在枷里的她／／有人说／在佳木斯曾跟一个白俄军官混过／／一种凄然的韵律／每个妇人诅咒她在每个城里（《坤伶》，1960）[3]

《坤伶》用简洁笔法和几个细节，写出一位女伶的悲剧命运。"十六岁她的名字便流落在城里"，"流落"已经暗示了她命运的无法自主；而少年成名却

---

[1] 所选版本收于《痖弦诗集》，第7页。
[2] 痖弦：《中国新诗研究》，台北洪范书店1987年版，第49页。
[3] 所选版本收于刘登翰编：《台湾现代诗选》，沈阳：春风文艺出版社1996年版，第264页。

是一生"凄然的韵律"之始。"'苦啊……'/双手放在枷里的她",既是戏词也是她内心的悲叹,利用京剧《玉堂春》的情节,把戏里戏外、舞台与人生巧妙串接在一起。这首诗在直面现实、"搜集不幸"的同时,也体现了痖弦在新诗中对"戏剧性手法"的创造性使用。余光中曾指出:"他(痖弦)将自己的戏剧天赋和修养都运用在诗中了。"[1]《船中之鼠》(1957)便是以戏剧形式构建了一个对台湾现代生活的寓言,从而实现对社会现实的深刻反思:

> 看到吕宋西岸的灯火/就想起住在那儿的灰色哥儿们/在愉快的磨牙齿//马尼拉,有很多面包店/那是一九五四年/曾有一个黑女孩/用一朵吻换取半枚胡桃核//她现在就住在帆缆舱里/带着孩子们/枕着海流做梦/她不爱女红//中国船长并不赞成那婚礼/虽然我答应不再咬他的洋服口袋/和他那些红脊背的航海书//妻总说那次狂奔是明智的/也许猫的恐惧是远了/我说,那更糟/有一些礁区/我们知道/而船长不知道//当然,我们用不着管明天的风信旗/今年能够磨磨牙齿总是好的。[2]

随着1950年代大量美援到来,台湾地区经济逐渐进入繁荣期。困守孤岛,不乏醉生梦死于日常生活的苟且者,那是一个"并不给他什么的,猥琐的,床笫的年代"[3],"船中之鼠"形象是对这种社会生活状态的反映与冷嘲。"我对戏剧的概念穿越到我的诗的形式里面"[4],体现在这首诗里,老鼠不仅被赋予个性与人格,且拥有对"苟且"生活的回忆与现在。它来自马尼拉的陆地,

---

[1] 余光中:《简介四位诗人》,收于《余光中集》第4卷,第50页。
[2] 所选版本收于《痖弦诗集》,第75页。
[3] 痖弦:《痖弦自选集》,台北:黎明文化事业股份有限公司1977年版,第88页。
[4] 痖弦、林颖慧:《戏中走出的"诗儒"——痖弦访问录》,见《世界华文文学论坛》2017年第1期。

那里,"灰色哥儿们/在愉快的磨牙齿"。老鼠有自己的家庭:"曾有一个黑女孩/用一朵吻换取半枚胡桃核//她现在就住在帆缆舱里/带着孩子们/枕着海流做梦"。现在,它一家都生活在一艘危险的船上,权威者(船长)"并不赞成那婚礼",双方以"我答应不再咬他的洋服口袋"达成苟安。妻子回忆逃离陆地的"那次狂奔是明智的",因为至少"猫的恐惧是远了"。"我"稍微明智些,知道"有一些礁区/我们知道/而船长不知道"。但生活在不能自主命运的船上,"我们"能怎么办呢?只有自我欺骗地活着:"用不着管明天的风信旗/今年能够磨磨牙齿总是好的。"通过这首《船中之鼠》,我们也可看出,早期新诗作者闻一多、卞之琳、袁可嘉等人曾提倡和实验过的"戏剧性情景"在痖弦这里得到回响,并发展出更加圆熟的技巧与深刻的现实感。

随家人赴台的诗人中还有**席慕蓉**。她祖籍内蒙古察哈尔盟,蒙语名穆伦·席连勃(意为大江河),1943年生于重庆。"现代诗在徐志摩之后,'抒情'反而成为诗人的禁忌,特别一九四九年以后的台湾诗界",而"席慕蓉不管什么现代诗人的禁忌,她写青春、写爱,而且,迂回而入年轻的激动里——这是现代诗人禁忌中的禁忌"[1]。席慕蓉的诗重回中文新诗早期的抒情传统,在台湾诗坛确实是独特的存在。她早年某些小诗,颇有冰心《繁星》中的灵气和韵味:

在天空里/有一颗孤独的星//黑夜里的旅人/总会频频回首/想象着 那是他初次的/初次的 爱恋(《孤星》,1979)[2]

席慕蓉身兼画家和诗人两个身份,写诗与作画在她的人生中几乎同时开

---

[1]萧萧:《青春无怨 新诗无怨》,收于席慕蓉:《无怨的青春》,武汉:长江文艺出版社2017年版,第161页。

[2]所选版本收于席慕蓉:《七里香》,武汉:长江文艺出版社2017年版,第32页。

始[1]。她的诗往往"语言平白，意象单一，节奏流畅，她那十分精致的小诗，再配置一些梦幻型的素描"[2]，这个评价用在这首小诗上，可说十分贴切。作为画家的她，年轻时的作品总赋予情感以某种动人的形象：

> 茉莉好像／没有什么季节／在日里在夜里／时时开着小朵的／清香的蓓蕾／／想你／好像也没有什么分别／在日里在夜里／在每一个／恍惚的刹那间（《茉莉》，1979）[3]

余光中曾以《发神》为题作诗咏席慕蓉的画："……无论我远到地角或天涯／都逃不出那发神的神发／向我伸来的恢恢发网／寂寞的空间浮动荷香／恍惚中，风，有多长，发就有多长／每一阵风来时／都让我仰面，闭眼／领受她细细的发尖／在有意，无意间，将我拂痒"（《发神——席慕蓉画中所见》，1981）这种感受其实也可移用于对她诗作的理解上。席慕蓉的诗多以不同角度切入爱情，她诗里的爱情往往是柔情万种的"静静的等待和苦苦的企盼"，如脍炙人口的《七里香》（1979）：

> 溪水急着要流向海洋／浪潮却渴望重回土地／／在绿树白花的篱前／曾那样轻易地挥手道别／／而沧桑的二十年后／我们的魂魄却夜夜归来／微风拂过时／便化作满园的郁香[4]

与许多台湾诗人一样，席慕蓉也不时从古典文学中发现灵感。余光中、

---

[1]"我诗集中最早的一首诗《泪·月华》写成于一九五九年三月十二日"（席慕蓉：《生命因诗而苏醒》，2000）。"她总记得自己十四岁，背着新画袋和画架，第一次离开家，到台北师范的艺术科去读书的那一段。"（张晓风：《江河》，收于《七里香》，第17页。）
[2] 张默编：《剪成碧玉叶层层》，台北：尔雅出版有限公司1981年版，第183页。
[3] 所选版本收于《七里香》，第33页。
[4] 所选版本收于《七里香》，第4页。

洛夫这样的诗人触及传统文学时，采取的是一种翻新与对话的姿态；席慕蓉则更多以同理心去理解古人，她的这类诗仿佛在为那久远的文字做着现代注解：

> 请再看／再看我一眼／在风中 在雨中／再回头凝视一次／我今宵的容颜／／请你将此刻／牢牢地记住 只为／此刻之后 一转身／你我便成陌路／／悲莫悲兮 生别离／而在他年 在／无法预知的重逢里／我将再也不能／再也不能／如今夜这般美丽（《生别离》，1979）[1]

"生别离"典出《楚辞·九歌·少司命》中"悲莫悲兮生别离，乐莫乐兮新相知"一句。按照传统观点，《九歌》里的《少司命》与《大司命》为相对应的情歌，前者为女神轻诉，后者是男神咏叹，这句话是少司命对大司命的离别之语。而这种情感一旦落实到普通人身上，更有了别样意味。汉人所作《古诗十九首》第一首开篇便是"行行重行行，与君生别离"，《九歌》中的神仙毕竟还可作"与女沐兮咸池，晞女发兮阳之阿"的想象与期待，但世人受生老病死的生存之苦，生别离也许意味着永诀。即使再次相逢，想必也是"尘满面，鬓如霜"。故诗人恰把牵挂放在对"重逢"的想象中。"重逢"首先是"不可预知"的，重逢时，"我将再也不能／再也不能／如今夜这般美丽"，所以，诗的第一句"请再看／再看我一眼"便显得那么沉重而悲哀。其实，席慕蓉的创作不是简单地抒写爱情，"本以为是恋爱诗的作品，重新展现了多样意涵的广度和深度"[2]。如许多严肃的诗人一样，她也会用自己的作品思考诗之本质：

---

[1] 所选版本收于《七里香》，第62页。
[2] 〔日〕三木直大：《席慕蓉诗有感》，谢惠贞译，收于席慕蓉：《以诗之名》，武汉：长江文艺出版社2017年版，第160页。

> 若你忽然问我／为什么要写诗／为什么 不去做些／别的有用的事／／那么 我也不知道／该怎样回答／／我如金匠 日夜捶击敲打／只为把痛苦延展成／薄如蝉翼的金饰／／不知道这样努力地／把忧伤的来源转化成／光泽细柔的词句／是不是 也有一种／美丽的价值（《诗的价值》，1980）[1]

在诗人的反思中，诗可以是对青春痛苦的记录与救赎，这一思路继续深入的话，又是对人之存在的悖论性思考：

> 试着迎风而起 尽量舒展双翼／也许可以如鹰雕般直上苍穹／也许 只能像一只小灰蝶／缓缓低飞 贴近溪涧／不时掠过那闪着细碎光影的水面／／这天地何其辽阔／／我爱 为什么总有人不能明白／他们苦守的王国 其实就是／我们从来也不想进入的 囹圄（《诗的囹圄》，1998）[2]

诗是囹圄，现实何尝不是？这样一种领悟，虽然简单而浅淡，却以不可置疑的口气赋予诗歌以超越凡俗的姿态感。

陈义芝作为1970年代后开始写作的诗人，受到余光中、杨牧、痖弦等前辈诗人的激赏。杨牧认为他的诗"语法介乎生熟之间，以白话文为基础，但含涵大量的古典趣味，转折进行处特具一种韵味……这是三十年代来现代诗人经过认真思考和实验后，才获取的一种方法"[3]，已经点出他的创作与五四以来中文新诗传统的关系。陈义芝原籍四川忠县，1953年生于台湾花莲，是出生在台湾地区的第二代外省人，也是中文新诗"抒情传统的维

---

[1] 所选版本收于《无怨的青春》，第6页。
[2] 所选版本收于席慕蓉：《迷途诗册》，武汉：长江文艺出版社2017年版，第59页。
[3] 杨牧：《参与历史的长河》，收于陈义芝：《不安的居住》，成都：四川人民出版社2017年版，第2页。

护者"（张默语）。

> 她准备了一包干粮两瓶矿泉水 / 在我远行的行囊里哀愁地说 / 南方多地震 // 我怕劫后挖出我的身体 / 水已干粮已腐 / 就在一块残瓦上刻了"天地合"三个字 / 留给她（《上邪》，1999）[1]

"陈义芝诗艺的两大支柱，是乡土与古典"（余光中：《有赖非凡的艺术真诚》，1989）[2]，古典元素在他的诗里，不单是辞藻和句法，也在于对保存于诗歌里的人性元素的新理解。《上邪》[3]一般被理解为女性单向的爱情誓词，其最动人处为声如裂帛的末二句："天地合，乃敢与君绝！"诗人从男性角度出发，将女性誓词化为妻子具体的关怀："一包干粮两瓶矿泉水 / 在我远行的行囊里"，铿锵话语转为温存关切："哀愁地说 / 南方多地震"。这首诗的翻新处也在第二节的男性回应，预言了身体、水和干粮的必朽，故将"天地合"镌刻在"一块残瓦"上回赠妻子。古典的夫妻情爱多是温柔敦厚的，《诗经》里丈夫对妻子的体贴，回应以"知子之好之，杂佩以报之"（《郑风·女曰鸡鸣》）。而陈义芝笔下的相濡以沫更多了一层现代人的体验和质感，如他自己所说："诗，不在小情绪上自艾自怜，而在用心经营一种厚实的情怀、深刻的意境。"[4]又如另一首爱情诗《七夕调色》（2001）：

> 月橘的春衫裸出胸线 / 湖青的丝裙解开小圆腰 / 海蓝的银河啊在呼吸在奔跑 / 紫晶色眸子发着光，用力地闪 // 亭亭的颈子低下来

---

[1] 所选版本收于《不安的居住》，第 124 页。
[2] 余光中：《有赖非凡的艺术真诚》，收于《不安的居住》，第 3 页。
[3]《上邪》是汉乐府"铙歌十八曲"的一首，全诗如下："上邪！我欲与君相知，长命无绝衰。山无陵，江水为竭，冬雷震震，夏雨雪，天地合，乃敢与君绝！"
[4] 陈义芝：《陈义芝诗观》，收于《不安的居住》，第 13 页。

低下来／雪拥的天山露出来露出来／你的发撩拨霞红的唇于轻轻的风里睡／我的心捶击黑夜的太阳再次祈求炽热的雨[1]

这是一首"性感"的爱情诗，诗的头两句体现了饱满健康的联想力，精致的字汇自不必说，而诗人由爱人衣服尽情联想到她美丽的胴体，这种写法颇似郑愁予《如雾起时》："敲叮叮的耳环在浓密的发丛找航路；/用最细最细的嘘息，吹开睫毛引灯塔的光。"诗情的延续也类似郑诗，"雪拥的天山露出来露出来／你的发撩拨霞红的唇于轻轻的风里睡／我的心捶击黑夜的太阳再次祈求炽热的雨"，将情欲描写得热烈又纯洁，"陈义芝写尽了情爱世界的一切细微感觉、声音、气味和颜色……大胆、坦荡而不失之冶荡。"[2]陈义芝也是一个对自己的创作充满自觉的诗人，他的题材不仅限于爱情，写爱情也不拘于吸取古典资源；他的诗里亦有对原乡意识（如《出川前纪》和《川行纪事》）与台湾地区乡土生活的敏锐感知。《雨水台湾》（1985）的结尾："浊水溪旁的龙眼渐开出细白的小花／高雄杧果准备好交接蜂吻／屏东莲雾呵，早早就订了初夏之约／而我——来自远方／正子时之交，乘乱风而起／原本就是雨水／最亲的弟兄"，除了余光中所欣赏的"泥土的感觉"外，亦可看出陈义芝特有的细腻、热情与"为自己的土地和人民发言"的诗人情怀。

---

[1] 所选版本收于《不安的居住》，第126页。
[2] 痖弦：《写尽了情爱世界的一切》，收于《不安的居住》，第11页。

参考文献

吴福辉、钱理群、温儒敏著:《中国现代文学三十年》,北京:北京大学出版社1998年版。

陆耀东:《中国新诗史（第一卷）》,武汉:长江文艺出版社2005年版。

陆耀东:《中国新诗史（第二卷）》,武汉:长江文艺出版社2009年版。

陆耀东:《中国新诗史（第三卷）》,武汉:长江文艺出版社2015年版。

洪子诚:《中国当代文学史》,北京:北京大学出版社2009年版。

洪子诚、刘登翰:《中国当代新诗史》,北京:北京大学出版社2005年版。

程光炜:《中国当代诗歌史》,北京:中国人民大学出版社2003年版。

谢冕:《中国新诗史略》,北京:北京大学出版社2018年版。

李新宇:《中国当代诗歌艺术演变史》,杭州:浙江大学出版社2000年版。

陈思和主编:《新时期文学简史》,桂林:广西师范大学出版社2010年版。

叶石涛:《台湾文学史纲》,台北:春晖出版社1987年版。

章亚昕:《二十世纪台湾诗歌史》,北京:人民文学出版社2010年版。

陈子善:《钩沉新月:发现梁实秋及其他》,北京:中华书局2013年版。

孙玉石:《新诗十讲》,北京:中信出版社2015年版。

蓝棣之:《现代诗情感与形式》,北京:人民文学出版社2002年版。

余光中:《余光中谈诗歌》,南昌:江西高校出版社2003年版。

姜涛:《"新诗集"与中国新诗的发生》,北京:北京大学出版社2019年版。

姜涛:《巴枯宁的手》,北京:北京大学出版社 2010 年版。

张业松:《文学课堂与文学研究》,上海:复旦大学出版社 2008 年版。

吴忠诚:《现代派诗歌精神与方法》,北京:东方出版社 1999 年版。

陈太胜:《象征主义与中国现代诗学》,北京:北京大学出版社 2005 年版。

孟泽:《何处是归程:现代人与现代诗十讲》,长沙:湖南教育出版社 2012 年版。

张桃洲:《语词的探险:中国新诗的文本与现实》,北京:社会科学文献出版社 2012 年版。

张清华:《像一场最高虚构的雪:关于当代诗歌的细读笔记》,北京:北京大学出版社 2017 年版。

陈方竞:《多重对话:中国新文学的发生》,北京:人民文学出版社 2003 年版。

王家新:《为凤凰找寻栖所:现代诗歌论集》,北京:北京大学出版社 2008 年版。

李欧梵、季进:《现代性的中国面孔》,北京:人民日报出版社 2011 年版。

艾青:《诗论》,北京:人民文学出版社 1980 年版。

朱光潜:《诗论》,合肥:安徽教育出版社 1997 年版。

沈从文:《抽象的抒情》,上海:复旦大学出版社 2004 年版。

陈子善编:《叶公超批评文集》,珠海:珠海出版社 1998 年版。

颜炼军编:《张枣随笔集》,上海:东方出版中心 2018 年版。

于坚:《诗歌之舌的软与硬》,昆明:云南人民出版社 2018 年版。

邵燕祥:《我的诗人词典》,郑州:大象出版社 2010 年版。

张定浩:《取瑟而歌:如何理解新诗》,上海:华东师范大学出版社 2018 年版。

易彬:《穆旦评传》,南京:南京大学出版社 2012 年版。

翟月琴:《独弦琴:诗人的抒情声音》,台北:秀威资讯科技股份有限公司 2018 年版。

陈美芳主编:《新诗游乐园》,台北:三民书局 2011 年版。

西渡编:《名家读新诗》,北京联合出版公司 2017 版。

西渡、王家新编:《访问中国诗歌:中国 23 位顶尖诗人访谈录》,汕头:汕头大学出版社 2009 年版。

杨黎、李九如主编:《百年白话:中国当代诗歌访谈录》,南京:江苏凤凰文艺出版社2017年版。

张涛编:《九十年代诗歌研究资料》,南昌:百花洲文艺出版社2018年版。

张涛编:《第三代诗歌研究资料》,南昌:百花洲文艺出版社2018年版。

唐祈主编:《中国新诗名篇鉴赏辞典》,成都:四川辞书出版社1990年版。

公木主编:《新诗鉴赏辞典》,上海:上海辞书出版社1991年版。

〔美〕奚密:《现代汉诗——1917年以来的理论与实践》,奚密、宋炳辉译,上海:上海三联书店2008年版。

〔美〕叶维廉:《中国诗学》,北京:生活·读书·新知三联书店1992年版。

〔美〕哈罗德·布鲁姆:《诗人与诗歌》,张屏瑾译,南京:译林出版社2020年版。

〔美〕哈罗德·布鲁姆等:《读诗的艺术》,王敖译,南京:南京大学出版社2010年版。

〔美〕哈罗德·布鲁姆等:《如何读,为什么读》,黄灿然译,南京:译林出版社2011年版。

〔美〕乔治·莱考夫、马克·约翰逊:《我们赖以生存的隐喻》,何文忠译,杭州:浙江大学出版社2015年版。

〔英〕特里·伊格尔顿:《如何读诗》,陈太胜译,北京:北京大学出版社2016年版。

〔美〕劳·坡林:《怎样欣赏英美诗歌》,殷宝书编译,北京:北京出版社1985年版。

后 记

　　本书分析了五四以来新诗百年发展过程中五十余位诗人的近百首作品，单独分段的诗作绝大多数选录全诗，并经本书作者对不同版本来源作一比对，尽量选用较早版本。事实上，新诗百年所出现的重要诗人和诗派不止于此，编者的挑选也未必完全依其文学史地位，而是着眼于其对读者阅读的启发意义。本书的一个特色是尽可能注明所选诗作和所引诗评的创作时间或发表时间，这有助于读者对作为文体形式的新诗形成演变过程有一个直观认识。因编排体例所限，本书所选诗作多为较短的抒情诗。选诗问题涉及中文新诗的经典化。这种经典化是伴随着五四新文学发展进程而不断被筛选、淘汰与重选的，一些诗作的地位在历史书写中几度浮沉，一些作品曾广受美誉后来则寂寂无声，一些作品无论在文学史还是在大众眼中都长期保持着较高"出镜率"。这首先是学术话题，学者基于学术与其他标准对浩如烟海的中文新诗进行筛选；其次是一个出版话题，出版界和媒体考虑到读者口味与话题效应，让一些诗作反复出现于公众视野中；再次是公众趣味转移的话题，读者的趣味和心态伴随着外部环境变迁，也在对中文新诗经典进行筛选；最后是文学教育的问题，伴随着进入中小学课本，一些新诗成为现代语文教育中的典范之作，为一代代人接受。经过层层过滤后的中文新诗经典，已经融入中国当代民族文化之中，塑造和影响着读者的美学品味与感受。我们的文学教育从不是纯粹的美学教育，对读者诗歌鉴赏与分析能力的培育，多少是粗糙乃至缺席的。读者对新诗经典的理解缺乏反思性，更多愿意停留在"语言优美"和"主题深刻"的层次上。《再别康桥》这样形式整饬的作品以其"典雅"表达，被普通读者视作徐志摩的代表作；而《火车禽住轨》之类感情复杂的作品则很难进入读者视野，即使被读到也不易得到认可。我们的新诗口味，被塑造着的同时也不知不觉被窄化着。有时，新诗经典本身反而成了人们审美认知进步的绊脚石——无条件接受《沙扬娜拉》是新诗典范的读者，他怎么去理解顾城、海子和洛夫那些篇幅更长、思想更为复杂的诗作呢？

"在当代中国文学领域，大概没有哪个文体在审美判断上遭遇到比新诗更严重的分裂"[1]，但在充分理解与静心感受的基础上，诗歌至少是应该带给人启示与思考的。本书用相当数量的中文新诗为例，启动那些或新或旧的话题。从胡适到李金发，从鲁迅到徐志摩，从艾青到中国新诗派，从郭小川到白洋淀诗群，从朦胧诗到第三代诗歌，从纪弦到席慕蓉，我们可以观察到中文新诗的各种探索与得失。作为一般读者，阅读不同时期、地域的新诗，其目的应立足于提高品位。我们可以适当放下文学史的"包袱"，暂时搁下对一个诗人诗风的"历史评价"去静观一首诗。像李金发这样的诗人，他在文学史上获得较高评价是近三十年的事。即使得到认可，其诗风的晦涩、颓废与灰暗，仍会遭到学者批评。但通过仔细分析，我们会发现，即使是《弃妇》这样意象纷呈、晦涩难懂的作品，仍然有着其有机结构，有着可以自圆其说的象征体系，而不单单是对"新鲜的隐喻"的创造那么简单。

"诗比普通语言表达得多些，而且更有力些"[2]，这应该是我们对诗歌的基本认识，也是阅读中文新诗的前提。中文新诗"已开创了一个新的诗歌传统，至少是汉诗传统的一个小传统，大河的一条新辟的支流"[3]。正视传统并参与其过程，意味着不能将新诗与新闻报道或营销号网文等量齐观，读诗需

---

[1] 张定浩：《取瑟而歌：如何理解新诗》，上海：华东师范大学出版社2018年版，第21页。
[2] 〔美〕劳·坡林：《怎样欣赏英美诗歌》，殷宝书编译，北京：北京出版社1985年版，第1页。
[3] 〔美〕奚密：《现代汉诗——1917年以来的理论与实践》，第202页。

要耐心，引起自己兴趣的诗不能只读一遍，有机会有条件就可反复阅读，诗人的苦心和深意才会在读者的诚意下渐渐显现。同时也该保持自己独立的判断力，最好不要把诗中传达的美学感受当成某种思想和价值观的投射，毕竟，"诗正是在它放弃任何真理要求的时刻，获得了最可信的力量"[1]。

---

[1]〔英〕特里·伊格尔顿：《如何读诗》，第19页。